屬於我們的無傷時代

東燁（穹風）——著

愛過，就值得驕傲，所受的傷成了一種青春印記。
傷會痊癒，人會遺忘疼痛，
勇敢愛過，我們終將活在無傷時代裡。

八月酷暑，陽光熾烈，像要焚毀地面上的一切，空氣中嗅不到半分水氣，卻讓人連鼻腔、氣管與肺臟都要燃燒似的，乾燥得彷彿連水泥地都要迸裂開來。偶爾抬眼，天空湛藍，豔陽狂放但也孤單，高掛在那兒肆意潑灑光與熱。他幾乎無法直視，很快又低下了頭。

順著雙眼的水平線望出去，遠方同樣湛藍，但海面上閃爍著瀲灩波光。他心裡想，這一汪洋的海水，日復一日，年復一年，何時才有盡數蒸發的一天？人們常說海枯石爛，真會有那般景象嗎？是不是海也枯了，石也爛了，然後才有天荒地老？時間與世界同樣走到盡頭之後，又將有什麼被留下來？誰走過去的痕跡嗎？誰刻畫過的文明嗎？或許那些都將隨著萬物的崩壞而毀滅，但能留下來的難道是記憶嗎？如果人們的血肉與魂魄也被蒸散，那記憶又將依附著什麼來保存？

他慢慢踱步，走了一圈又一圈，偌大的碼頭邊，全都是用粗糙的岩石與水泥所砌成，他每日裡在這兒走動、瞭望，但天天看到的都是一樣的景色，所以每天能想到的，也幾乎都是相同的無聊問題。這習慣從他初來乍到時就已養成，倒也不是特別愛看海，甚至以前他還挺討厭曬太陽的，只是現在倘若不這麼做，他就不曉得自己還能如何打發時間。

「頂個大太陽在那兒繞圈圈，你有病嗎？」學長走了過來，遞給他一根香菸，然後跟他一起抬頭望向海平面的盡頭。學長問他：「幹嘛，在觀察地形，想著該怎麼逃兵嗎？我告訴你，你就這樣跳下水，大概游個半年，應該就可以游回台灣。」

「你確定是『游』回台灣？」他苦笑著說：「我看大概是『漂』吧？」

「知道就好。」學長只剩沒幾天就要退伍，按照規矩，本來已經用不著再跟菜鳥們一起輪班站哨，但島上兵源不足，往往遇缺不補，最後迫於無奈，只好無論資歷深淺，全都一起排進哨表裡。老氣橫秋的學長對他說：「奉勸你一句話，聽得進去也好，聽不進去也罷，反正當初我剛來的時候，我的學長這樣跟我說，所以我也原封不動傳給你。」

「什麼話？」

「放寬心。」學長拍拍他肩膀，說：「就這三個字而已。」

「就這樣？」

「從你這邊的角度來說，意思就是，不管你在這裡有多難熬，你離台灣就是那麼遠，這座海峽像一道監獄的牆，把你跟外頭的一切遠遠隔絕，你熬不熬得過都一樣，沒得選擇；要換作從海峽那邊的角度看過來，也差不多是一樣的意思，就是說，不管那座遠得讓你看不見的島嶼上，還有多少你放心不下的人或事，反正你鞭長莫及，管也管不到，因此不管也罷。」學長又拍拍他肩膀，重複一次那三個字：「放寬心。」

他默默地接受了學長的建議，但隔天的相同時間，他又一次在碼頭上來回踱步，身上的裝備有一件勒緊身軀的救生衣、一支沉重的無線電、一條軍用腰帶，上面掛著一副從來沒用過的警用手銬，以及一把電擊棒。他不知道身上配戴的這些東西何時能夠真正派上用場，思來想去，也不過就是無線電多少還有點用處——對岸碼頭那邊的船隻出發時，從沒見過的別單位的同袍會傳來訊息，告知他船上人數及船身編號，以及運補貨物內容等等——也就僅此而已。

那支無線電從不曾傳來任何他真正想聽聞的消息，但事實上，他也什麼都不想聽。當初一起結訓、共同分發下來的同梯弟兄們當中，沒有人想被派來這種鳥地方，唯獨就他一個人自願。那時帶領他們的訓練官滿臉訝異，問他是不是有什麼特殊理由，否則怎麼會想去駐守一個海鳥比人多的孤島，而他想了想，說：「那是因為我們沒有火星駐防任務。」

雖然很多人聽到這句話時都笑出聲來，但那其實不是一句玩笑話，至少對他來說是這樣。對許多人而言，住在這島上，過著千篇一律的簡單生活，可能是痛苦不堪的煎熬，然而他卻毫不在意。白天時，他像這樣在碼頭上彷彿無止盡運轉的陀螺；到了夜間，他則獨坐在碼頭邊的階梯，仰望數不清的滿天星斗，無論晝夜，他都一樣讓自己徹底放空，唯有放空，唯有避開了所有不必要的人群接觸，他才能讓自己稍微放鬆一點，有些事，也才能在烈日煎熬下，或者星空迷惑下，暫時不用多想。

這種日子持續了好久，久到他都可以開始倒數，等著拿退伍令了，才總算有一批新兵上岸。有一天，一個隸屬在他單位管轄下的新兵從台灣放假回來，拎著一盒看起來其貌不揚的烘烤餅乾。渾身菜味的新兵大概是想奉承這位成天散步或看星星的學長，所以非常善意地想與他分享，然而當他打開紙盒時，卻一口也沒有吃，光是聞了聞，他就說：「這你自己烤的？」

「其實是我女朋友烤的。」新兵臉上還有些害羞。

「有空打電話回去給她，跟她說，奶油放太多了，麵糰也沒有揉開。」隨手翻動幾片餅乾，他又說：「順便再提醒她一下，下次抹茶粉不要加太多，加多了的話，味道會搶過麵粉，烤出來的餅乾就只有抹茶味，而沒有餅乾香了。」

「學長，你會烤餅乾嗎？」那個學弟滿臉詫異。

沒有回答，他將紙盒蓋上，擱在值班台邊，只說了句謝謝，又戴起帽子，轉身走進耀眼的陽光下。只有當全身的水分都被蒸乾，皮膚曬得裂痛時，他才能夠覺得心裡稍微舒坦些，但今天不一樣，今天無論怎麼曬，他心裡都一樣難受。

那是因為那一盒餅乾。一盒餅乾對許多人而言，或許不過就只是餅乾而已，然而對他石毓翔而言，那象徵的是一段變調的旋律，是一步踏錯之後，終至無可挽救的徹底沉淪，那是即使陽光蒸乾了海水，即使這廣袤的水泥石砌碼頭都風化崩壞殆盡，也無法終結的愧疚感；這份愧疚，被他從遙遠的台灣，跨過海峽，帶到這個荒僻海島上來，卻依舊纏繞著他，半點也沒有放鬆，而這一切都從幾片烘焙餅乾開始。

「學長，不好意思……」那個學弟手上拿著行動電話，匆匆忙忙跑過來。在他們這樣的單位裡，除非有重要的勤務正在執行中，否則像這種一般的哨所工作，誰都可以帶著手機，也都可以自由使用，不會有任何限制。那個學弟想把手機遞給石毓翔，說：「我女朋友剛開始學做餅乾，手藝還不是很純熟，她想跟你請教一點關於烘焙的知識，不曉得方不方便？」

「不用了，照我剛剛說的去做，她就可以做得更好，反正烤餅乾嘛，最重要的訣竅，相信她已經確實掌握到了。」石毓翔搖頭。

「什麼訣竅？」新兵還愣頭愣腦地問。

「真心。」他淡淡一笑，說：「想烤一份餅乾給心愛的人吃，需要的不是好手藝，而是真心。」

真心，是我們都渴望擁有，卻總在無意間遺失的東西。

彼時的我們有太多不懂，
流光轉瞬、剎那永恆，晝夜間遞嬗成風景；
是冬雪清冽與暖夏豔陽。

有些痛楚會在歲月中悄然而癒，
有些人已經離開，
有些百轉千迴，則依然像昨天的影子都在。

上課鐘聲響起時，社窩外腳步聲雜沓，大夥兒姍姍來遲，有些人在討論剛剛課堂上的話題，有些人則天南地北閒談，他們不急著踏進門內，還在走廊上嘻嘻笑笑，非得等鬧夠了才心甘情願地進來，有人手中端著飲料，有人捧著零食，全都是一派輕鬆的模樣。

石毓翔絲毫不受影響，外面聊天的任何話題，他都充耳不聞，幾乎是目不轉睛地凝望烤箱。隔著烤箱玻璃，他認真觀察餅乾的受熱變化，一分鐘前他就已經是這個半蹲的姿勢，五分鐘前也是，甚至好像從上個世紀以來，他就跟雕像般沒有移動過一樣。

有別於一般教室裡的配置，這兒沒有課桌椅，只有幾張理化教室裡會出現的那種金屬製大面積平板桌，排成平行的兩列，上頭擺放各式各樣的材料；黑板上也沒有數學公式或英文單字，反而寫滿了各種配方與順序，那些都是石毓翔的筆跡，但他寫完之後，再也沒轉過頭去看上一眼，那些東西都太基礎了，各種原料的比例如何、先後順序，乃至於烤箱溫度如何調整的註記，他早已了然於胸。況且，他今天要做的也跟黑板上的不同，今天同學們的「菜單」是極簡單的抹茶餅乾，而他的烤箱裡卻冒出菜脯香，這算是別出心裁的點子，他就想來點甜中帶鹹的口味。

對許多人而言，這只是社團活動，老師要大家做什麼，大家跟著食譜照做也就是了，但別人還在玩基本的烘焙時，早已是箇中老手的他，卻已經不斷思考著，還能從自家冰箱裡拿什麼食材來添加。

「你把那些都寫上去的意思，是說今天老師又不來了，是嗎？」有同學走到他旁邊來問。

「有差嗎？」石毓翔瞄了對方一眼，「老師來或不來，你們的餅乾都會烤到爆呀。」

這一說，引得大家都笑了起來，那同學叫作阿斑，一臉獐頭鼠目的樣子，這時也滿臉尷尬苦笑。

「為什麼你在烤這麼奇怪的東西？」阿斑又問，他也聞到味道了，低頭跟石毓翔一起看著。

「因為你上次買麵粉，跟我借了兩百塊錢沒還。」

「這跟那有關嗎？」

「如果我烤成功了，那就無關，因為餅乾我會自己吃掉；但萬一失敗了——」石毓翔轉頭看他，說：「那你就負責幫我把它吃了，當作抵債吧。」

烘焙教室裡，每個人都有自己的組別與位置，根本無需指揮，大家已經就各自的定位。這一週的製作項目有兩樣，分別給左右這兩邊的同學去進行，一邊要烤的是抹茶口味的餅乾，另一邊則是很簡單的巧克力製作。

石毓翔今天很早就來了，當別人還在揉麵糰時，他確認過烤箱裡面的餅乾正順利烤著，然後站直身來，開始在兩列的桌邊來回穿梭，跟幾位與他一樣都是三年級的幹部一起，到處協助手忙腳亂的學弟妹。

這個社團裡頭，十之八九都是女生，也以一二年級居多，三年級的學生，除了像石毓翔這樣半退休的幹部，還會經常留戀在社窩以外，別人早都忙著準備大考去了，誰也不敢多耽擱時間。

「學妹，妳拿擀麵棍的姿勢要留意一下，這樣子很容易把麵皮給壓破的。」走到桌尾，他在那兒瞧了半天，最後忍不住出聲指點，甚至親自示範給一年級的學妹看看。

偌大一個社窩，人人都專注在自己的麵糰或巧克力上面，只偶爾有點零碎的交談聲，但也持續不了太久。石毓翔很喜歡這樣的氣氛，他喜歡看麵糰被揉捏成各種形狀、喜歡看金屬模子如何在擀平的麵皮上，裁切出各種輪廓，更喜歡看著上頭畫滿五顏六色的糖霜，然後被烤成香氣四溢的餅乾。

「欸，你進度也太快了吧？人家都還在揉麵糰，你的餅乾就已經快要烤好了，怎樣，是很餓、很趕時間嗎？媽的你下午是不是又翹課，提早跑來這邊，自己偷偷先開工？」正當他望著教室裡的大家出神時，阿斑又踅了過來問他：「學生跑了都不管，你們導師是死人喔？」

「誰叫營養午餐那麼難吃，我是很餓沒錯呀，只是不確定菜脯餅乾到底會不會成功而已。」石毓翔聳個肩，「反正我們今天下午第一節是體育課，點完名就可以閃人了。」

升上三年級之後，體育課會被挪去各科借用，這已經是稀鬆平常的事，只是體育老師不曉得，那些做完體操就鳥獸散的學生們，不是每個人都會乖乖回去寫考卷，石毓翔握有烘焙教室的鑰匙，他要一溜煙地就跑過來烤餅乾，誰也管不著他。

「對了，我下星期不來囉。」阿斑忽然說。

「為什麼？」

「你以為每個人都跟你石大少爺一樣，躺在那裡就能讓課本上的東西往腦袋鑽嗎？我們也是要讀書的。」阿斑說：「我，還有企鵝、小翠，我們三個都被警告了，下星期開始，我們的社團課只能乖乖留在教室。」

石毓翔臉上有懊惱與惋惜的表情，這兒就只剩他們幾個三年級的學生了，阿斑他們再一退出，屆時就真的只剩他了。

「當然了，你如果願意烤好餅乾後，專程給我們送過來，那我們就算一邊流著眼淚在寫考卷，也會感到瞑目的。」

「你就直接把考卷吃掉吧，吃飽點沒關係。」石毓翔拍拍他肩膀。

比起一般人來說，他確實算是聰明的，儘管從來都不曾特別認真，但成績始終能保持在前段名次，連導師也對他寄予厚望，新學年剛開始就找他談過，希望他能在不久之後的推薦甄試中旗開得勝，為自己拚個好學校，不過也提醒了，要他別像過去那樣，老把全部重心都擺在社團裡。

石毓翔口頭上雖然應承，心裡卻完全沒這打算。他是有自知之明的，自己成績雖然不差，但推薦甄試也不是閉著眼睛就能考上，況且他一向沒有太多其他的優異表現，要拿什麼出去給別人看？還不如乖乖等到七月的大考，直接在分數上跟大家比高低就好；再說了，多在學校留一段時間，他就有更多機會可以泡在烘焙教室裡，享受他最喜歡的休閒活動，這一點樂趣可絕不能輕易被剝奪，就算跟他同年的大家都不來了，他也打算獨自堅持到底。

時間過得很快，有些人已經用金屬製的模子，將麵皮裁切出各種趣味性的形狀，準備送進烤箱。石毓翔身兼社團資深學長，當下也幫著大家逐一檢視，正在忙活時，旁邊忽然有人叫他。

「副社，那邊有人找你。」

「找我？」他愣了一下，心裡犯疑，該不會是自己放了數學小考的鴿子，偷溜來烤餅乾的事跡敗露，班導或班長來這兒抓人了吧？好奇心起，他轉頭望去，卻看到一個不認識的女孩，就站在烘焙教室門口。她有漂亮的鵝蛋臉，綁著馬尾，雙眼明亮，正在那兒新鮮地四處張望，等石毓翔走近後，女孩點頭打了個招呼，遞出一張入社申請書。

他有些錯愕，按理說，這種新社員要加入的事情，理當交給現任幹部來處理才對，但新接手的學弟妹們尚未樹立威望，大家還是習慣把這些瑣碎都交給他，而更讓石毓翔訝異的，是這個「新社員」居然也是三年級的學生，申請單上有註明，她來自話劇社，有個好聽但難寫的名字，叫作瓊安，姓姜。

「三年級了還換新社團呀？話劇社不好玩嗎？」

「不是不好玩，而是連我都不懂自己在演什麼，演來演去就覺得無趣了。」瓊安又朝裡頭張望了一下，問：「怎麼了嗎？是不是你們不收三年級的學生？」

「不是不收，只是怕耽誤課業。大部分的人一到三年級就得放棄社團，乖乖滾回教室去讀書寫考卷不可，本社也不例外。」石毓翔笑著說：「才剛開學而已，所以今天妳還可以遇到幾個，到了下星期的這時候，大概就只剩我了。」

「喔？」瓊安笑著問他：「所以你是成績太好，因此不需要擔心課業嗎？還是……」

「我猜我跟妳是同一個原因，所以我們才在這裡講話。」看她臉上是輕鬆自若的表情，石毓翔也露出驕傲的口氣，把手一擺，笑著說：「妳好，我是剛剛卸任副社長，但還一天到晚在這兒權充小老師的石毓翔，我來自三年二班，歡迎妳加入烘焙社。」

「你真的會一直待在社團嗎？該不會再過不久，我就成為烘焙社最老卻也最菜的社員了吧？」瓊安皺著眉頭說：「如果會這樣的話，那我看我還是回話劇社就好。」

「放心，剛不是說了嗎，我還是這兒的小老師，所以一定會待到畢業為止。」石毓翔信誓旦旦地保證。

「小老師？你會烤餅乾給大家吃嗎？」瓊安眼睛一亮。

「通常呢，沒幾個人敢吃我烤的餅乾，但像妳這種不怕死，這節骨眼上還想玩社團的，我猜妳應該膽子不小。」石毓翔說完，正想帶她進來參觀，後邊那兒忽然傳出哄鬧聲，只見阿斑捧著一張小鐵盤跑過來，大笑著說：「他媽的石毓翔，你就丟著烤箱，再去那邊把妹呀，看看你這是什麼東西，炭燒菜脯餅嗎？」

石毓翔簡直不敢相信，他傻愣在那兒，望著那一盤原本該散發誘人香氣的餅乾，現在全成了烏漆抹黑的焦炭模樣，他轉頭問瓊安：「說好的請妳吃餅乾。」

「我可以把入社申請要回來嗎？」瓊安也看得呆了。

「不行。」石毓翔說：「妳是我招收的最後一個社員，永遠也別想走。」

我們曾經說好的。在一起，從開始到最後。

02

「直接用手下去捏吧，別客氣。」

「直接用手？」

「當然，手指的觸感最敏銳了，刮刀再怎麼好用，也比不上手指的靈活。真的，相信我，唯有仰賴手指，妳才能揉出最好的麵糰，餅乾的口感也才會爽脆。」石毓翔說：「需要我示範給妳看嗎？」

「是有需要，但請別在這兒。」瓊安趕緊搖頭，「這一鍋可是我的，而且你好像沒有洗手，對吧？」

他們先等奶油融化之後，陸續在鍋子裡攪拌進糖粉、麵粉與雞蛋。瓊安拿著刮刀攪了許久，但混合的效果卻不明顯。反觀另一邊，石毓翔用同樣的份量與她同步進行著，每一個動作剛好都是最佳的現場示範。

「老實說，我沒想到妳今天下午會來。」洗過手，石毓翔真的施展出他的五爪神功，在鍋子裡不斷抓捏，原本淡黃色的奶油、雞蛋，跟白色的糖粉、麵粉果然很快開始混合，逐漸變成顏色較淡的麵糊。他問瓊安：「怎麼樣，初體驗的感覺如何？」

「有點噁心。」學他一樣用手在麵糰上用力掐著，瓊安苦著臉回答。

昨天的社團課，石毓翔先介紹了烘焙教室裡的諸般器具，當然也順便收了一筆社費。看著大家都專注在各自的工作，瓊安顯得很有興趣。石毓翔告訴她，一節社團課的時間有限，大夥還得排隊輪流使用烤箱，眼看著當天是來不及了，如果有興趣的話，他問瓊安要不要隔天的週末下午再來，社團老師有開放這個好康，讓喜歡做餅乾的學生可以從容地烘焙。

「你們星期六都會在這兒嗎？」環顧四方，瓊安看到教室裡還有七八個社員，大家圍成幾個小組，三三兩兩在進行著。

「通常都會有人，反正想來的就會來。有時候如果遇到月考，人就會比較少，但那無所謂，反正我都會在。」

「你這麼愛烤餅乾？」

「總得有人負責開門跟鎖門呀。」石毓翔笑著說：「不過這個責任現在已經移交，雖然我還有一份鑰匙，但這畢竟是副社長的工作，原則上我算是已經退休了才對。」

他們將揉好的麵糰送進冰箱，在等待冷卻硬化時，石毓翔又為她說明了烤箱的用法，同時也建議瓊安，如果打算繼續做下去，有些器具例如篩網、餅乾模等等，都可以自己買一份，省得在社團排隊輪流，徒然浪費時間。

「那些東西你都有？」瓊安說她昨晚上網看過了，發現有些還不便宜。

「慢慢買就會有了，也不是非得在一開始就把錢都砸下去，等真的做出興趣了再買也行。」半蹲下來，看著別組同學已經送進烤箱的餅乾，正在加溫的過程中慢慢變色，石毓翔說：「妳看，這就是我覺得做餅乾最有趣的階段。」

「怎麼說？」學他一樣，膝蓋微微彎曲，瓊安也盯著烤箱瞧。

「一個模子在麵皮上壓出來的，都是一模一樣的圖案，可是送進烤箱之後，短短的十五分鐘過去，有些會變成顏色漂亮、香氣四溢的餅乾，咬起來又酥又脆，非常可口；可是有一些則會破碎、會滿是裂痕，甚至還可能會變形。妳永遠無法預知哪一個會成功，或者哪一個會失敗，一切都只能交給命運決定。」

「這是命運能決定的嗎？」

「當然也跟手藝有關。」石毓翔說：「不過更多時候，我覺得還是老天爺給不給面子的成分居多，不信的話，待會看我們的烤出來怎麼樣就知道了。」

不曉得是誰從手機裡播放出音樂，那是石毓翔跟瓊安都沒聽過的古典樂曲，既不吵也不亂，鋼琴樂音流暢地在室內迴繞，陸續有餅乾香味瀰漫，讓人覺得心曠神怡起來。他們從冰箱裡將冷卻也稍稍變硬的麵糰取出，石毓翔耐心地指點瓊安，將麵糰又擀成大約一公分厚的麵皮，過程中瓊安幾次施力不當，麵皮上出現小裂痕，石毓翔都逐一幫她修補，最後才拿模子開始裁切。瓊安選擇的是小熊的輪廓，大約裁出了十餘個後，石毓翔再幫忙將榛果一一擺放到小熊的懷抱中，然後又輪到瓊安出馬，手指很輕地扳動小熊的手臂，讓它呈現一個熊抱的姿勢。

「現在呢？」製作完成後，石毓翔把烤盤送進烤箱，設定好時間跟溫度。瓊安呼了一口長氣後問他。

「妳信什麼教？佛祖還是上帝？或者阿拉還是什麼三清祖師之類的都可以，開始求祂吧。」石毓翔笑著說。

他對這個女孩頗有好感，雖然這不過才只是第二次見面而已，但他喜歡女孩靈秀的大眼睛，喜歡她與眾不同的細心，一般人用模子裁出餅乾的形狀後，往往急著想送進烤箱，但她不疾不徐，拿起小刮刀，會在餅乾上刻出漂亮的細紋，或者在小熊身上點出五官，甚至會仔細地將裁切的邊邊角角修飾整齊，這些都是石毓翔很少在別人身上看到的。能這麼用心在細節上的人，就算不具有特別的烘焙天分，這份心思也值得被讚許。

於是他撿選了一些自己的器材送給她，另外又指點許多烘焙訣竅，他承諾她，下星期再來時，除了基礎的餅乾製作，還要教她怎麼調配不同顏色的糖霜，讓餅乾更加繽紛漂亮。

「以初學者來說，這算是很不錯了，成功率相當高。」

當第一爐的餅乾烘烤完成，雖然還相當燙手，但石毓翔挑了一個顏色深得恰到好處，形狀也十分完整的小熊餅乾，他告訴瓊安，烤好的餅乾可不是直接塞進嘴裡就了事，要先用眼睛看，看餅乾的顏色是否均勻，看上頭有沒有裂縫；外觀都及格之後，則是湊近點聞聞，好的餅乾不會只有調味粉的味道，而是飽含麵粉與奶油的香氣；等嗅覺確認過後，最後才小口咬下，測試酥脆程度，那一小口還不能直接咀嚼，得在舌尖處細咬幾下，才能辨認口味與口感。

「這麼麻煩？」瓊安很驚訝。

「烘焙師的訓練可不只是揉麵糰而已。為了品質嘛，習慣就好。」他笑著，將餅乾吹涼幾下後，輕輕咬了一口，稱讚說：「口感非常好，很酥脆，連最容易失敗的椹果也有烤熟，這一點很不簡單。不過妳麵皮的厚薄度有些不均，所以這些熊有的胖、有的瘦，下次可以再留心一點。」

「嗯嗯，還有其他要注意的嗎？」瓊安點點頭。

「大致上也就這樣了。」石毓翔建議她不妨把餅乾分給大家嚐嚐，或許可以聽到更多不同的意見，說著又反問她：「那妳呢，妳自己有什麼看法？」

「唯一的感想是……」也啃了一小口餅乾，瓊安認真咀嚼著，想了想才說：「或許，我可能是很有天分的那種人，也許再過幾年，阿基師或吳寶春都會高薪聘請我去當助理，甚至出馬競選下一任的食神，也可能開一家餅乾專賣店，然後『食尚玩家』就來採訪我。」

「阿基師有烤餅乾嗎？」石毓翔哈哈大笑，「年輕人不要那麼自滿，妳還沒嚐過真正厲害的餅乾呢，身為妳的啟蒙師父，我有必要讓妳知道大人的世界是多麼的殘酷。」笑聲還沒結束，第二台烤箱發出「噹」的一聲悅耳脆響，石毓翔比出手指，說：「是妳驚為天人的時候到了，來吧，嚐嚐妳師傅的手藝先。」

說著，他伸出手去，但甫一接觸烤箱門把就忽然一愣，跟著打開一看，赫然發現，餅乾根本不是餅乾，依舊還是剛剛的麵糰顏色，手指一壓就扁，完全是沒烤過的樣子，而更令人匪夷所思的是，烤箱裡頭完全沒有加熱過的溫度。

「師父，您這是逗趣兒嗎？」捲起舌頭來學京片子，一句話沒講完，瓊安已經捧腹大笑，她手上拎著壓根沒接上插座的插頭，笑著說：「還真是讓我驚為天人呢你！」

正因我們曾經笑得太甜，才反襯出後來命運的苦。

03

對石毓翔來說，生活是在不知不覺間出現改變的，以往在自己班上的教室裡，從來也沒有別班的人會來找他，頂多就是一兩次，有烘焙社的學弟妹來借社窩的鑰匙而已，而那種場合的對話從來沒有超過一分鐘以上，但現在卻不同了。

那天他們沒有做餅乾，石毓翔原本立志要一雪前恥的，但為了瓊安帶來的一包好東西，邊吃邊聊，放學後的短暫時光很快就過了。雖然只有一小包，但薄薄的餅乾外皮下居然包著軟彈又有嚼勁的紅豆麻糬，那是瓊安昨晚在街上的麵包店買的，一吃之下大為驚艷，這才約了石毓翔，放學後拿到他教室來分享。

「你們教室好亂喔，難怪整潔比賽永遠最後一名。」瓊安環顧四下，地板有沒掃乾淨的垃圾，桌椅也沒擺好，甚至連黑板都沒擦乾淨。

「掃那麼乾淨要幹嘛，隔天不是照樣亂七八糟？」石毓翔毫不在乎，他認真而仔細地咀嚼一塊，跟著又拿起另一塊來端詳，很快就看出訣竅。他告訴瓊安，這種餅乾顯然是分次做成的，要先把底部的餅皮烤出雛形，再填入內餡跟外層，否則餅乾在烤箱裡持續加熱，餅烤熟了，麻糬大概也融化了。

「我們能做得出來嗎？」瓊安說她就是被這種口感吸引了，但對自己的烘焙能力挺有自知之明，所以才來問問石毓翔，想知道有沒有辦法在學校的烘焙教室裡如法炮製。

「嘗試看看，或許可以，內餡也可以買現成的。」他點點頭，心念一動，問瓊安趕不趕時間，如果有空，學校附近就有一家社團經常合作，大夥也常去光顧的食材行，這類食材，那兒應該都有。

「食材行？好逛嗎？」瓊安眼睛一亮。

「以男生跟女生第一次單獨約會的條件來說，那肯定是個爛地點，但如果是烘焙技術相傳承的師徒，這倒是個挺好逛的地方。」

「我沒說要讓你全部吃完呀！」瓊安還來不及阻止，石毓翔已經在起身前，把最後一塊餅乾塞進嘴裡。

他升上高三之後，就從母親那兒接手了一輛淘汰下來的舊機車，儘管破破爛爛，前面還加裝了一個扭曲變形的菜籃，但起碼保養得還不錯，而且騎這種「低調」到底的車，最大好處就是不容易遇到臨檢。

從校門口出來，轉過了一條巷子，石毓翔確認附近沒有巡視的教官，這才從書包裡拿出一件風衣外套，罩住身上的制服。

他車上還有另外一頂安全帽，上面印著斑駁的卡通圖案，瓊安很好奇會有誰在戴這種帽子，石毓翔無奈地告訴她，神奇寶貝可是他老妹的最愛，偶爾他幫忙接送就會用到。

「令妹今年幾歲？」

「舍妹今年剛好滿十歲，不過一顆腦袋大得很，所以我想這帽子妳應該勉強合用。」他大笑說。

機車騎得不快，瓊安以為他是因為無照駕駛，所以才格外安分，但石毓翔小心注意路況，隨著交通號誌，該慢就慢，該停就停，為的卻是怕載了瓊安在後座，承擔不起任何事故的責任。他注意到了，瓊安總是小心翼翼地扶在機車後面的握把上，重心不是很牢靠。

食材行不遠，在櫛比鱗次的狹窄街道中，店面尤其不起眼，然而踏進來後，瓊安才真的體會到什麼是大開眼界。起初要加入烘焙社時，她一直以為，製作餅乾，不過就是麵粉加上奶油，頂多再放點砂糖，就能放進烤箱，後來跟著石毓翔親自操作過幾次，這才明白箇中還有不少訣竅要慢慢領略，而現在一到食材行，她又一次看傻了眼。

石毓翔指著左邊那一區，說那些都是蛋糕類的材料，目前還用不到，又指著門口那邊令人目不暇給的各類器具，說那些基本上社團裡都有，因此也不需要。他帶著她熟門熟路地往裡頭鑽，不時還得把看得出神的瓊安給喚醒，最後兩人在一排貨架前停住腳步。

「擀麵棍當然社團也有，但是很多人都還是習慣自己買一支順手的，不願跟別人共用。」他說：「而且擀麵棍在不同的麵皮上擀久了，很容易沾上各種奇怪的味道，這也是某些有潔癖的人所不喜歡的。」

「不就是木頭而已嗎，怎麼這麼貴？」瓊安看了一下標價，咋舌不已。

「價格是比想像高了點，但它可以用很久呀。」

瓊安不敢貿然決定，她又看了一下其他的東西。石毓翔一一為她介紹，告訴她，這些烘焙用的食材其實學問很大，即便只是眼前的糖粉，也有純糖粉或摻了玉米粉的區別；而麵粉分成高、中、低筋，連奶油也有各種不同。不過還好這些通常都由社團公費購買，大家既然繳了社費，當然沒理由連麵粉、糖粉都還得自備，只是既然對這條路有興趣，最好還是稍微了解一下比較好。

「怎麼連這也好貴？」瓊安隨手拿起一組裁切麵皮的金屬模子，她轉頭問石毓翔：「這不就只是個模子嗎？」

「是呀，但除非妳有認識的鐵工廠，可以幫妳製作不同的模子，不然就只能甘願一點，接受資本主義的剝削了。」他聳聳肩，「當然，妳也可以一輩子只做小熊餅乾。」

哭笑不得，瓊安雖然看什麼都有興趣，但手上的籃子始終空空如也，逛了許久，她真正放進去的，也不過就是一根廉價的擀麵棍、兩個最便宜的餅乾模子，以及一小包巧克力粉而已，那些讓她很心動的材料，她一個也不敢買。

「不是想做紅豆麻糬的內餡餅乾嗎？」

「我……」有些赧然，瓊安不好意思地說：「我身上沒帶那麼多錢呀。」

「我先借妳就好了，妳可以先買自己喜歡的東西，模子多買兩個，這兒也有現成的紅豆餡，而且妳挑的那支擀麵棍，老實說不是很好用，那個我們社團就有，大家嫌棄得要死。」

「還是不要好了。」瓊安無奈地說：「我爸媽平常不太給我零用錢，而且已經升上三年級了，就算他們沒有反對我加入烘焙社，但我想最好也還是低調點，要是真的把錢都砸進去，一來我會沒錢吃飯，二來回去也不好交代。」

「那很簡單嘛，買了以後不要帶回家，放在社窩的置物櫃不就好了？」石毓翔笑著，他先把擀麵棍給換掉，重新挑了一根價格比較高的，跟著拎起一包紅豆餡料，又挑了一組要價幾百元的餅乾模子，順便還多拿了一包綠茶粉跟一塊擀麵皮專用的塑膠軟墊，逕自走到櫃檯邊。

「你是想害我喝西北風嗎？」瓊安嚇了一跳，忍不住伸出手想攔住他。

「如果妳需要我幫別的忙，比如補習功課之類的，那我可能辦不到，但如果妳也喜歡揉揉麵糰，烤一爐讓自己沉醉不已的手工餅乾，這點小錢我倒還付得起；況且妳可是我徒兒，徒弟這麼有上進心，為師的當然要助妳一臂之力，對不對？」石毓翔輕描淡寫地說著，一邊掏出皮夾，瓊安看到他抽出一張千元大鈔遞給店員還不夠，又多掏了點零錢出來。

「但是我還不起呀。」

「一共一千零四十元，妳每個星期還我十元就好，剛好二十年可以還完，時間非常充裕。記住了，未來這二十年，不可以改投別的門派喔。」他將結帳後的整袋材料交給瓊安，笑著強調：「如果哪天『食尚玩家』來採訪妳了，記得要順便替我打知名度，拜託拜託。」

每個約定被約定時，終點其實也就已經等在那兒。

04

當月考結束後不久，時序才剛進入十一月中，天氣已經微涼，卻也不到寒冷的程度，石毓翔所居住的這個中部小鎮，雖然一般人都稱之為海線，事實上距離大海可還遙遠得很，只是海風毫無屏障地襲來，一到冬天倒也冷得要命。他騎著機車正要出門，媽媽從廚房追了出來，問他這週末下午是否有事。

「任何一個正常的高中生，都不會在週末下午讓自己閒著，要幹嘛？」他已經披上外套，手中抓著機車鑰匙。媽媽說這星期六可是外婆的大壽，親戚們全都要回來，也已經在餐廳訂好位置。石毓翔皺起眉頭，他最不喜歡這種聚會活動，偏偏家裡親戚多，動不動就有婚喪喜慶的場合，往往那些他都置若罔聞、藉故開溜，當然這回也不例外。

「你外婆大壽耶，連這都不去？」

「我已經約了朋友，在圖書館一起念書啦。」他說了一個連自己都不相信的理由，儘管老媽眼裡露出懷疑，但他已經走向門口。

「該不會是想去烤餅乾吧？」

「星期六中午，如果看到我帶著烘焙用具出門，我把手指剁下來送給妳。」他哼了一聲。沒有埋怨老媽的不信任，事實上他自己也心知肚明，瞎鬼扯說要念書，結果一整天泡在烘焙教室裡的事情，他以前就很常幹，爸媽當然也心照不宣，偶爾還會調侃幾句，說怎麼讀書可以讀得滿身餅乾味回來。

但這回不一樣，他是真的有事，而且事情不在烘焙教室裡。那次在食材行的小約會後，他跟瓊安經常碰面，不只是社團課或週末下午一起做餅乾而已，只要誰嚐到了一點特殊的東西，總會傳個訊息，有時是放學後在教室裡，有時則約在石毓翔停機車的巷子裡，他們可以一起分享那些小點心，或者幾個瓊安專長的科目，特別是共同科目的英文、國文，她會出借自己的筆記，幫著石毓翔一起應付愈來愈繁重的課業壓力。

這週末，石毓翔也約了她，美其名是請教一些英文文法的問題，同時也請她吃頓飯，答謝她在這方面的協助，但更重要的是，真正的冬天到來之前，他想送她一個小禮物。

那東西他挑了又挑，最後才終於選定。本來只是某一天的放學後，剩下一點零碎時間，在安親班附近等著接妹妹下課，很快就要回家吃飯，然而他卻被街邊一個專賣女性配件的小攤子所吸引，站在那兒看了看，也挑了挑，幾番猶豫後，終於捨棄老闆娘再三推薦的粉紅色毛呢圍巾，改選另一條桃紅與白色條紋相間的款式。圍巾並不貴，但做工細膩，摸起來也柔軟舒服，石毓翔心想，比起太過年輕化的粉紅色，或許這一條更適合比較成熟與文靜的瓊安。

這算是告白嗎？自從買了那條圍巾後，他經常這麼問自己，但轉念又覺得好笑，這算他媽的哪門子告白禮物？一條三百九十元的圍巾？未免太小家子氣了吧？一根擀麵棍都比這還貴！他把那條圍巾用另外再買的包裝紙包好，妥善地收藏在抽屜裡，然後對瓊安提出邀約。與往常不同，平常他們相約時，總是自然坦率，但這回他開口相詢，心裡卻七上八下的，總覺得忐忑不已，好像正在做一件見不得人的事情一樣。

是因為自己即將告白的關係嗎？這真的算得上是告白嗎？如果真要告白，那是不是該考慮一下，換個更像樣一點的禮物？爸媽平常各自都會給零用錢，知道他在烘焙方面的開銷大，他們也掏錢掏得很大方，所有沒花完的錢，他都存在自己的戶頭裡，要領出來買個好一點的東西並不難，只是石毓翔左思右想，卻又擔心如此貿然，反而會造成瓊安的困擾。兩個人認識才多久？人家想談戀愛嗎？她有對我示好嗎？萬一告白失敗了，會不會連朋友都沒得當了？不說別的，光是一想到自己可能會被當面拒絕，那種羞愧感他光用想像的都覺得可怕。

今天一早，他又躺在床上翻來覆去好久，一直到該準備出門赴約前的十五分鐘，都還無法為這些亂七八糟的問題找到一個答案，他甚至連自己到底是不是真的喜歡瓊安都感到懷疑，兩個人互相認識，也知道各自的一些喜好，但那搆得上是愛情的成立嗎？如果瓊安問他，到底喜歡自己哪一點，又是怎麼開始喜歡上的，他該怎麼回答？

這種問題千奇百怪都有，想起來令人心煩，石毓翔忽然覺得，原來談戀愛是一件這麼麻煩的事，比起這些永遠找不到答案的問題，思考餅乾的材料或許還來得輕鬆，再不然，背背英文單字或記憶數學公式也簡單些。

他知道自己不能一直躺在床上瞎想，也知道再怎麼想都不會有答案，然而每次都這樣，就像一團亂的毛線球，一旦從中拉扯出一條細絲，就會牽扯出更多的線頭，最後變得糾纏雜亂，可是他停不下來，怎麼也無法克制這種患得患失的心情，到了最後，眼看著約定的時間將近，他沒能鼓起決心出門，卻被老媽一陣粗魯的敲門聲給打斷思緒。

「你跟朋友如果中午沒約了，就趕緊換上衣服，和我們一起去吃飯吧！」老媽不耐煩地叫嚷，讓石毓翔非得回神不可。就算今天不告白也無妨，哪怕當作只是送送朋友的小禮物都可以，總之，比起跟一大群親戚寒暄吃飯，他寧可跟瓊安閒扯聊天。

只是他一出門就覺得好像選錯日子了，一連幾天的鉛灰雲霾，今天已經累積到最飽滿的時候，彷彿隨時都會有雨滴要落下似的。他把那條圍巾塞在一個藍色的帆布背包裡，穿著儘管趕時間出門，但還是有稍微認真挑選了一下的衣服，那是看起來很像軍服的淺綠色上衣，但胸前有些筆記本、鋼筆之類的文具圖案，頗有文青風采，再搭配牛仔褲跟帆布鞋，連頭髮也稍微抓了一下，不過非常可惜的是，當安全帽罩上去後，再怎麼費心抓出來的髮型都毀了。

出門前，他還傳了一次簡訊給瓊安，確認時間地點，也終於忍不住跟她說了今天會帶個小禮物給她。還是別說自己有祕密要講比較好。他這麼想。

冬天的冷風陣陣颳來，果然離家才不遠，天空就飄起雨絲，不僅絲毫沒有要停的樣子，還有漸大的趨勢，他正覺得有些不妙，想加緊油門趕路，一陣雨水已經灑上身，再不多時，原本淺綠色的上衣就已經濕成了墨綠色。

石毓翔在心裡罵了幾百句髒話，但再怎麼罵也無法改變又濕又冷的悽慘，他才離家不過短短一兩公里，雖然可以回頭拿雨衣，但一想到會聽到老媽的囉嗦就厭煩，更怕耽擱了約定的時間。

迫不得已，他把機車臨停在街邊，雖然那家麵包店的遮雨棚不大，總也是個可以短暫避雨的地方。五顏六色的棚架下，石毓翔停了車，摘下安全帽，仰望著不斷落下雨絲的灰色天空，他只覺得這根本就是不祥的預兆，連老天爺都跟他過不去。放眼四下，斜對街雖然有家便利商店，但這時雨正落著，倉促跑過去固然可以買到輕便雨衣，但如果一身衣服都濕透了，要雨衣還有什麼用？他掏出手機，連忙再傳訊息給瓊安，告知自己會稍微晚到，而也正在她回覆說不急，提醒石毓翔騎車要小心之際，狹窄的棚架下，忽然又跑來一隻看來更倒楣的落湯雞——而且還是隻母雞。石毓翔心裡暗自嘲諷著。

那女孩穿著很薄的小外套，已經整個被雨水打濕，一進棚下就趕緊先脫了，露出裡面的白色上衣，再加上她一件水藍色的短裙，與清秀的五官還有一頭短髮搭配起來，本來應該十分俏麗可愛才對，只是現在衣服和頭髮都濕了，顯得相當狼狽。石毓翔不好意思直盯著她看太久，急忙把視線移回來，但眼角餘光還是發現女孩冷得直打哆嗦。

他很想置之不理，反正不過就是個路人而已，大家都一樣被一場雨給困住，如果這是緣分，那這份緣分大概也就只有遮雨棚不到兩平方公尺面積的大小而已，她很冷就讓她去冷吧，要不還能怎樣？

一邊想，石毓翔忍不住又側眼偷瞄，女孩從她隨身的包包裡拿出面紙，想把頭臉擦拭乾淨，不過幾張面紙顯然不夠用，非但擦不乾淨，還多留了些白色的面紙屑在臉頰邊。與此同時，他鼻尖好像聞到一股淡淡的水果香味，想來是那女孩身上還噴了香水，不過這個本來應該一身香的女孩，現在臉上妝容有點花了，還因為天氣寒冷而接連打了幾個哆嗦。

最後他嘆了一口氣，心想或許這就是所謂的天意吧，老天爺不希望他太早跟瓊安告白，更完全瞧不起他準備的小禮物，因此不打算讓他有機會將東西交到瓊安手上。石毓翔打開背包，拿出包裝精美的禮物，將它撕開後，抖散原本捲得很完整的圍巾，遞給那個短髮女孩。女孩愣了一下，睜著圓圓的眼睛，有點詫異地看著他。

「看來今天不是我送禮物的好時機。」石毓翔語氣有些無奈，但也透著些許對眼前這女孩的憐憫，他嘆口氣說：「別再浪費衛生紙了，這條圍巾送給妳，擦擦臉吧，起碼暖和點。」

有些不經意的邂逅，卻往往左右了我們的一生。

05

一家乍看之下並不起眼的小咖啡店，除了深褐色的木質桌椅，其他全是黑白兩色系的裝潢。瓊安很喜歡這地方的素雅，也非常喜愛店家特製的咖啡口味餅乾，但她卻算不上是這兒的常客，主要還是因為一杯咖啡動輒一兩百元的價位，對她來說可不是輕鬆的消費。大多數時候，如果跟朋友有約，她寧可選擇其他地方。不過今天有些不同，她很想把這兒介紹給石毓翔知道，順便也讓他嚐嚐店家的手作餅乾。

外頭居然下起雨來了。瓊安坐在靠窗的座位，只能望著雨景，卻聽不見窗外淅瀝的雨聲。她選擇的是一張四人坐的位置，一杯剛剛端上桌的焦糖瑪奇朵，上頭畫著蜘蛛網般的圖案，那是店員用焦糖醬細心描繪出來的，她不忍心一湯匙攪散了，只是小口小口地啜飲，不時又望望窗外，想看誰會先到。

是石毓翔或小綠呢？按理說應該是石毓翔吧？小綠那個人哪，連下樓買碗麵都得梳妝打扮一番，沒弄得整整齊齊之前，她是不會踏出家門一步的，所以跟她有約，比她早到是天經地義的事；但是石毓翔不同，這個人向來也不準時，但他不準時的方式，是永遠比約定時間早到至少十分鐘。如果不是今天忽然下起雨，他等人的紀錄應該也不至於被打破吧？

想到石毓翔，瓊安心裡有點甜。她當然不是沒有察覺那男生對自己的好感，不說別的，光是以石毓翔這種資深的社團老幹部，居然會對一個新進女社員如此殷勤，陪著做烘焙、約著逛食材行？瓊安自己都不相信那只是出於照顧新社員的好心，畢竟今年還有不少新生加入，也沒見他對誰特別好，況且每回石毓翔傳訊息，約她一起吃什麼東西時，永遠也都只有他們兩個人，一次也沒見他約過別人。

小綠就說了，這叫作司馬昭之心，路人皆知，但當她問小綠，知不知道司馬昭是誰時，小綠則搖搖頭。她說這就是典型的知其然而不知其所以然，這世上有些人永遠只在講廢話時，才會靈光乍現地用上幾個成語或俗諺，小綠就是這種人。

石毓翔安著什麼心，瓊安是明白的，但她很猶豫，自己是否應該先行一步抽離？她不想造成別人也造成自己的困擾，都什麼時候了，距離大考的時間愈來愈近，他們誰都沒資格談戀愛吧？萬一弄不好，那可是大家要一起同歸於盡的。她知道石毓翔的家境不錯，萬一沒考上好學校，就算只是一般的私立大學也無所謂，但她不行，高中三年已經在辦就學貸款，要是大學還考不上公立的，那些龐大的學費開銷該怎麼辦？如果愛情是一場遊戲，或許石毓翔還有點本錢，她卻玩不起。

「我第一次這麼清楚地看見，原來所謂的『思春』就是這樣子。」不知何時，小綠已經來到店裡，還躡手躡腳走到旁邊，就差沒拉開椅子坐下，她把臉湊得很近，笑著對瓊安說：「一下子傻笑，一下子又皺眉頭，妳是怎樣，又愛他又怕他不要妳，是嗎？」

「是個屁，我笑是因為終於有人記得要來赴約了，害我在這兒無聊了老半天；我皺眉是因為妳一來，我就聞到有夠濃的香水味，不用錢的東西，妳就盡量揮霍了嗎？」瓊安嫌惡地說。

「送人禮物還管人家怎麼用，妳也太囉嗦了吧？大不了下次妳生日，換我送妳一瓶。」

「香奈兒嗎？」

「是必安住。」小綠大笑，「一噴下去，妳愛人就放心了，什麼蚊子蒼蠅都不敢靠近。」

瓊安抓起桌上用過的餐巾紙扔了過去，但小綠閃得很快。她左右張望了一下，問瓊安：

「怎麼，該來的那一位還沒到嗎？」

「難得遲到，再等他一下吧。」瓊安沒好氣地叮嚀：「聽好了，今天叫妳來，是讓妳偷偷觀察一下，再給我一點意見的，妳可別喧賓奪主，更不要太三八，把人給嚇跑了。」

「給妳意見？妳還需要我給妳什麼意見？別傻了，當妳已經把他列入考慮的時候，就表示他已經住進妳心裡了，還輪得到我給意見？與其聽我說什麼，不如好好問問妳自己，問問這裡吧！」說著，她忽然伸出手來，手指直接戳到了瓊安的胸部，把她嚇了一跳。

然後這一桌就亂了，顧不得形象，瓊安氣得一連拍了小綠好幾掌，拉拉扯扯時還撞到剛走過來要點單跟倒水的店員，一壺水差點沒灑滿地。

「好了好了，別鬧了……」小綠自己還笑得花枝亂顫，她趁店員倒水之際，把弄亂的頭髮整理好，說：「總之呢，今天我會給妳面子，盡量不破壞妳的淑女形象，這樣行了吧？」

「知道自己的任務就好。」有店員在旁邊等候點單，瓊安也不好意思再責怪小綠，她先要了一份手工餅乾，跟著視線一瞄，又問小綠：「妳今天是有毛病嗎？外頭又沒多冷，妳圍著圍巾幹嘛？」

「哈，說到這個，我就想到一件挺有趣的事，都怪妳剛剛一直要打我，害我忘了說。」小綠隨便點了杯熱摩卡，解下圍巾遞給瓊安看。

「幹嘛？這有什麼好看的？」瓊安先翻一個白眼。居然怪起我來了？到底剛剛是誰先搗蛋的？她瞪了小綠一眼，伸手接過圍巾，卻看不出哪裡有異樣。

「妳知道我最討厭什麼顏色嗎？」小綠見瓊安遲疑，乾脆直接問了。瓊安先愣了一下，隨即想到，手上的這條圍巾，不就是小綠最討厭的桃紅色？

「為什麼……」瓊安納悶地抬頭，話才剛問出口，只見店門口又進來一個人。剛剛小綠已經算是狼狽了，那人則更慘，不但衣服都濕了，還濕得非常徹底，連走路都能在地板上拖出一條濕漉漉的水痕。他正朝這邊走過來，一見到這一桌的兩個女生，顯然也愣了一下。

「我……」本來已經要把剛剛躲雨時發生的一樁奇遇記說出口，小綠這時也忽然硬生生停住了，她說：「本姑娘今天心血來潮，剛剛決定給自己一個機會，也給桃紅色一個機會，這是我買的。」她說著，趁瓊安急著要抽紙巾來幫忙擦拭時，趕緊偷偷對站在桌邊還渾身滴水的石毓翔，促狹地眨了眨眼睛。

當我們開始試著「觀察」時，對方其實早已住進心裡了。

他不知道小綠為何要使那個眼色，若是老老實實地說出真相，應該也無傷大雅才是，不過就是看一個被雨淋濕的可憐女孩，心中不忍，所以送對方一條可以擦拭跟暫時取暖的圍巾而已，這算什麼嗎？不，這什麼也算不上，只能叫作舉手之勞，畢竟一條圍巾能值多少錢？

「抱歉，我遲到了。」石毓翔尷尬地坐下，解釋道：「又下雨又沒地方停機車，害我走好遠。」

他接過店員遞上來補充的一大包紙巾，但怎麼擦也沒辦法將頭上、臉上跟身上的雨水擦乾。忙了半天，終於能喘口氣時，瓊安對他伸出手來，俏皮一笑。

「沒關係，趕快擦一擦，別感冒就好。」瓊安忽然停下擦拭，笑著問他：「那麼，說好的禮物呢？」

「啊！」石毓翔故作驚覺的樣子，說了兩個字：「忘了。」

他忽然有點明白小綠的意思了，側眼看見小綠似笑非笑的樣子，石毓翔就頓悟了。是呀，一條圍巾並不值錢，但如果這條圍巾是一份「禮物」呢？你把本來該送給她的禮物，輕易地送給了素昧平生的我，你說這該怎麼解釋？小綠的眼裡彷彿是這樣說的。

石毓翔急著跟瓊安道歉，但瓊安卻一點也不放心上，面對眼前滿臉歉意的男孩，瓊安回應的是溫暖的微笑，她說沒有關係，這種天氣，騎車還是安全最重要，禮物有沒有帶來倒無所謂。說著，又抽了幾張紙巾，提醒石毓翔：「你左耳都還在滴水呢，快點擦乾。」

一直有種尷尬的感覺，石毓翔的這杯咖啡喝得很彆扭，他不好意思老是盯著瓊安看，更不敢跟小綠四目相接，最後只能研究起那杯深褐色的咖啡，以及勾勒在白底磁杯上，那精緻細膩的描金紋線。

瓊安告訴他，如果這世界上有所謂的孽緣，那小綠就是她一生中最可怕的存在，兩個人從小就認識，小學讀同一班，國中在隔壁，到了高中，現在也只相鄰幾間教室遠。

「聽起來有逐漸遠離的跡象，妳感到非常開心嗎？」小綠橫了瓊安一眼。

「難道不該慶幸嗎？誰想要永遠拖著一個背後靈？」瓊安也不甘示弱。

「可我剛剛才下定決心，要跟妳報考同一志願，努力朝著再當妳同班同學的目標前進呢！」小綠狂妄地笑著，「別忘了，雖然上高中之後，我是比較不用功一點，但是從小到大，就算妳的讀書成績都能跟我不相上下，可是只要一參加才藝比賽，妳就永遠不是我的對手；簡單說吧，天底下只有妳到不了的地方，卻沒有我得不到手的東西，這點小心願，妳猜我有沒有機會完成？」

「媽的妳去死吧。」瓊安居然爆出一句髒話，逗得小綠哈哈大笑，也讓石毓翔看傻了眼。

這就是彼此要好的女孩子們，在私底下相處的樣子吧？石毓翔心裡想著。他班上或社團中當然也不乏女生，但在外人面前，特別是在不熟的男生面前，多多少少總還有點矜持，平常儘管喧鬧，可也不常讓他聽到髒話，況且瓊安予人的印象，一向都那麼溫文有禮，沒想到她罵起髒話居然也能這麼順口。

「怎麼樣，有沒有一種女神形象破碎的幻滅感？」小綠忽然拍了一下石毓翔的手臂，打趣著說：「不用謝我，追求真相本來就是我們年輕人的責任與義務。」

「是嗎？那妳趕快把妳現在陽光美少女的面具揭下來，讓石毓翔也認清楚妳吧！妳這個到處拐騙別人感情的詐欺犯，妳好意思指著別人說三道四？」瓊安伸出手就要去扯小綠臉頰。

「哈，無所謂呀，老娘一向都扛著大旗，明擺著接受各方進貢的，天底下誰不知道？況且今天這位石先生的目標又不是我，我也不用裝什麼形象，對吧？」小綠得意又驕傲地說著，反掌撥開瓊安的手，卻以更快的速度撩了一下瓊安的長髮，笑著說：「來來來，倒是妳呀，妳就放開心接受他了吧，經過我慧眼鑑定無誤，這個坑肯定值得妳跳。」

「在講什麼東西呀！」瓊安急著想摀住小綠的嘴。

「聽不懂嗎？那再白話一點好了，我是說，你們現在可以開始談戀愛了……」在喉嚨被掐住，嘴巴被摀上前，小綠終究還是把話給說了出來，然後場面又開始亂了，石毓翔有些不敢置信，卻無法否認眼前的事實，兩個女孩拉扯成一團，又叫又笑，然後椅子弄倒了，咖啡打翻了，原本靜謐優雅的小店，就這樣被兩個女高中生給掀了。

「真的很不好意思，讓你看笑話了。本來只是想說今天難得有機會，介紹我的好朋友給你認識，沒想到居然搞成這樣。」臉上滿是慚愧，瓊安說：「小綠這個人就是這樣，講話永遠都沒半點正經，你不要介意。」

「沒有什麼好介意的，我比較在意的，是妳以後還有沒有勇氣走進那家店。」石毓翔忍不住笑了出來。

一場大鬧，驚擾了其他客人不說，店裡的氣氛也全都被打壞了，那個店長滿臉不悅地走出櫃檯，當下就要這三位客人離開。儘管瓊安不停地道歉，最後還是乖乖付了錢，被「請」出了咖啡店。

「真想殺了那個女人。」咬牙切齒地說，瓊安轉頭看了石毓翔笑吟吟的表情，愣了一下，問他到底在笑什麼。

「倒也沒什麼，我只是覺得，比起妳平常淑女的樣子，今天顯得更活潑，也更生動。」

「是嗎？」

「是呀，而且這樣更好，真的。」石毓翔笑著說。

從咖啡店離開後，小綠還是一副泰然自若的模樣，有說有笑地陪著走到店外不遠後，她嚷著說自己不想整天為了世界的黑暗而發光發熱，藉故就開溜了。石毓翔當然聽得出來話中有話，卻也只能尷尬陪笑。等她離開後，雨也停了，他才跟瓊安又多聊了幾句，也問她想不想再到哪裡走走。

「還是不了，我怕又下雨，要是大家都感冒了可就不妙。」瓊安說著，忽然問他，知不知道 absorbing 這個英文單字的意思。

「什麼？」石毓翔一愣。

「不記得嗎？那 appointment 呢？assistance 呢？」瓊安有點驚訝，一連再問了兩個，石毓翔都只能瞠目結舌。她苦笑著說：「看來上次我把七千單中英對照表給你，你是一個單字都沒背過吧？」

石毓翔這下臉色更尷尬了，那些單字他確實一個也沒認真看過，正在點頭搖頭都不是時，瓊安說：「有些事情呢，你不說，其實我也猜得著，只是……只是你也知道，現在不是分心的時候，對吧？」

他完全能夠明白瓊安的意思，然而一整個傍晚都躺在床上，心卻怎麼也靜不下來。英文單字而已嘛，那算得了什麼呢？他的英文成績一向都不差，不會因為少背了幾個 a 開頭的單字就不及格，只是事實擺在眼前，瓊安確實將比較多的心思都放在課業上，儘管她對自己可能也頗有好感，但畢竟大考在即，她終究不敢碰觸感情。

如果妳不敢碰觸，有意要避開的話，那又何必安排今天的聚會呢？石毓翔忍不住想，小綠其實已經把一切都抖出來了，她今天就是站在好友的立場，來替瓊安「鑑定」的不是？妳要鑑定我是否適合妳，可妳卻又不願面對自己內心的情感，是嗎？石毓翔嘆了口氣，幾度拿起手機，想打個電話給瓊安，告訴她心裡所想的這些事，可是撥號鍵卻怎麼也按不下去。

家裡沒人，大家都去參加外婆的壽宴了，只剩他獨自一人。百無聊賴地在床上翻滾著，本來還以為今天可以跟瓊安相處久一些，早知道下午就該在回家途中，順道去租幾本漫畫，或者去逛逛食材行也好，正在盤算著接下來能做點什麼，擱在枕邊的電話忽然響起，嚇了他一跳。

「知道我是誰吧？」電話中的女孩笑著問他。

「小綠？」石毓翔呆了一下，「妳怎麼有我電話號碼？瓊安給妳的嗎？」

「別開玩笑了，她多怕我繼續爆料呀，怎麼敢把你號碼告訴我？」小綠猖狂地大笑，「我們班上以前也有幾個烘焙社的學生呀，你的電話號碼又不是什麼祕密，隨便問一下都能到手。」

「找我幹嘛？」心想小綠說的也對，石毓翔又躺回床上。

「沒事呀，就是雞婆想多問一句而已。」

「問吧。」

「你喜歡她，對吧？」絲毫沒有隱晦，也不管彼此之間的交情有多麼淺薄，小綠開門見山，直截了當地問：「怎麼樣，需要我幫忙嗎？」

那時我們不曾想到的，都是後來的我們所無法面對的。

結束那通莫名其妙的電話後，石毓翔老覺得心裡很不踏實，幫忙？是要幫什麼忙？小綠可以幫忙約人嗎？石毓翔搖頭，要約，他自己就能約得到，不必假手他人；要小綠幫忙敲邊鼓嗎？如果瓊安真的無心，那旁人再怎麼搖旗吶喊也無濟於事，就像現在這樣，瓊安擔心的是心裡的波濤會影響課業，關於這種情形，小綠能幫什麼忙？

「你可別以為我只會搗蛋，如果你是真的想追她，那你很快就會發現，其實我的存在是非常重要的。」電話中，小綠是這樣說的。

「是嗎？」石毓翔冷笑，「我可不這樣認為。」

「那你可以走著瞧呀，等我真的幫上了忙，再好好想想，該怎麼謝我就好。」又是一陣笑聲，然後掛了電話。那種笑法，說好聽點是爽朗不羈，但石毓翔真的認為用「猖狂」來形容比較貼切。

小綠究竟能幫些什麼忙，這個他心裡始終存疑，但比起等待答案揭曉，更讓他掛念的，其實是大鬧咖啡店後不久，在瓊安身上發生的情況。

那天中午，他本來滿懷著喜悅之情，急著想傳訊息給瓊安，告訴她紅豆麻糬口味餅乾終於研發成功的消息，更想趕緊約個時間，好與她一起分享，但沒想到瓊安已讀訊息後，忽然回撥電話，帶著很重的鼻音告訴他，上週末從咖啡店離開，回到家後她就覺得身體不太對勁，起初是喉嚨有點刺痛，跟著隔天開始鼻塞，到了星期一早上再量體溫，已然衝過三十八度半，然後她被送到診所，挨了一針，吃了幾包藥，今天明明是該上課的星期二，瓊安卻說：「幫個忙，把餅乾送進冰箱，暫時放一下應該不會壞吧？我現在還躺在床上，喉嚨痛得要命，什麼都不能吃呢。」

石毓翔吃了一驚，壓根沒想到會有這種事，落湯雞都沒事，偏偏那個沒淋濕的卻感冒了。他在烘焙教室裡，頓時失去了品嚐餅乾的樂趣，滿懷擔憂地問電話中的女孩：「那妳家現在有人嗎？如果沒人照顧妳，萬一又發燒了豈不是更危險？」

「沒事啦，就是喉嚨痛，四肢有點無力而已。」瓊安說：「我剛量過體溫了，沒有發燒。」

「那我下午把餅乾送去給妳，好嗎？」

「好是好，我確實非常想吃，不過喉嚨可能不允許。」瓊安聲音有點啞，哭笑不得地說：「再說今天又不是假日，你怎麼送餅乾來？是打算翹課嗎？還有呀，你是不是又想無照駕駛，在路上到處亂跑？」

「這個嘛……」

「最大的問題是，你根本不知道我家住哪裡吧？」瓊安苦笑說：「放心吧，明天我就會去學校的。」

他不得不承認自己真的沒輒了，就算能翹課，他也不曉得餅乾該送去哪裡。

「看吧，我就說，你會需要我的。」最後，在三年八班的教室門口，他果然聽到了小綠這樣說。

石毓翔所想像的其實是另外一種畫面：他要帶著一盒剛烤好的新鮮餅乾，不顧可能被教官活逮的風險，為愛癡狂地攀越圍牆，逆風前行，前來探望心愛女孩的病情，而那女孩也必將投以溫柔的微笑，兩個人都心疼彼此，並且給予對方深情的擁抱。

不過這想像沒能成真，而且路線從一開始就走偏了。在三年八班的門口，小綠驕傲地炫耀了自己的重要性後，畫出一張地圖，指引往瓊安家的方向。

「這是瓊安家的地圖？這應該連瓊安自己都看不懂吧？」石毓翔的臉有點綠。

「怎麼會？我拿過很多次寫生比賽冠軍耶！你看，每個轉彎處我都特別標明了，這個路口有便利商店，這裡有水電行，還有，這個畫了麵包的轉角就是麵包店。」在教室外頭，眼看著上課鐘聲響，老師都快來了，小綠還在那兒指手畫腳。

「麵妳個頭！那這些亂七八糟的箭頭是怎樣？」

「凶屁呀！你瞎了嗎，這就是前進方向呀！」小綠也很激動，她忍受不了石毓翔對這幅「作品」的嚴厲批評，最後老師終於來了，在被那老師趕回去前，石毓翔最後聽到的幾句是小綠嚷著說：「媽的放學之後我跟你去，這張圖畫得對不對，老娘親自證明給你看！要是有任何一個地方畫錯了，老娘把頭切下來給你當球踢！」

所以石毓翔的想像畫面就沒了，當他非得耐著性子等到放學之後，一邊小心翼翼地騎車，一邊還得聽著機車後座傳來的囉嗦，不斷叨唸哪個路口有什麼風景時，石毓翔覺得一切想像都離他很遠，唯一甩不掉的，就是小綠在後面拉扯他脖子，不斷問他「你看，那是不是電器行？你看，那是不是麵包店」之類的話。

在瓊安家附近，小綠先下車，她只在那一刻勉強算是有點良心，說自己雖然也想探病，但可不願意去當電燈泡，反正瓊安的身體一向不好，三天兩頭小感冒，多的是探訪病人的機會。

「瓊安經常感冒嗎？」石毓翔問。

「這要從小學二年級開始說起。」摘下安全帽，小綠瞄了他一眼，「但你確定現在是聽故事的時候？」

距離有點遠的這一路來，石毓翔除了聽小綠嘮叨，也很努力在記憶路徑的各種轉折，他可不希望以後每次想來找瓊安時，都得忍受小綠的不斷聒噪。

一整聚落的住宅區，都是大約三十幾年的老建築，全是三或四層樓的透天厝，巷弄窄小，道路兩旁停滿各種車輛。

小綠在轉進這片住宅區之前的一家便利商店先行下車，而他放慢車速，慢慢騎了進來，果然在又兩個轉彎後，找到了小綠剛剛叮嚀的「白色鐵捲門，門口有很多花盆，還有一座看起來爛爛的、舊舊的，毫無美感的超級大木雕」。

「你怎麼跑來了？」瓊安接到電話，走出來開門時，手上居然還捧著英文單字本，她滿臉詫異地問石毓翔：「你怎麼知道我家地址？小綠告訴你的？」

哭笑不得，石毓翔把那張畫得亂七八糟的地圖拿出來，也把小綠在便利商店下車的事情說了，瓊安忍俊不禁，又說：「果然是她的風格，只要有人想發瘋，她就會跟著一起攪和。」

「發瘋？是說我嗎？」

「不然呢？」瞪了石毓翔一眼，瓊安先往周遭看了看，確認沒有鄰居注意到，她叫石毓翔趕緊先進來。

那客廳不大，擺設也很簡單，倒是牆上有一排裱框起來的舊獎狀，那些東西吸引了他的視線。仔細一瞧，全是瓊安從小到大在許多比賽中獲得的戰果。

「書法、寫生、演講……原來妳這麼多才多藝。」

「多才多藝有什麼用，每次都有一個林小綠卡在我前面，害我拿不到第一名，那種感覺可糟透了。再說，這些都是國小跟國中的事，掛了那麼多年，老早該拿下來的，一直擺在那兒，我還覺得挺不好意思。」瓊安把單字本放下，從冰箱拿出一瓶飲料給石毓翔，說：「在那些陳年的獎狀反諷下，好像顯得我這高中三年非常無能似的。」

「那也是沒辦法的事，人都會長大的嘛。從小到大都始終優秀，那叫作天才，天才有天才的路要走，凡人則有屬於凡人的小日子要過。」坐在舊沙發上，石毓翔說：「天才路的競爭太激烈，再不然就像小綠一樣，瘋瘋癲癲的不正常，還不如我們的小日子，反而有趣得多。」

「是嗎？你倒說說看，這小日子有什麼好玩的？難道背一堆英文單字也能算得上是樂趣？」

「背英文單字可能很難開心得起來，但如果一邊背單字，一邊有美味的餅乾可以吃，那妳覺得如何？」說著，他從書包裡拿出保鮮盒。

那是一個為時很短暫的拜訪，瓊安的氣色尚可，沒有想像中的令人擔憂，雖然還能有說有笑，但傍晚時分過來，畢竟頗有風險，就怕多待片刻，瓊安的父母下班回來會遇上，屆時可就難以交代。

石毓翔離開前，再三叮嚀好幾回，不能喝冰的飲料、餅乾也不能吃太多、衣服要多穿、休息要充足，還得定時量體溫、按時服藥。一切都交代完備了，眼看已過傍晚六點，瓊安苦笑著提醒，這些備忘錄要是還停不下來，今晚他們姜家的晚餐桌上，可就真的要多擺一副碗筷了，石毓翔這才有點尷尬，只好告辭離去。

他是擔憂卻也開心的，擔憂的是瓊安原來多病，三天兩頭感冒，還得應付大考，身體只怕吃不消，但慶幸的是剛剛所見，瓊安的病情已經起色不少，雖然依舊咳嗽，但講起話來還算頗有元氣，而更讓他開心的，則是自己居然能有機會走進她的家門。

那天晚上他心情很好，飯也多吃了兩碗，晚餐後回到房間，雖然傍晚離開瓊安家時，被要求下次見面要考二十個單字，這一點讓人有點煩惱，但一切的發展畢竟還是讓人歡喜的。他把單字本先丟一邊去，拎著衣服準備進浴室，剛要脫褲子時，心念一動，拿起手機看看，心想或許瓊安還會傳個訊息，告訴他關於紅豆麻糬餅乾的品嚐心得，然而螢幕上沒有訊息通知，倒有七八通未接來電。

「你媽的，老娘辛辛苦苦畫張地圖給你，你跟我靠夭說看不懂；我犧牲自己的課後時間，帶你走了一趟，也沒聽到半句感謝的話，你小子倒好，居然給我過河拆橋，約會完了就自己跑了是吧？媽的石毓翔你敢放我鴿子，把我一個人丟在便利商店，像白癡一樣傻等到晚上八點！你個王八蛋……」電話剛接通，石毓翔就知道自己完蛋了。

無可拆分的的宿命，此刻起已然注定，關於我們。

「說我賣友求榮，未免也太小看我了，真要賣的話，我會只賣出一個地址嗎？那女人哪，從她姜家的祖宗八代，乃至於她衣櫃裡每件衣服的排列順序，這些我全都熟得很，要想賣的話，我老早全都賣光了，你說是吧？」

「會有人買嗎？」

「從小到大，倒也不是沒人來問過，但非常可惜，開出的價碼雖然好，她大小姐卻沒幾個中意的，害我都不好意思把那些祕密透露出去了。」小綠端詳了石毓翔幾眼，說：「也就只有你，勉強湊合得過去。」

「瓊安以前沒交過男朋友嗎？」石毓翔有些不信。

「想知道嗎？」小綠攤出手來，「老娘現在有點渴了。」

關於瓊安的很多事，石毓翔都是靠這樣一杯兩杯飲料，慢慢從小綠那兒換來的。學期過了一半後，瓊安的課業壓力更大了，儘管週六依然到校，卻已經無法抽身溜到烘焙教室，反倒是天性散漫的小綠偶爾會踅過來，幫忙權充快遞小妹之餘，也吃上幾塊免費餅乾，還順便洩漏一點好友的八卦。

「她也不是沒有喜歡過別人啦，不過那已經是國中時候的事了。你知道的，國中小女生情竇初開嘛，就是那樣而已。」大概是免費的餅乾嚐起來特別香甜，小綠接連幾塊塞進嘴裡，又說：「反正呢，她就是那種不管做什麼都很壓抑、很小心翼翼的人，但是太謹慎的結果就是這樣，喜歡的男生都被別人追走了，她還在猶豫要不要打一通電話。」

「沒其他的了？」石毓翔搖頭說他不信，「她看起來就是溫柔賢淑的乖乖牌，應該有很多人喜歡才對吧？」

「那是在你面前才溫柔賢淑，你要是問我，我可從來沒這樣感覺過。」

「那是妳感覺遲鈍吧？」

「敢說我感覺遲鈍？別忘了你現在可是有求於我。」小綠冷笑著提醒他，又說：「人嘛，誰不是帶著幾種不同的面具在身上？說面具或許難聽了點，總之就是有好幾種不同的樣子，在面臨不同場合或需要時，會不自覺地變成另外一個樣子。」

「起碼她還會來學烤餅乾，不像妳只負責吃，妳就是變成豬的樣子來到我面前嗎？」

「放屁！你以為她真的對烘焙有那麼大興趣嗎？一開始只是我們在打賭，而她賭輸了而已。」

「喔？」這話讓石毓翔頗感興趣，為了聽到更多八卦，他再遞上一盤餅乾，這次剛出爐的是巧克力口味，還做成可愛的香菇造型。

「其實呀，一開始先對這種家政社團有興趣的人是我。」小綠毫不客氣，直接拿塊餅乾往嘴裡塞，邊吃邊說：「反正我們從以前就是這樣，什麼都愛比來比去，上學期我在巧藝社，織了一頂針織帽給她，那個女人就心有不甘，覺得自己也得弄點什麼東西出來，才會跑來你們烘焙社，企圖扳回一城。」

「那看來這一場比賽又不分勝負了？」

「不，這一場我姑且認輸了，」小綠剛吃完餅乾，拍拍手上的屑末，「我在巧藝社沒看上任何一個像樣的男生，她卻在你們這兒釣到了一隻前任副社長，這一點我甘拜下風。」

「去妳媽的。」石毓翔呸了一聲，而小綠則哈哈大笑，端著要給瓊安的餅乾走出社團教室。

雖然總是沒半點正經，但石毓翔還是心懷感激的，如果沒有小綠，他還真不容易爭取到更多與瓊安見面的機會。上次去探病，把握的是放學後的四點半一直到六點半瓊安家人回來前的黃金時刻，但那種機緣畢竟難得，才讓他能夠登堂入室一次，之後的假日，倘若學校沒有自習或小考，瓊安在家的作息更受限制，外人無論如何是沒有打擾的機會了，也只能仰賴小綠幫忙，才能將瓊安「偷渡」出來。

「人呢，我是給你帶來了，接下來就不關我的事了嘿。」把話說完，小綠轉身就要走。

「妳都來了，還想跑哪裡去?我們也不是出來鬼混的，妳難道看不出來嗎？」星期天的早上，約在市區的麥當勞，瓊安連一口薯條都沒吃，已經先將課本跟講義全都攤開在桌上。

「如果你們是出來鬼混的，我反而有點興趣，但正因為你們是出來K書的，老娘才沒有一起參與的興致。要說在成績方面贏妳呀，我國中、國小的時候已經贏得夠多了，現在不打算繼續追求這個。」小綠嗤之以鼻，說：「你們玩得開心點就好，請恕我不奉陪，謝謝。」

鬧哄哄的速食店裡，大概也只有瓊安還勉強看得下一點書，石毓翔則根本心不在焉，起初他跟瓊安分享了昨晚剛在家烤好的餅乾，之後則東張西望起來，視線偶爾停留在講義上，但也不過就是短暫的一兩分鐘，很快又被周遭的聲響或人影走動所吸引。

「你那一頁已經看很久了耶。」瓊安提醒他。

於是石毓翔翻了一頁，但新的一頁寫些什麼，他完全沒有過目，從二樓靠窗的位置往下望，街邊一群國中年紀的小鬼們正喧譁，他又看得出神。

「你翻了一頁空白幹嘛？」結果瓊安又把他拉回現實，石毓翔這才發現，原來剛翻的新頁面其實是講義章節後面的空白筆記欄。

「你到底在發什麼呆呀？」瓊安放下自己手中的書，問他。

發什麼呆呢？石毓翔也不知道該怎麼說，一個寒流剛要到來，寒假在即，此時瓊安脖子上圍的是石毓翔前兩天送她的圍巾，那已經不再只是為了告白而送了，事實上，他就只是擔心瓊安又感冒而已；除了那條圍巾，還有露指手套，可以方便瓊安取暖跟活動，幾個暖暖包現在也分別塞在瓊安的口袋、腰腹之間，甚至連腳底專用的，石毓翔也為她準備了好幾個。

此時他想起的，是不久前一個週末，小綠跑到烘焙教室來索討免費餅乾時，隨口跟他聊起的那幾句話。那時石毓翔原本也只是不經意地問了兩句，想知道瓊安有沒有什麼特別不愛吃的東西，他想的很簡單，就是希望日後嘗試將各種食材加入餅乾時，別誤踩地雷而已，沒想到小綠卻一語道破石毓翔猶豫已久的心理，那時她說：「有時候，就差那麼一句話你不問出口，之前所做的一切就等於白搭。你玩過線上遊戲吧？如果主角跟神獸之間要建立從屬關係的話，通常都會有一個訂立契約的動作，這你懂嗎？」

所以現在是告白的時候嗎？他跟瓊安四目交投，一旁還有幾個小鬼兀自吵鬧著，不斷有人走動，有小心翼翼端著食物經過的，有打翻飲料正在驚呼跟忙著擦拭的，還有脫了鞋子，直接把臭腳跨在椅子上的，這是適合告白的地方嗎？又或者還跟小綠那時接著說的話一樣，她那天把餅乾全部吃掉後，離開前說的是：「當你們眼中只看得見彼此的時候，還會在乎全世界變成什麼樣子嗎？」

「幹嘛，我有眼屎沒洗乾淨嗎？」瓊安絲毫沒有猜測到石毓翔心裡那些九霄之外的念想，她揉揉自己眼睛，又問：「怎麼樣？弄乾淨了嗎？」

「乾淨了。」哭笑不得，石毓翔說。

愛情的契約無須言辭，眼神間我們已然訂立。

「不簡單耶，妳居然想得到這一招，不管他本來想講什麼，當下也全都沒fu了。」小綠一攤手，「枉費我給你們製造了這麼多良機。」

「妳就不能把心思往別的方向去嗎？非得用在這上頭？妳多久沒有拿起課本或講義，好好讀那麼一兩個小時的書了？」

「話不是這樣講，念書固然很重要，一些生活的調劑也不可或缺。」

「妳把我跟石毓翔的事當成生活調劑的樂趣嗎？」

「起碼目前沒有比這更精彩的好戲了。」小綠又攤手，聽完瓊安轉述那天在麥當勞的事情，她說：「妳也知道，現在大家都忙著準備考試，害我沒禮物可收，行情嚴重下跌，百無聊賴的，只好把注意力都放在你們身上。」

「妳這個蕩婦。」瓊安瞪她。

「蕩婦？別講得這麼難聽，我跟妳也不過半斤八兩而已。」小綠哈哈大笑，「起碼我坦蕩蕩，也沒有欺騙誰的感情，老娘一向主張開放通商口岸，服貿、貨貿通通簽，誰要來喜歡我，那是他們的自由，老娘也管不著，但這可不表示我得喜歡他們，我只是開放徵選，可惜這些人的物質攻勢無法打動我，只能白費力氣，我也沒有辦法。」

「但是禮物妳都收了。」瓊安指著桌上那支嶄新的手機，「這就是證據。」

「禮物再貴重也沒屁用，妳知道，我等的是真心，而真心是無價的。」說著，她把那支手機撥到一邊去，看著瓊安，「倒是妳，妳自己才應該好好檢討反省吧？說我濫情，那妳呢？妳不但不敢接受一個喜歡妳的男生，妳甚至連接受妳自己內心的想法都不敢。」

「我只是不想拿大考成績下去賭，等考完試後，他如果還在的話，就算屆時他不開口，我也會主動一點的。」

「別人我不敢講，但如果是妳，拜託，從現在開始，哪怕完全閉著眼睛不讀書，妳照樣有學校可以讀，還擔這種心？這藉口很爛喔。」

瓊安微微一笑，知道這理由搪塞石毓翔還可以，卻瞞不過小綠。「好吧，我承認，不只是大考成績我不敢賭，就是對石毓翔，我也還有點猶豫，不曉得該不該在他身上賭這一把。」

「說這些都是多餘的。」小綠擺出情場高手的姿態，一副老氣橫秋的樣子，「妳說不敢賭，但妳其實早就把賭注投下去了，對吧？妳憑什麼把幸福的希望寄託在一個非親非故的人身上，認為對方可能為妳帶來幸福？這不是賭，那什麼才是賭？重點是，妳怎麼知道再過半年，這世界會變成什麼樣子？你們一定能考到相鄰近的學校？如果拉出了距離，你們確定自己身邊不會有其他更好的人選？不會遇到更多的誘惑？

「天底下不是只有他石毓翔一個人會烤餅乾耶，也不是只有妳一個姜瓊安喜歡吃他做的餅乾喔，妳確定到了那時候，你們就真的能在一起？與其寄望不可知的未來，幹嘛不在這時候勇敢一點，老實承認自己已經賭下去了，趕快把妳想要的東西緊緊握在手心裡？」

「那萬一因為這樣而考不上怎麼辦？」

「一個考試的失誤，跟一份愛情的擦肩而過，妳認為是天秤上可以衡量的嗎？」

瓊安並不確定小綠的說法究竟是對或錯，如果真有一座天秤，到底什麼東西才能對等地放上去秤重？瓊安沒有在考試中失誤的本錢，這一點，小綠沒有考慮進去，她跟石毓翔一樣，都有不錯的家境，不必在乎未來的學校是公立或私立，但瓊安不同，當她結束了晚餐，也聽夠了母親對經濟拮据的嘮叨，滿臉倦意地走回房間時，她知道自己是沒得選擇的。瓊安已經放棄一月底的推甄了，七月那次考試，就是她孤注一擲的唯一機會。

回到房間，她嘴裡還是剛剛飯桌上粗茶淡飯的味道，但想起的卻是今天中午才吃過的大餐，想著想著，心裡漾起淡淡的甜味。

往年都是如此，她的生日因為適逢寒假，所以不會跟班上同學一起慶祝，反倒是小綠會為她精心挑選禮物，也物色餐廳，兩個人一起慶生。今年稍微例外，同桌的還多了石毓翔。即便口袋裡頗有些閒錢，但對石毓翔而言，這依然算是挺高價位的餐廳，況且他還得一次付三個人的錢。前菜、沙拉跟濃湯一過，兩個女孩都已經八分飽，主餐上來後，石毓翔除了自己那一份原塊牛排，還得接收瓊安的半分鴨胸，以及小綠的幾口烤雞。

他預先準備了一盒用心製作的餅乾，要等今天大餐吃完後，讓瓊安帶回去的，此外還有一條精緻的手鍊，標榜完美車工、雕琢細膩，當然也要價不菲。在張羅這些東西時，唯一知道的只有小綠，那時小綠就調侃他，說都已經傾家蕩產、下足老本了，要是這頓飯吃完，他連一個屁也不放，就這樣讓瓊安撐著肚皮回家，小綠說：「我會唾棄你一輩子。」

問題是他該在什麼時候開口呢？當食序不斷前進，前菜、沙拉、湯品、主餐都一一登場，每一回服務生端上食物，他都在思考這是不是開口的良機，結果想著想著，居然就已經到了甜點跟飲料的時段。在這當中，當然免不了會有很多聊天，小綠跟瓊安總是不斷互相爆料，說著她們以前那些石毓翔來不及參與的過往，但一邊說笑時，小綠也總不斷朝他投以眼色，彷彿是在暗示他說：我已經快要開始唾棄你了，我真的已經快要唾棄你了……

最後他終於在瓊安的法式乳酪蛋糕吃完前，拿出一個湖水綠色的小紙袋，紙袋中裝著收納手鍊的小盒子。

「這個……會不會太貴重了點？」瓊安有些訝異，她早知道石毓翔不會只請客吃飯，也不會只送一盒吃完就沒了的餅乾，必定還有其他禮物要相贈，只是沒料到會是一個連她這樣不算熟知名牌的人，都能一眼認出的昂貴大禮。

「跟一些無價的東西比起來，這應該算很輕的吧？」在旁邊冷笑，小綠吃著她的冰淇淋，故意說：「哎呀，石毓翔你一直拿在手上，手不痠嗎？怎麼有人還不伸手來接呢？」

那當下，瓊安有些尷尬，她很想把一直搗蛋的小綠給趕開，但如果沒有小綠插科打諢，她又不知道該如何獨自回應石毓翔的熱切眼神。

「只是一份簡單的禮物，沒有別的意思。」僵持了一下，石毓翔終於開口。

「沒有別的意思？媽的石毓翔你……」小綠大吃一驚，情急之下，音量瞬間大了起來，充滿格調的西餐廳裡，人人都朝這邊望了過來。

「閉嘴，不要吵。」石毓翔瞪了小綠一眼，轉頭對瓊安說：「我知道妳為什麼而猶豫，但就像小綠說的，跟一些無價的東西相比，這個真的只是便宜貨。除了價格，我也完全可以明白妳另一個猶豫的原因，而我尊重妳的想法。」

「謝謝你。」瓊安覺得自己眼眶有點濕潤，但還是為難著要不要接過禮物，「很多事情，你不說，我都明白，也真的想答應你，只是……」

「只是現在不行，我知道。」石毓翔微笑著，「我答應妳，吃完這頓飯，我就乖乖回家讀書，到時候，我們會在另一個地方，擁有另一個身分，也有屬於我們自己的天地，我在那樣的一個時候，會幫妳把手鍊戴上去，好嗎？」

「天底下居然還有人送這種只能看不能戴的禮物，真是夠了。」小綠眼神裡已經寫滿「唾棄」，她搖頭嘆息。

「再吵，妳就準備付自己的帳單了。」石毓翔又瞪小綠一眼，再轉頭問瓊安：「我的手真的很痠，麻煩先幫我拿一下東西好嗎？」

「謝謝。」瓊安接過時，紙袋有著她難以提起的重量，臉頰則有一顆眼淚輕輕滑了下來。

天秤無法衡量愛情與現實，一切唯心。

當石毓翔寫好一張小卡片，用細繩綁在一組魚蝦、螃蟹造型的餅乾模子上頭，準備放進社窩講桌上的那個大紙箱之前，他眼裡雖然流露著可惜與不捨，但心裡想的卻是另一件讓他覺得不踏實的事情。

到底自己跟瓊安算不算是情侶了？這個問題讓他感覺自己的心好像懸在半空似的。

按理說，就像小綠講的，線上遊戲的玩家跟所欲豢養的神獸之間，都會建立一個契約關係，但是人跟人要怎麼具體去做這件事？輕輕一拍電燈開關，就能顯現出漆黑與光明的分界，但人與人可不行，誰能證明那份契約的存在？沒有簽署任何文件、沒有蓋章也沒有摁指紋，當然更沒有見證人，缺乏這些證據，憑什麼認定彼此間一定具備某種超友誼的特殊關係？

「你如果真的不情願，現在就趕快改變主意，改丟別的東西進去。」阿斑打斷他神馳的想法，「又沒人逼你，不要自己把東西捐出去了，卻在那邊臭著一張臉。」

「我不是臭臉，只是心疼。」石毓翔嘆口氣，又看看掛在那組模子上的小卡片。原本他想寫點叮嚀的內容，提醒下一個拿到這東西的人，千萬要好好愛惜，但想了想，最後卻為了瓊安的事情有感而發，患得患失中，寫成了這樣的話——

「我們是大洋中不得已的一次相聚，緣分是船，卻載不動承諾；於是誰不成為誰的屬於，然後，各自往那邊離開。」

最後他還是把那組餅乾模子，連同小卡片一起放進大紙箱裡了。對石毓翔來說，這本算得上是他的珍藏品之一，也陪他度過不少舊時光。還記得，那是高一那年，父親去日本洽談生意，順便在當地一個小型的烘焙展裡給他買回來的幾樣小禮物之一。

居然要把這樣具有紀念意義的東西拿到社團小市集的攤位上，供陌生人交換拿走？一想到這裡，石毓翔就覺得無比惋惜。如果不是老師特別強調，希望大家都能提供比較像樣的東西，一起來共襄盛舉，以免整個市集活動淪為跳蚤市場，他根本也不會這樣做。

這個學校主辦的社團博覽會，為期一共五天，不但提供各社團彼此交流的平台，同時也作為成果發表；除外，今年最受矚目的，就是社團小市集的成立，每個社團都一樣，要從社內募集五十件東西，放到市集去以物易物。

石毓翔根本不期待能從其他社團那兒獲得等值的回饋。真可惡的規定，說什麼每個社團所提交的物品都得跟社團屬性有關才行。石毓翔心想，要是抽到漫畫社或棒球隊的東西……那他跟拿一堆垃圾回家有何差別？

「我的天哪，這是怎麼回事？」從社窩離開，本來打算回家的，然而手機忽然震動，於是他晃到教務處外面的長廊邊。這時間校園裡已經不剩多少人，幽幽暗暗，瓊安指著走廊櫥窗上的模擬考名次表問他：「你寫考卷的時候，該不會剛好忘了要睜開眼睛吧？」

「怎麼可能。」石毓翔搖頭苦笑，說自己也不是不用功，事實上，該讀的書，他沒有一本是錯過的，只是考出來的結果卻意外地差，他也不知道為什麼會這樣。

「總得找到原因呀，不然你之後怎麼辦？」瓊安皺著眉頭。

石毓翔當然知道原因，他看著眼前這個滿懷擔憂的女孩，心裡有很多很多話想說，他很想問她，在那天的生日餐之後，兩個人之間是不是有一種關係已經確立了？雖然跟大考比起來，這好像並不是很重要，但對他而言，卻是一個不能輕易馬虎的問題，然而答案不會從天上掉下來，也不能憑空想像得出，所以他每天都會在這問題上打轉好多次，當然讀書效果也就差到不行。

「我猜我是很捨不得那組模子吧。」面對瓊安既擔心又著急的模樣，他實在不忍心再在這時候拿些兒女情長的問題去煩她，所以隨便瞎掰，順手又從口袋裡掏出一張兌換券，上頭寫著他的學號。有參加社團小市集的人都可以拿著這張憑據，在活動結束前，去兌換一份別人提供的禮物。

「你還沒去換東西呀？」瓊安看到那張存根，納悶地問。

「根本沒有看得上眼的。」石毓翔說：「如果可以的話，我只想把自己的東西換回來就好。」

長長嘆了一口氣，瓊安說：「你呀，要是願意把眷戀那些東西的心思稍微分撥一點出來，放在課業上，相信全世界都會因此而歡欣鼓舞。」

「那可是一組很棒的模子耶，質地輕巧、手工精良，做出來的餅乾非常好吃。」

「然後呢？就算用那組模子做出來的餅乾會特別特別好吃，也不能用來收買那些幫你打分數的老師呀，你確定英文跟國文老師都喜歡吃餅乾嗎？」

「妳這是什麼話？這是一個烘焙社的社員應該對前任副社長說出來的話嗎？」

「社員跟前任副社長？我有說我是站在這種立場嗎？」瓊安忽然笑了，臉上有甜甜的美，特別是一雙眼神讓石毓翔看得著迷。她說：「我猜那組模子一定很好用，說不定也還有一段讓你難忘的故事，然而我更希望你可以早點振作起來，好嗎？別忘了我們還有約定唷。」說著，她晃晃還空蕩蕩的手腕，提醒石毓翔。

「我會努力的。」想起瓊安生日那天，他們在小綠的見證下所約定的那件事，石毓翔感激在心，他笑著點頭，也把那組模子的來歷說了。

瓊安聽完之後很驚訝，她問石毓翔，既然模子是父親遠從日本帶回來的，怎麼會拿它來當這種活動的禮物。

「一開始當然是老師要求，叫我們拿點像樣的東西，但後來我也在想，如果把最喜歡的一組模子送出去了，說不定就可以從此破釜沉舟，暫時忘了烘焙，好好讀書。」

「結果呢？這一招有效嗎？」瓊安瞥眼看看櫥窗裡的名次表，看來效果似乎不怎麼樣。

「事實只證明，我是一個太心軟的人。」石毓翔苦笑著，「現在模子也沒了，書也讀不下去。」

「簡直是賠了夫人又折兵。」瓊安也哭笑不得地搖頭。

「那倒未必。」然而石毓翔忽然又笑了出來，他輕拍瓊安的手背，笑著說：「起碼我確定了另外一件事。」

「什麼事？」

「我們之間，除了社員跟前任副社長之外，還有一種關係，而且肯定不是一般的朋友關係，對吧？」

「石毓翔你給我聽好喔。」依然是甜美的笑容與溫柔的語氣，連恐嚇的話都那麼讓人如沐春風，瓊安輕捧起石毓翔的手，說：「非一般的朋友關係，其實也可以有很多定義，愛人與被愛、想念與被想念、債權與債務，搞不好還有詛咒與被詛咒……總之呢，下次模擬考，你要是再給我考這種名次，我們的關係就會是……」

「怎麼樣？我們是哪一種定義的『非一般朋友』？」石毓翔還沒察覺到自己的手掌已經距離瓊安的嘴邊很近，他原本還刻意加重語氣，想強調「非一般朋友」的重要性，結果下一秒，他的哀號聲就響徹了教務處的走廊，還驚動兩個老師探頭出來看。

「用力咬人，跟被咬得很痛的那種關係。」「行凶」之後，又恢復成婉約淑女模樣的瓊安笑著說。

有一種「非一般朋友」關係，叫作思念者與被思念者。

他從來都不知道，瓊安的牙齒原來如此銳利，而且咬合力十分驚人，在教務處外面那一下，讓他的手背足足痛了兩天。

「然後呢？你有被咬醒了嗎？」小綠問他。

「沒有。不過我倒是發現，瓊安在我手上留下的這一排齒痕還真可愛，每一顆牙齒都好小、好迷你，果然秀氣的女孩子就該是這樣，不像有些……」石毓翔還沒講完，頭一抬，看到小綠眼裡已經迸出殺氣，他急忙閉嘴。

「不想死的話，講話最好給我小心點。」瞪了一眼，小綠把一紙袋的講義全往桌上倒，「為了你們，老娘真的是掏心掏肺，連我哥前幾年用過的舊講義都搬出來了。」

「謝啦。」石毓翔有些不好意思。

小綠又白了一眼，她根本不希罕這句道謝的話，揉揉肩膀，說：「看在我被灰塵弄得一整晚過敏的份上，拜託你認真點吧，不然姜瓊安下次又想咬人時，只怕連我都無法倖免。」

「她以前就很會咬人嗎？」石毓翔皺眉。

「坦白說，你是我見過被咬的第一個。」拍拍他肩膀，小綠說：「你是第一個讓她心動的人，也是第一個被她咬的人，更是第一個讓她掛心不下，三更半夜還打電話給我，叫我去翻出這些舊講義的人。託你的福，老娘整晚噴嚏打不停。」

小綠的哥哥前兩年已經考上大學，到台南去念書了，這些自然類組專用的舊講義一直堆在台中，原本她想全都清理掉，沒想到瓊安一通電話打來就要了。小綠說：「她真的很擔心你。」

還能說什麼呢？看著那疊講義，還有瓊安特地託小綠買來的綜合維生素和人蔘養生飲品，石毓翔只能低頭默然，暗自慚愧。

於是，剛結束模擬考的那幾天，當所有人都忙著找機會透口氣時，只有石毓翔一個人安分地坐在教室裡。星期六下午，遠處依稀還能聽到操場那邊傳來的嘻鬧聲，偶爾也能聞到不知何處飄來的食物香氣。教室裡人心浮動，不時有人交頭接耳，小聲在聊著天，或者講義還擱在桌面，但雜誌或漫畫卻偷偷擺在大腿上，除此之外，有些人則心思根本不在書本中，一點風吹草動就足以分散他們的注意力，讓那些傢伙開始東張西望。

唯一不受外界影響的只有石毓翔。他剛算完一個大章節的練習題，一堆數學符號跟公式全在他腦海裡混成一團，但他強打起精神，正準備繼續朝下一章邁進。多虧了小綠她哥的舊講義，這陣子追上了不少進度，雖然距離下次模擬考還有點早，但他相信，只要繼續保持下去，應該可以得到不錯的成績。

「欸，阿翔。」又一題才剛開始計算，但這一節課的結束鐘聲忽然響起。背後有同學拍拍他。石毓翔納悶轉頭，只見那個同學朝後門指指。

「我還以為是小綠。」他露出有點疲憊卻開心的笑容。

「別提她了，我剛剛傳簡訊，叫她跟我一起來，你知道她說什麼嗎？」瓊安沒好氣地說：「星期六下午喔，全校的三年級學生，幾乎每個人都在教室裡自習或上課，偏偏就只有她溜出了圍牆之外。不過那也算了，跑了也好，反正留在教室也是妨礙別人讀書。」

下課時間，教室外的走廊上滿是吵鬧聲喧，瓊安乾脆帶著石毓翔往樓梯邊去，在轉角的地方，她停下腳步，回頭問：「知不知道annual？」

「一年一度的，形容詞。」

「Assurance？」

「保證，名詞。」石毓翔又補充：「動詞是assure。」

「不錯嘛，最後一題，」瓊安滿意地點頭，問他：「承諾？」

「Commitment。」石毓翔不假思索地回答後，得到一個充滿鼓勵的笑容作為獎品。

瓊安說她可不是吃飽撐著才丟下自己的自習功課，跑過來當英文小老師的，但在進入主題之前，這個簡單的隨堂測驗卻是非考不可。

「為什麼？」

「不稍微測試一下，怎麼知道你有沒有拿獎品的資格？」瓊安笑著，跟他一起從樓梯邊下來，在週末下午已然歇業的合作社外面，她掏出零錢，往販賣機投了一瓶飲料，還親自拉開拉環，再遞給石毓翔。

「三個單字換一瓶飲料，挺划算。」笑著，他喝了起來。

午後不見涼風，還悶熱得讓人很不舒服，幸虧有這幾口飲料，石毓翔總算覺得暢快了些。他喝了小半瓶後，問瓊安要不要也來一點。

「我可不是為了喝飲料才來的。」瓊安笑了一下，又問他一個怪問題：「社團博覽會結束了，小市集也落幕了，你知不知道你的魚蝦跟螃蟹被誰領走了？」

「不知道，也不想知道。」石毓翔搖頭，他說這種令人傷感的事情，能知道愈少愈好。

「如果它們還能再回到你手中，你打算怎麼做？」

「煮一鍋海鮮湯？」

「你是不是忘了，它們只是魚蝦或螃蟹的造型，但其實是金屬製品喔。」瓊安笑著，看著石毓翔，一副頗含深意的樣子，特別是四目相交時，好像要看進對方的靈魂深處一般，盯得石毓翔都彆扭了起來。

「幹嘛這樣看著我？」他忍不住問。

「我只是不太懂，照理說，你應該是個很樂觀的人才對，可是很難想像，你卻會寫出『緣分是船，載不動承諾』這樣的話來，這太文青了，很不像你。」

「什麼？」石毓翔大吃一驚，「妳……妳怎麼知道……」

瓊安哈哈笑著，這才從她掛在手腕上的黑色提袋裡掏出一個更小的紙袋。石毓翔納悶地打開一看，赫然發現，那竟是他捐出去的海鮮造型餅乾模，無比驚訝中，忍不住又叫了出來，嚇得瓊安急忙伸手摀住他的嘴。

「別嚷嚷，搞得好像出了命案一樣。」瞪他一眼，瓊安說：「意想不到吧？但其實這也不難，我們班的同學在生輔組幫忙 key in，做社團小市集的資料整理，我把你的名字跟學號交給她，她很容易就能找出來，看到底是誰領走了你的餅乾模子。」

「然後呢？」

「沒什麼然後呀，領到你東西的人原來只是個一年級的小學弟。反正他要這個餅乾模也沒用，所以我就拿別的東西跟他換囉。」瓊安聳肩。

「妳拿什麼跟他換？」石毓翔感到納悶。

「當然是最能打動那種小男生的東西。」瓊安淘氣地一笑，說：「他得到了一組電話號碼，而你放心，那絕對不是我的。」

「林小綠？」石毓翔的最後一口飲料這下全噴了出來。

「林小綠不會介意這世上又多一個人擁有她的手機號碼，相對的，她只會因為自己的知名度再度提升而高興，雖然在我看來，那個學弟大概也不敢打過去，所以根本就沒差。」瓊安搖搖頭，把餅乾模子拿出來，交到石毓翔手中，對他說：「重點是，你不但最近很認真用功，還答對了今天的英文隨堂考，所以應該受到獎勵，獎勵絕對不是只有一瓶飲料而已。」

「謝謝妳。」石毓翔感動得都快哭了。

「如果它注定要屬於你，就不會真的永遠離開。」瓊安開心地微笑著，「收好之後，趕快回教室繼續念書，再提醒你一次，別忘了我們有約。」

注定要屬於你的，就不會真的永遠離開。

據說北國多雨，

雨水無法滌淨城市的脈絡，卻淹沒人們的約定。

宿命在莞爾間安排一番戲謔，讓聽風的日子已經太遠。

我們從無能預知張開的掌心能握住怎生光景，

唯有九月秋陽蒸散青澀，眷戀從此鮮明。

在規律得近乎無聊的列車行進聲響中，他完全無心欣賞風景，頭倚著窗，兩眼無神空洞，心思不曉得飄到哪兒去了，唯一讓他有點反應的，只有當推著小推車，沿著狹窄的車廂走道而來時，服務人員叫賣火車便當的聲音。

那時列車正從讓他依依不捨的中壢車站開出，這兒距離台北已經不遠，但他多希望自己能在這一站下車。他特別留意了一下，這所車站建築並不宏偉，有不少外勞上上下下，進出吞吐的旅客量非常多。他知道自己以後會經常造訪這兒。

很想撥個電話找人聊天，但自己還有什麼想對這世界說的話呢？人生不過就是這麼一回事，一步一步走著，本以為的未來沒有真的到來，那些想像的、勾勒的，全都成了轉眼消逝的海市蜃樓，幻化成一場空。他都已經認命了。台北就台北吧，台北距離桃園能有多遠？不過就是那麼點車程，想來也隨時可以來的，不是嗎？他嘆了一口氣，跟自己這麼說。

列車已經進入地下化的隧道中，他看見自己映照在車窗上的投影，感到有些複雜滋味，像偶然走在路上遇見一個跟自己極為熟悉，但偏又有種說不上來的陌生感的朋友。很想問問對方是誰，想問問那個人要去哪裡，想問問他未來這四年該怎麼辦，他要像大多數人一樣，一頭栽進熱鬧繽紛的大一新生生活中呢？還是從此展開一段不停往返桃園與台北之間的旅程？噢，正確來說應該是中壢，他這麼想。

面對窗外的漆黑時，他先想起的是成績揭曉的那天。那時他簡直不敢相信眼前所見，滑鼠游標在螢幕上轉呀轉，再三確認過那確實是自己的名字跟准考證號碼，但怎麼會是這樣的分數呢？怎麼會是這樣的結果呢？他拿到出奇的低分，硬著頭皮去填志願，當分發的學校公布後，他還依舊不敢置信。與他一樣錯愕的，除了爸媽之外，當然還有瓊安跟小綠。她們兩個也傻眼了，半晌說不出話來。

瓊安不敢相信，這段時間裡，開始認真起來的石毓翔在幾次模擬考中都表現優異，怎麼一上了真正的考場，卻考得一蹋糊塗？而小綠已經混了三年，從來沒碰過幾天課本的，她竟然也能矇到一個跟石毓翔一樣的學校，差別只是科系不同；重點是，他們接下來要去的地方是台北，而瓊安自己雖然一直專心致志在課業上，後來也不負眾望，考上一所國立學校，但美中不足的是，那學校卻位在桃園中壢。

還記得那天大家最後一次在學校碰面，瓊安臉上寫滿惆悵，而石毓翔則是充滿愧疚，兩人誰也笑不出來，連他們腳邊的那一箱烘焙用具彷彿都黯然神傷似的。

「到底苦著臉幹什麼？台北到桃園而已，搭高鐵的話，屁股還沒坐熱就得下車了，就算是火車，坐電聯車都用不著一個小時，你們至於這麼愁雲慘霧的嗎？」那天只剩小綠還有自嘲說笑的心情，她跟瓊安一起，陪著石毓翔來社團收拾東西。

石毓翔那時很想對瓊安說聲抱歉，但沒能好好說出口，他滿腦子想的都是接下來該怎麼辦的問題，要重考嗎？還是等著轉學考？他其實並不在乎學校是公立或私立，或者讀一個什麼科系，家裡更不是付不出學費跟校外租屋的生活開銷，他唯一在意的，只是將來會距離瓊安多遠而已，難道真如小綠說的，只能慶幸台北跟桃園相隔並不遠？

「那條手鍊，」在烘焙教室外頭，瓊安兩眼無神地望著空蕩蕩的走廊許久，最後才對石毓翔說：「手鍊我會帶去桃園，等你來幫我戴上，好嗎？」

那時他只能點頭，約好了開學後的第一個週末，他們要在中壢車站碰面。

當夕陽斜下，這一天終於將要過盡，所有高中時代的一切都將隨著日落而歷史，成為記憶的一部分，在校門口邊，瓊安忽然停下腳步，若有所思地想了想之後，對石毓翔說：「幫我看著她，你知道，她其實沒有看起來那麼堅強。」

「知道了。」石毓翔點點頭。

「幫我看著他，妳也是知道的。」不必多說原因，瓊安對小綠說，而小綠看了石毓翔一眼，也點了點頭。

這些關於台中，關於瓊安與小綠的所有畫面全都融在一整片的瑰麗夕照中，他還來不及讓回憶的時間線繼續發展下去，手機卻忽然響起。電話接通，小綠沒好氣地問他車子到底開到哪裡去了，她等了又等，卻總等不到人。

「急什麼，快到了啦，下一站就是了。」

「下一站？你搭的不是五〇四車次的莒光號嗎？我人都已經在月台邊等半天了耶！」

「不是約好了直接在車站外面碰頭嗎？妳跑進月台幹嘛？」

「你人沒出現，我當然只好進來找人呀！欸，你應該知道自己要去的地方是板橋吧？」

「板橋？」石毓翔納悶地問：「板橋又怎樣？不都是台北？」

「老兄，嚴格來說，板橋不算台北，你的學校也不在台北，事實上你要去的地方，應該叫作新北市。」

「都可以啦，欸，妳覺不覺得，這世界真的很弔詭，我們在忽然之間，全都搖身一變，變成另一種樣子了？」石毓翔說：「說真的，過去三年來，當我在跟麵粉、糖粉還有烤箱聊天的時候，我從來沒想過自己今天會坐在這班火車上，要去一個叫作板橋的地方，而且大老遠一趟火車坐完後，下車看到的第一個朋友居然是妳。」

「放心，你不會在那班火車上待太久的，下一站要是你不趕緊換車，掉頭再坐回來，休想老娘會繼續在這兒傻呼呼地等你。」

「掉頭？為什麼要掉頭？我已經坐過站了嗎？」石毓翔又愣了一下，列車從中壢開出後，他就一直心不在焉，根本不曉得已經坐過了幾站。

「停止你多餘的感慨，把那些跟麵粉有關的回憶全都扔了吧，麻煩請趕快抬起屁股，板橋的下一站是萬華，萬華再過去才是台北，而你跟我約的地方，是在板橋車站。請你下車之後，立刻走到另一邊月台，隨便挑輛車就上去，記得，我在板橋車站的二號月台。」小綠說：「你知道女人最重要的是什麼嗎？是青春，而我會永遠記得，第一次在這裡跟你有約，你就糟蹋了老娘足足大半天的寶貴青春。」

從此我們是彼此的牽絆，期限是此生與來世。

如果想讀別的學校也不是不行，這種不高不低的分數，石毓翔本來還有許多可以選擇的空間，但問題是父親公司的需要，讓他其實也不能真的順從自己的意思。來到新學校，他發現大多數同學都有類似處境，要嘛家裡的工作走的是相關產業，再不就是本身對理工較具專長。

「誰喜歡每天摸那些莫名其妙的東西？妳告訴我，玻璃纖維或者碳纖維，這些東西到底跟我們的日常生活有多少相關？」石毓翔對小綠說：「不用講那些莫名其妙的材料，就只打個最簡單的比方吧，買一碗碗裝泡麵，準備沖熱水要泡來吃的時候，妳會很在乎那個碗的材質嗎？」

「攸關健康的事情，難道注意一下也不應該嗎？」

「放屁，我他媽都吃泡麵了，還會在乎健康不健康？」石毓翔不屑一顧地說。

有些似懂非懂，小綠側頭想了想，問他：「那我換個方式問你好了，既然你根本不在乎什麼材料不材料的，幹嘛還選這科系？起碼在我看來，你就不是這種會乖乖聽爸媽意見的人，本來我還以為你至少會選個食品營養系之類的。」

「因為我只是不乖，但不乖不等於不孝。」石毓翔嘆口氣，「妳知道這種產業有多值錢嗎？我爸花了一輩子時間在搞這些，家裡的工廠雖然不算大，但多少還能賺點錢，將來如果我不肯幫忙，他遲早得把工廠關掉。」

「所以你要為了他的心血，放棄自己的夢想？」

「也不算放棄啦，反正並不牴觸嘛。我左手可以簽工廠訂單，右手還是照樣可以揉麵糰。」

「難不成你還想把麵包店開在自家工廠隔壁嗎？」小綠驚訝地問：「會有汙染問題吧？」

「我們住台灣的人，什麼時候把汙染當成是問題了？」石毓翔沒好氣地說。

小綠聽得咋舌不已，想了想，她又問石毓翔，說了那麼多，到底玻璃纖維跟碳纖維的差別在哪裡。

「老實說，我也不知道。」石毓翔先搖頭，然後又點頭，「或許這就是我爸叫我來念材料系的原因。」

「非常好，知道我現在想什麼嗎？我現在最想做的一件事，就是到學校附近的大賣場去買一張板凳回來坐好，看你在這裡會念到幾年級才被二一。」

「吃屎吧妳。」

先去托運行把機車領回來，後來石毓翔真的載著她去大賣場，小綠也確實買了張板凳，準備擺在宿舍玄關，方便她坐下來穿脫鞋子，除此之外，各類生活用品也一起順便買齊。本來一切都很正常，但是天黑前，在學校旁邊的自助餐店裡，石毓翔望著一盤飯菜，久久沒有舉起筷子，像被石化了一樣。

「怎麼了？」

「妳覺不覺得，這一切簡直荒謬到爆炸了？」

「指的是你現在坐在這裡，而我坐在你對面的這件事嗎？」小綠嘆口氣，拿出手機，通訊軟體響了幾聲後，螢幕上出現瓊安的視訊畫面。

「妳老公已經開始想妳了……」小綠是這麼說的，但一句話還沒說完，通訊畫面立刻中斷。

「怎麼了？」石毓翔有滿肚子的話想說，卻連一個招呼都來不及打，他納悶地問。

「妳是白癡嗎？跟他在一起的時候打什麼視訊電話，害我想都沒想就接了。」瓊安傳來訊息，罵了句髒話，說：「我在上大號啦！」

石毓翔不得不相信，美女和型男也都有正常人的生理需求，肚子會餓，喉嚨會渴，當然吃喝之後也會有排泄，只是他實在不願意想像瓊安坐在馬桶上的樣子。

「何只是瓊安，你放眼所及的每個正妹，誰也都會有吃壞肚子，在馬桶上拉得驚天動地的時刻。」小綠對他說。

開學後的第一個週末，石毓翔滿心的期待落空，原本他已經查好時刻表，打算星期六一早就下桃園，沒想到瓊安的父母也剛好要北上探視女兒。

「既然這樣，那你就把時間跟精神空出來，趕快幫我想想辦法吧。」還不到中午，石毓翔窩在距離學校不遠的小套房裡，剛結束一通與瓊安的電話，聊到那天視訊的事，臉上的笑意都還沒淡去，小綠從她自己住的地方過來，劈頭就問石毓翔，幾個聯誼地點該怎麼選擇才好，又問他下午是否有空，或許可以一起去西門町，她還想買兩套參加活動的衣服。

「你們聯誼關我屁事？妳要穿什麼還需要別人幫忙想嗎？」石毓翔在窄小的套房裡席地而坐，冷氣開得正強，他根本不想走出戶外半步，既然去桃園的計畫落空了，他就只想縮回床上，繼續睡到下午算了。

「不關你事？那好，聯誼那天，我就穿著阿婆大長裙去，看你機車怎麼載。」

「我的機車？」石毓翔一愣。

「怎麼你們班還沒公布嗎？昨天下午不是有開班會？」小綠哼了一聲，「你以為一堆女生的兒福系會去找誰聯誼？當然是找男生多的科系。我們班的康樂都已經談好，把一堆提案帶回來討論了，你們班卻還沒開始動作呀？」

「我們班？」石毓翔的眼睛瞪得更大了。

「材料系一年級也才一個班，除了你們還能有誰？」小綠大剌剌地坐下，伸出腳來，踢了石毓翔一下，說：「兒福系跟材料系大一新生的聯誼，你只有兩種可能，第一，直接選擇不參加，要回台中也可以，留在宿舍睡覺也可以，再不然，想去桃園約會當然也可以；至於第二，很簡單，為了不辜負瓊安的託付，你的機車是休想讓別人坐上去了，除了我之外。」

「整個學校那麼多陽盛陰衰的科系你們兒福系不去找，偏偏找上我們材料系，這該不會也是妳唆使的吧？」

「當然，與其讓你有機會去認識別的女生，倒不如老娘先下手為強，你除了跟我相依為命之外，不會再有別的機會了。」

「這些事情瓊安知道嗎？」

「她非常滿意我的安排。」

「媽的林小綠，妳去死吧。」石毓翔說。

所謂的相依為命，指的是我們將生命的連結從此緊扣。

14

「林小綠這個人是無厘頭了點，但起碼長得也不是很糟糕，相反的，她高中時代還是個萬人迷呢，聯誼的時候能讓她坐上你的車，你應該感謝才對吧？」

「如果我不曾真的認識她，或許會跟妳說的一樣，可以暗自慶幸一下，但說真的，一切都來不及了，特別是那天她敲詐我一個便當，還在我正要啃雞腿時，在我面前放了一個屁之後。」

「她在妳面前放了一個屁？」

「非常響亮，而且臉上絲毫沒有慚愧的意思。」石毓翔轉述那天小綠說的話：「她說：『除了家人之外，天底下聽過我屁聲的，除了姜瓊安，就只剩你一個石毓翔了。』」

「那你有很感激嗎？」

「我叫她吃完便當就立刻給我滾。」石毓翔嘆了口氣。

即使知道不會有太多時間可以相聚，但他就是想跑這一趟。星期天傍晚，石毓翔搭著火車南下，終於趕在天色全黑前，見到思念已久的情人。

瓊安的父母在桃園待了兩天一夜，週六晚上，瓊安沒有回宿舍，而是跟爸媽一起住飯店，從永安漁港一路玩到大溪老街，幾乎把桃園的景點全都走了一遍。把家人送進車站月台後，她也沒有急著返回中壢，而是直接在車站附近的麥當勞等待緊接著就趕來，只為了見上自己一面的石毓翔。

「學校那邊怎麼樣？一切都還順利嗎？」聊夠了這兩天各自的事，石毓翔問瓊安。

「還不錯，挺熱鬧的。」瓊安微笑著點頭，「我以前從來沒住過宿舍，也從來沒體驗過一群同學朝夕相處的感覺，沒想到原來那麼熱鬧好玩。雖然團體生活，非得大家互相配合跟包容一點，有時會有點不方便，但其實她們都挺有趣的。這兩天我爸媽來玩，本來我也約了她們，但那些女人完全不想跟，可是剛剛我跟我室友說了，說你要從台北過來，那些人卻立刻起鬨，嚷著要馬上包計程車，從中壢趕來桃園，想一睹你的廬山真面目。」

「看我？」石毓翔哭笑不得，「她們以為是馬戲團的巡迴演出嗎？」

「最主要的原因，是因為我有東西放在宿舍裡，得請她們幫我送來。」瓊安說著，雙眼凝視著石毓翔，在那一瞬間，他也就明白了意思。

這兩天都跟父母外出，瓊安當然不可能隨身帶著那個裝著手鍊的小盒子，況且她也沒料到石毓翔會連這一點零碎時間都緊緊把握，不辭辛勞從台北趕來，所以那份禮物還收放在宿舍裡；而他們原本就有約定，等離開台中後，不管會在那裡再碰面，她要讓他親手戴上。

在車站附近走了走，石毓翔問瓊安，想知道她在英文系的上課情形，瓊安也告訴他，剛開學的三天過去，自己大有休學的衝動，倒不是因為也想去台北，只是這個系的課業中，有太多各式各樣要背的單字，讓人有種喘不過氣的感覺。

石毓翔笑著安慰，也勸瓊安要忍耐點，「但是我們先說好，妳想找人練習英文的時候，拜託請不要找我，謝謝。」

本來有些擔心，石毓翔一直煩惱著，倘若瓊安的同學真的來了又不走，那這美好的一夜豈不是全讓這些圍觀群眾給糟蹋了？慶幸的是，一群女生並未耽擱太多寶貴時間，那些女孩嘻笑喧鬧著，在車站前的台階上，將紙盒交給瓊安後，立刻要再轉搭另一班計程車前往她們已經預訂好的餐廳吃飯，石毓翔巴不得那些人趕快離開，還自告奮勇，要幫她們預付車資。

「別把她們的胃口養大了，這些女人可是很容易得寸進尺的。」瓊安笑著送室友們離開，還對石毓翔說：「上星期系壘隊的學長來招生，想徵聘幾個經理，她們白白吃了人家幾頓飯，還看了一場電影，結果一個人也沒加入，差點把學長氣炸了。」

「球隊經理？」石毓翔哈哈一笑，「大部分的球隊經理，用途都不是什麼管理照顧，她們的存在，與其說是球隊的實務需要，倒不如說是男隊員們的精神支柱，但是妳看她們長得這副險象環生的樣子，不參加也好，免得出現反效果。」

「嘴巴也太壞了吧你！」瓊安笑了出來。

不想多逛什麼地方，在台階一隅坐下，石毓翔從包包裡拿出一小盒餅乾。

「今天烤的？」

「其實是昨天。」他靦腆一笑，「昨天太無聊了，想試試新的餅乾模子，不過挺失望的，妳瞧，很糗吧？」

瓊安笑了，石毓翔買的那個新模子，本來應該是在擀平的麵皮上切出可愛的章魚造型才對，不過大概章魚腳太細了，在製作過程中有些都斷裂了，缺腳章魚看起來真的挺窩囊的。

「我們學校也有烘焙社，不過我不想參加。」吃了一口餅乾，瓊安轉頭望向他，「我比較喜歡吃你烤的餅乾。」

「如果妳喜歡的話，我每個星期都烤來給妳吃。」

「每個星期？就我所知，你這學期起碼會有一個週末是來不了的吧？」

「我有說我要參加那個狗屁聯誼嗎？」石毓翔哈哈大笑。

「去看看也好，當作是見見世面嘛。」雖然已經不是剛烤好的新鮮餅乾，但瓊安還是依照當初石毓翔教她的方式，先看再聞，然後才仔細咀嚼，任由巧克力口味的餅乾在嘴裡釋放出甜味。她看著前方的車水馬龍，認真品嚐了依舊不變的美味之後，感嘆地說：「不知道為什麼，來到新學校之後，雖然自由了，沒有人管了，寢室裡還有一群不錯的室友可以陪伴，可是很奇怪，我反而懷念起丟在台中的單字本，也懷念起被逼著乖乖坐在書桌前用功的生活。」

「有了自由，反而不自由了嗎？」

「不，」瓊安俏皮一笑，「是有了自由之後，你反而住在另一個城市裡了。」

有些人不需要自由，只想要愛情。

帶著滿滿的笑容搭上擁擠的電聯車，一路晃回板橋，石毓翔念念不忘的，都是在一大堆操著陌生口音，頻繁進出車站的外勞的注視下，幫瓊安繫上手鍊的那一幕。那時他問瓊安，我可以吻妳嗎？而一向害羞的瓊安沒有回答，卻先親了石毓翔的臉頰一下。

這樣的畫面，石毓翔以前也想像過很多次，他知道手鍊繫上的瞬間就是最好的時機，只是沒想到手鍊會是在那些打扮得五顏六色、身上老是飄著濃郁廉價香水味的外勞們的眼光下，輕輕扣上瓊安的手腕，更沒想到，瓊安會先親吻他。

「對，很好，你就繼續這樣傻笑，一直笑到世界末日那天算了，好嗎？」

「人們對於美好的記憶，總是忍不住會再三回味的，特別是跟愛情有關的方面。這一點，我相信妳一定很難理解，但是沒關係，我也不會怪妳。」這回輪到石毓翔故作老成地對小綠說：「等妳長大以後，一定會明白的。」

小綠哼了一聲，對石毓翔比出中指。

他哈哈大笑，一點也不把小綠這種粗魯的舉動放在心上，反正這人就是這樣，在外人面前，特別是在那些對她懷有好感的男生面前，她看起來就像個精緻漂亮，卻也易碎的陶瓷娃娃，任誰見了她的燦爛笑容，都會忍不住心動，想把她好好捧入掌心，甚至爭先恐後，只想為她多付出一點什麼。在課堂上，小綠不需要自己做筆記，也不用擔心找不到人一起搭檔做報告；放學後，她總有應酬不盡的消夜之約，宿舍冰箱裡可以裝滿吃不完的小點心，當然那些免費飲料就更不在話下，這些有很多後來都進了石毓翔的肚子裡，「吃不完的東西可別浪費，糟蹋食物會遭天譴的。」小綠把那些東西拿來時，總是這樣對石毓翔說。

但大概也只有石毓翔跟瓊安知道，褪去光鮮亮麗的外膜包裝後，小綠其實就只是現在這個樣子，她會說髒話，比石毓翔還會；她經常坐得東倒西歪，要不是大多穿著褲子，大概裙底風光早就被石毓翔看盡了。

「到底怎麼樣嘛，你去不去？」此時小綠就賴在石毓翔的宿舍裡，這兒有免費冷氣可吹，屋子也比她自己賃居的地方寬敞，而且還有房東提供的洗衣機。她今天來訪時，手上除了兩杯昨天有人招待的手搖杯飲料，順便還提了一大袋髒衣服。

小綠說今晚是材料系跟兒福系聯誼活動的行前會議，幾個負責公關與康樂的同學說好了，會議結束後，大家還要一起去夜唱，她當然也在受邀之列。

「明天早上還要做實驗啦。」

「你要做實驗，別人也要呀，人家都敢去夜唱，你還怕什麼？」

「我沒錢呀。」

「也沒人叫你出錢呀，有公費可以用嘛。再說，你不來幫我擋酒的話，萬一我被人撿屍了怎麼辦？」

「不想被撿走的話，第一，妳可以選擇不去；再不然，去了也可以不喝酒，」石毓翔放下手中的幾塊材料板，轉頭對她說：「第三，今晚要跟妳去唱歌的那幾個傢伙都是我們班上很活躍的男生，他們愛玩歸愛玩，但是灌酒或下藥之類的事情還幹不出來，妳可以放心。」

「但是你不去就不好玩了嘛！」

「不是我愛說妳，妳來台北到底是幹嘛的？妳應該是來念書的吧？可是從開學到現在，期中考都快到了，妳真的有用功過嗎？我看有些課本，妳大概是連一次都沒翻開過吧？」石毓翔板起臉來，「別忘了，妳有答應過瓊安，我對她可也有承諾。」

「我的天哪……」小綠哭喪著臉。

那天晚上，石毓翔很準時地結束了跟瓊安的睡前電話，通話中告訴瓊安，他今天做了一件完全不像自己會做的事，那些什麼努力用功之類的話，以前根本不曾從他口中說出來，甚至連想也沒想過，不料今天他居然搖身一變，成為那個說教的角色。石毓翔對瓊安說：「我都覺得自己已經夠愛玩了，想不到世界上還有比我更混的學生。」

他沒跟瓊安聊太久，畢竟女生宿舍裡，還要顧慮其他室友的睡眠品質，電話結束在午夜十二點半，掛掉後，他闔上已經做了一整晚的筆記，把明天實驗課要準備的東西也收好。材料系跟其他理工科系差不多，都有不少會在實驗室進行的課程，但同樣是冷冰冰的器材，他還是寧可摸摸那些烤箱、擀麵棍之類的東西。

洗澡前，伸個懶腰，他望向擱在三格櫃上的烤箱，再低頭看看好些天沒揉過麵糰的雙手，心裡有些落寞。但他接著想起明天的實驗，石毓翔很清楚，有一次大考失利的經驗已經夠了，接下來這四年最好謹慎點，就怕一個不小心，要是再念不完，上吊切腹都無法跟父母交代。

睡前，石毓翔看向放在床頭邊的手機一眼，嘆口氣，同樣都待在這個並不出色的學校裡，他自己戰戰兢兢，怎麼小綠就絲毫沒有這種自知之明？已經過了凌晨，他們一群人大概玩瘋了吧？他原本想撥個電話給小綠，但轉念又作罷，小綠在台北也沒有自己的交通工具，今晚如果不是一群人搭捷運，那就是合資坐計程車，他就算想把她叫回來，小綠又怎麼有辦法在三更半夜單獨回家？想到這裡，石毓翔翻個身，本來要去拿電話的那隻手反掌在床邊的電燈開關上拍了一下，房間頓時陷入黑暗，只剩窗外還有路燈餘光。石毓翔閉上眼睛，他只想趕快入睡，但就在騰出腳來，把涼被勾到腰間之際，原本一直安靜的電話忽然鈴聲大作，那個石毓翔放棄要找的人，居然自己找上門來。

「唱歌我都不去了，是怎樣，續攤還要問我參不參加嗎？」沒開燈，沒睜眼，甚至也沒移動身體，石毓翔躺在床上接電話。

「欸，你說說看呀，這就是我的青春的樣子嗎？媽的，簡直爛透了呀！」一聽就知道小綠已經爛醉，她說：「如果青春就是這麼一種爛樣子，那我覺得自己不如死了算了。」

人們無法看見青春的模樣，是因為那時正蹉跎在青春歲月中。

小綠那時醉眼歪斜，走起路來搖搖晃晃，一個不小心踩偏了，額頭狠狠撞在公車站的大柱子上，但她絲毫不覺得痛，甚至還笑得出來。她說在這兒等了好久，就是想找到一輛倒楣公車把自己撞死，可是等來等去，始終等不到一輛公車進站。

石毓翔哭笑不得，那時間的板橋公車站冷冷清清，早就過了營運時段，哪裡還會有公車進站？他騎著機車趕去時，小綠剛又吐過，旁邊有兩個很好心的計程車司機在照顧她，一位給了礦泉水，另一位則提供衛生紙。兩個大叔級的司機都說了，這樣的女孩子他們其實不敢載，就怕在車上又鬧事，但他們也不敢放任一個喝醉的女孩獨自在打烊後僻靜無人的公車站徘徊，更何況這看似弱不禁風的女孩子，喝醉之後居然大吵大鬧，直嚷著要放火把公車站給燒了，兩人攔擋不住，已經決定報警，幸好石毓翔及時趕到。

他向兩位大叔道謝，把爛醉的小綠扶上機車，怕她喝醉了又顛下去，只好將她擺在前面，自己則坐在後座，勉強伸直了手，小心翼翼地騎回到自己宿舍。

讓出小床，也不敢觸碰小綠的身子，只幫她蓋好涼被，再用乾淨的濕毛巾輕輕擦拭她的臉頰。她其實是很好看的，特別是今晚應該細心上過妝，即使是現在這副狼狽樣，石毓翔仔細欣賞著小綠輕輕顫動的睫毛，也覺得依舊迷人。

「看夠了沒？看夠了就賞杯水吧，好嗎？」睜開眼來，小綠臉上滿是難受的表情。

石毓翔笑著，給她拿瓶冰涼的礦泉水。小綠說大家都還在唱，也真的打算狂歡到天亮，可是不曉得為什麼，唱著唱著，她就厭煩了起來，最後索性開溜，推說自己另外有約。

「那我還寧可妳唱到天亮算了，起碼一群人一起行動也安全點。」石毓翔瞄著她，說：「妳可真有志氣呀，居然揚言要燒公車站，是醉昏頭了嗎？」

「那可不是醉話，我在那兒等不到公車，一肚子氣沒地方發洩，要不是那兩個囉嗦的大叔一直攔著，本來我還真的想放把火，乾脆把公車站給燒了。」

「就憑妳？」石毓翔輕蔑地笑著說：「妳連那附近哪裡有加油站都不曉得吧？」

「很煩耶你。」瞪了石毓翔一眼，小綠吐出一口濃濃酒氣，忽然問他：「你覺得這就是你想要的大學生活嗎？就這樣平平淡淡，一點意思也沒有，這種生活你喜歡呀？」

「不喜歡又能怎樣？把車站燒了就比較轟轟烈烈嗎？更何況我們都已經人在這裡了，難道還能不認命？」

「你不想讓它改變嗎？」

「改變不了的，我唯一能做的，就是好好念書，看之後有沒有機會拚一下轉學考，又或者多存點錢，準備貢獻給鐵路局而已。」石毓翔嘆口氣，問她：「妳呢？」

「不知道，我現在唯一想得到的，就是改變原本的念頭，聯誼的時候不搭你的車了，」小綠說：「我要去搭小鐵的車，媽的，他帥斃了，唱歌又好聽。」

「靠，早知道讓妳喝死算了。」

「別這樣苦著一張臉，出來玩，難道不能開心點？」

「對妳來說是出來玩，但我卻覺得自己根本是來當工具人的。」石毓翔被太陽曬得有點昏頭，坐在老街的騎樓下，手拄著臉頰，大汗淋漓。這一路上，他要嘛當司機，要嘛幫忙提東西，再不就是幫著把小綠吃不下或不想吃的東西給解決掉。別人雖然也是一對一對，但畢竟還很生分，誰也不像他們兩個這樣。

「聯誼不就是這樣？你看開點，再撐一下就過去了。」

「我說的可不只是今天，要真的只是在一次聯誼活動裡當工具人也就算了，但妳自己說說看，搬來台北之後，妳哪一天沒有派遣過我？連喝醉了都還要我去路邊把妳撿回來。」

「你還好意思提這件事？」小綠瞪眼，「是誰隔天就把我出賣了，害我被姜瓊安罵得半死。」

「我算很給妳面子了，只說妳喝醉而已，沒說妳睡在我家。」

「怎麼，你心虛呀？」小綠露出陰險的笑容，「你怕她誤會，對吧？」

「滾開啦，很煩耶。」石毓翔拿起剛剛喝完的空杯子朝她丟了過去。

石毓翔不得不承認，自己確實有幾分心虛，儘管那天晚上，他很君子地睡在地板上，隔天腰痠背痛又精神不濟，在實驗室接連打翻東西還填錯數據，被老師叨唸了一頓，但這些他都認了，唯一讓他良心不安的，就是那個對瓊安隱瞞的小小真相。

接下來的好幾天，他在電話中刻意不談小綠喝醉的這件事，連週末在中壢見面，他也輕描淡寫地帶過。自己在害怕什麼嗎？其實也沒有，他只是不想讓瓊安不開心而已。是正常的女生都會有點不高興吧？哪怕那個醉倒後昏睡在男友家的，是自己最要好的朋友。石毓翔心裡是這麼想的。

這場聯誼他終究還是參加了，瓊安很大方地贊成，事實上她也沒什麼好反對的，特別是知道在這整天都有一個眼線能緊盯全場的狀況下。但是對石毓翔而言可就難過了，他討厭曬太陽，不想搞得汗流浹背，可偏偏這又是個超級大晴天；此外，他根本吃不慣那家眾所期待的客家餐廳，而在三峽老街上，他還得接過各種小綠淺嚐之後就放棄的小吃。

眼見得大家已經朝著老街的另一邊慢慢走去，小綠跟一群女孩正與小鐵聊得開心，石毓翔心裡想，這樣也好，而且非常合理，他耳根子落得清淨。小鐵確實是班上數一數二的型男，有他在現場，女孩們的目光肯定都會被吸引過去。儘管如此，小綠最後還是沒有坐上他的車，反而整天糾纏著石毓翔。

「哪，別說我不給你機會，這是筱珊請你的。」還坐在那兒擦汗呢，小綠忽然晃了過來，手上拿著一杯養樂多冰沙。

「筱珊？誰呀？」石毓翔一頭霧水。

「是誰就不重要了，反正也只是跑龍套的串場人物，她存在的意義，只是證明你在這場聯誼當中還稍有一點點人氣而已。」

石毓翔納悶著，接過冰沙，沒有喝上一口，卻疑惑地往人群看過去，但沒有任何人與他視線相交。

「不用看了啦，我跟她說過了，這杯飲料是我容忍的最大限度，其他的就免談了。」

「這麼專制？」

小綠沒有回答，卻得意地哼了一聲。

石毓翔不曉得的是，五分鐘前，在老街的店家外面，筱珊向小綠打聽，想知道她跟石毓翔是不是早就認識，怎麼大家看起來都還帶點陌生感，他們卻能一直有說有笑。

「別打他主意喔，那個傢伙可是有人先預訂下來了。」小綠是這樣回答的。

「該不會是妳吧？欸，妳這樣很不夠意思喔！現在可不是什麼大航海時代，妳以為在一座無人島上隨便插個旗子，這樣就算妳的領土啦？」

「別傻了，還需要等到大航海時代嗎？打從盤古開天以來，那塊地盤就一直踩在我腳下了，這妳難道看不出來？」小綠得意地笑著。

坐在階梯上，喝了幾口飲料，石毓翔看著臉上一直不懷好意在笑著的小綠，他問：「幹嘛一直在那兒竊笑？」

「我在笑你。」

「笑我什麼？」

「笑你明明就是來聯誼的，卻連一杯養樂多冰沙都不曉得是誰送的，好端端一個大男人，命運卻不能操縱在自己手中，真是悲涼。」

「在這麼能喚起人們思古幽情的老街上，聽到妳這一番話，」石毓翔苦笑著說：「還真是呼應了我們台灣歷史悲哀的殖民宿命。」

「別哀傷，長夜之後，光明總會到來的。」小綠笑著說。

長夜之後有光，於是該相遇的人相遇。

石毓翔以前沒有參加過聯誼，也不曉得這種活動到底該怎麼舉辦才對，本來他還以為，聯誼應該會選擇一個山明水秀的地方，會有小遊戲之類，然而出乎意料地，兩個系上的公關跟康樂討論過後，居然挑了一個非常弔詭的目的地，在熙來攘往的三峽老街，當然不可能還有什麼團康嬉戲，唯一跟聯誼扯得上邊的，也不過就是這次活動之前，大家說好了，每個人都要各自準備一份小禮物，在午餐時匿名交換而已。

石毓翔抽到了一個他連名字都沒記住的女孩所贈送的東西，那是一個小熊造型的悠遊卡，對他來說，用途趨近於零；而他準備的禮物也很簡單，就是昨晚烤的一小盒餅乾，揉麵糰跟烘焙時，小綠都在他旁邊興味盎然地看著，最後的包裝還是小綠幫忙包的。

在客家小館吃飯時，一堆禮物擺在桌上，依照次序來抽，他的禮物本來一直沒人拿到，石毓翔起先還在觀察，想知道會是誰得到這盒餅乾，沒想到最後輪到小綠時，她二話不說就把那個裹著亮藍色包裝紙的盒子拿起來，還故意俏皮地看了他一眼。

「說真的，妳如果那麼想吃，我另外烤給妳就行了，幹嘛連這個都要作弊？」逛到三峽的清水祖師廟前，材料系的公關已經預先聯繫好，此刻正由廟方人員進行導覽，石毓翔不怎麼感興趣，便轉頭對小綠說話。

「你不懂，餅乾不是重點，重點是作弊的快感。」

「作弊的快感？」石毓翔確實不懂。

小綠也懶得跟他多說，湊在人群中，聽了半晌導覽後，她看到石毓翔逛著逛著，站在一座擺放寺廟簡介文宣的架子前，好奇地走過去問他，既然對導覽沒興趣，又怎麼會看起這些東西。

「不是我要的啦。」石毓翔說他前幾天晚上跟瓊安講電話，瓊安說英文系最近有個作業，要同學們上台以英文報告，介紹台灣的風土文化。石毓翔在那架子上看到的文宣品當中，有不少各國語言的版本，他挑選了中文與英文兩款，交給有隨身攜帶包包的小綠，說：「幫我收著，下次見到瓊安，我得帶給她才行。」

「真是有心哪，都出來聯誼了，美景、美食跟美色盡在眼前，你居然還掛念著瓊安。」小綠又調侃。

「如果不是因為妳一直嘰嘰歪歪，今天我本來應該在中壢約會才對。」石毓翔瞪她一眼。

那是一場他始終心不在焉的活動，對於老街如何整修，而這些立面又有著什麼藝術元素，他全都不感興趣，哪怕是到了祖師廟，也不過隨意合十一下，聊表敬意而已。

到了傍晚，一大票人共進晚餐，一天行程也終於結束，石毓翔騎著機車把小綠載回租屋宿舍。他已經有點疲倦，但更想早些回去，打電話跟瓊安報備一聲。這一天當中，他已經傳過幾次訊息，瓊安也逐一回覆，叫他既然參加了活動，就好好放鬆去玩，就算不是為了認識別的女生，好歹也可以盡情瀏覽老街風光，也許哪天還可以兩個人再一起去走走。石毓翔雖然感謝這份好意，但畢竟心裡有點過意不去，他只想趕緊回家，告訴瓊安說自己今天非常乖。

「對了，東西呢？」

「什麼東西？」石毓翔注意到了，在老街時，小綠手中一直提著一個紙袋，裡面裝著金牛角麵包跟一些小東西，當然也包括那幾份有中英文介紹的祖師廟文宣，但現在這女孩兩手空空，只剩一個背包。小綠先是愣了一下，跟著大叫一聲：「糟糕！我忘在餐廳了！」

那當下石毓翔臉都綠了，撇開文宣不談，其他東西好歹值幾百元，而小綠居然在吃晚餐時隨手擱在桌邊，結果就這麼給忘了。

「要不要回去找？」石毓翔皺眉。

「從板橋再騎回三峽去找？別傻了，怎麼可能還找得到？」小綠愁眉苦臉地問：「這樣吧，我那些雜七雜八的東西就算了，你那些文宣，我幫你打電話去祖師廟，請他們幫忙寄來，好嗎？」

這種事情，廟方會願意幫忙嗎？石毓翔苦笑搖頭，他知道那是不可能的。也不過就是一點文宣印刷品而已，台北、桃園到處都有歷史悠久的文化資產，要再弄點其他資料也不難，倒是小綠那些東西丟了可惜，石毓翔沒有不高興，還反過來安慰了她幾句，說如果下次有機會，大家再一起去三峽老街玩。

「好，那我再當著瓊安的面，告訴你到底那杯養樂多冰沙是誰請的。」小綠展開笑顏。

「媽的。」石毓翔又瞪她。

那天晚上，他跟瓊安在電話中聊了很久，瓊安也說了，這份報告還不急，倘若在期限前沒有機會出去玩，大不了去學校圖書館找找，應該也可以得到資料。她對石毓翔說，既然都出去參加活動了，本來就應該與系上同學多增進感情，即使沒有想認識別的女孩，也該稍微顧慮一下小綠的心情，她叫石毓翔多關心關心對方。

「我關心她要幹嘛？放心吧，除了沒大腦之外，她可好得很。」石毓翔賊兮兮地笑，他說自己今天帶去交換禮物的餅乾其實是想嘗試新口味，卻放錯比例的失敗作，「林小綠那個貪吃鬼，枉作小人了她，居然還作弊，把餅乾給搶了去，活該吃死那個王八蛋。」他大笑說。

有些心事之所以隱微，只是還不到該被讀懂的時候。

「以前從來沒有想過，居然有這麼一天，我們兩個會在中壢街頭晃來晃去。」石毓翔忽然感慨起來。那天踏出車站後，走過圓環，他們到對面的中平路附近閒逛，瓊安從同學那兒打聽到，那一帶有家滷味攤子頗負盛名。兩個人吃得幾乎撐破肚皮，走出店面後，石毓翔在路邊望著街景，卻嘆了一口氣，說：「命運真的很有趣哪。」

「那跟命運沒有多大關係，而是跟某人在高中那幾年很不用功有關。」瓊安瞪了他一眼，但眼神中沒多少責怪之意，反正事已至此，再責怪誰當初不認真讀書也已經沒有意義。

天氣漸漸冷了，街上許多服飾店紛紛開始換季出清。他們手牽著手在路邊踱步，瓊安偶爾會被那些衣服吸引，走過去多看幾眼，甚至伸手摸摸，然而當石毓翔問她喜不喜歡，或者要不要試穿時，她則一概搖頭。

「真的不喜歡嗎？但我覺得這一件很適合妳。」眼看著瓊安要走開，石毓翔指指一件被掛回衣架上的衣服。

「說真的，沒有女生不喜歡買衣服，而剛剛那一件呢，無論剪裁、樣式跟顏色，確實也都挺適合我的，這些都沒錯。」帶著石毓翔繼續往前走，瓊安不再回頭看那件衣服。她臉上沒有自卑，沒有逞強，只是跟平常一樣的坦然與平靜，說：「但是呢，一來我們宿舍裡面，每個人的衣櫃空間都很有限，買太多衣服也裝不進去；二來，跟剛剛那件衣服很相似的款式，其實我已經有一件了，再買就會顯得重複，也沒有必要；更重要的，則是我不應該亂花錢。」

「但是妳喜歡，不是嗎？」石毓翔想說的是，如果瓊安真的想要，那一件特價的衣服不過幾百塊錢，根本也不算貴，他身上的錢絕對買得起十件八件，實在沒有這麼拮据的必要。這女孩的家境並不是非常優渥，從當年一起逛食材行，他就已經大致了解。這時候，石毓翔更不想裝出闊氣的樣子，就怕瓊安反而不開心。

「我喜歡的是跟你一起逛街的感覺，只要兩個人走走就好，不用一直買東西呀。」瓊安笑著說：「雖然這場景有點出乎意料之外，不在我們的預期之中，但至少男女主角沒有換人演出，那一切也就足夠了。那些錢留著，你在台北好好多吃飯吧，都變瘦了耶，是學校附近的東西很難吃嗎？」

「跟東西好不好吃無關，而是一個人吃不下飯。」雖然覺得挺肉麻，但石毓翔決定把這句話說出口：「沒有妳，山珍海味都如同嚼蠟。」

「不是還有個林小綠可以陪你吃飯？那可是我指派給她的任務之一喔。」

「叫林小綠去吃大便吧。」石毓翔呸了一聲，「她只會敲詐我而已。」

說說笑笑著從中平路過來，走了好遠一段路。儘管幾條街都有服飾店，但瓊安真的一件衣服也沒買，最後晃到了麥當勞，兩個人也只點了一杯飲料共用。看著瓊安彷彿很享受那種走了漫長路途後，終於坐下來休息的感覺，石毓翔只喝了一小口紅茶，剩下的都給了她，又叫瓊安稍微側坐，他靠過來，幫著在她的膝蓋、小腿跟肩膀按摩按摩。

「會不會很無聊？」瓊安問他：「比起板橋或台中，中壢好像沒多少地方好逛？」

「還是那句噁心話：重點是跟誰一起逛。」輕輕按著時，石毓翔聞到瓊安的後頸還有淡淡香氣，他想起不久前的那次聯誼活動，說：「三峽老街有不錯的風景跟美食，聯誼活動也有一群愛熱鬧的年輕人，但在我看來，卻不比這兒讓人開心。」

「是嗎？但是今天在中壢，可沒有人請你喝養樂多冰沙喔。」瓊安忽然哼了他一聲，說：「人氣還挺高的嘛，是吧？」

「他媽的林小綠……又出賣我……」

瓊安大笑著，也不讓石毓翔再耗費力氣，先命令他乖乖坐好，跟著拿起他擱在椅子上的外套。

「如果要檢查手機的話，手機不在外套裡面啦。」石毓翔笑著，從褲子口袋裡掏出他的電話，又說：「老實說，我到現在都還不知道那杯冰沙是誰請的，林小綠打死不肯講。」

「沒錯呀，那絕對是正確的做法。她不講才能保住你們的性命，免得一杯冰沙，害得三個人都被我打斷腿，對吧？」瓊安笑著，她沒接過石毓翔遞上來的手機，搖頭說：「我對窺探手機祕密的這種事沒興趣。」

「不然呢？妳要我外套幹嘛？」石毓翔一愣。

瓊安沒有回答。她手上的那件，是這一兩年來，無論什麼季節，石毓翔經常都會罩在身上的薄外套，水藍色的風衣材質，既輕軟又防水。瓊安拿起外套，抓在袖口的地方，仔細檢查了一下，然後放下風衣，轉而從她自己的包包裡掏出一個小針線盒。

那瞬間，石毓翔幾乎看傻了眼，他沒想到，在如此哄鬧喧騰的麥當勞裡頭，瓊安竟然能夠不為各種聲喧所動，這麼氣定神閒地穿針引線起來。她手工極為細密，幫石毓翔在一個連他自己都沒發覺到的袖口破裂處，一針一線縫了起來。

「連我都不知道那裡破了……」石毓翔目瞪口呆。

「這件外套，從高中到現在，你已經穿了很多年，為什麼不想換掉呢？」瓊安慢慢縫著，也沒抬起頭來，她眼光盯著手上的細活，「那是一種習慣，對吧？我們其實並不需要那麼多新衣服，有時候，能不能暖心才是關鍵嘛。」她縫好一面之後，把外套反摺過來，又檢視了一下，再將幾個同樣瀕臨破裂的線段都重新補強。

「我的手藝沒有小綠厲害，但還過得去。」像是自己都很滿意似的，瓊安說她老早注意到了，每次看到石毓翔袖口的破裂處，都很想幫它補上，所以這次相約出門，她特地把針線盒給帶上。

「一件風衣也不是很貴，妳以後別做這種傷眼力的事了。」石毓翔有些心疼。

「貴不貴是其次啦。」補好衣服後，將針線重新收好，瓊安喝了一小口紅茶，說：「我能為你做的事情不多，每次也幾乎都是你來看我，難得可以為你付出點什麼，這是我最開心的。」

那瞬間，石毓翔有些說不出話來，他看著瓊安，很想不理會麥當勞裡有多少人來人往，直接就給這女孩一個擁抱或親吻，不過這只能想想而已，因為瓊安的個性有些拘謹，要她在大庭廣眾之下摟摟抱抱，可不是一件容易的事情。

「噢，還有一件事。」當彼此凝視了片刻，感受夠了這些濃情蜜意後，瓊安嫣然一笑，說：「下次，不管去哪裡，要是再隨便亂喝別的女生請客的飲料……」她忽然張開嘴，咬合時發出清脆的牙齒碰撞聲，「你就知道厲害。」

那時，我們曾如此深暖彼此的心。

瓊安的家境不是很好，父親從事烤漆浪板的搭建，也經營一般的裝潢工程，不但工作粗重，需要經常爬高爬低，而且工作中的瑣碎甚多，除了瓊安的母親得幫忙，連瓊安自己也不例外，有些簡單的小事，比如跑腿傳遞東西之類，秀氣的她還是應付得來。一整個寒假，都是他們家的工作旺季，尤其在年關將近前，多的是需要修繕家庭的客戶，於是她就得擠在裝滿工具與材料的小貨車上，三天兩頭一起進工地。

整個寒假，能讓瓊安自由運用的時間已經很少，但更讓石毓翔感到煞風景的，是幾乎每一次碰面，小綠都在旁邊欣賞這一齣免費的愛情戲。

大學生涯的第一個寒假，石毓翔過得渾渾噩噩，他終於體悟到瓊安說過的那番話，以往在高中與國中時期，老師們總愛在寒假裡出點作業，讓大家不至於荒廢度日，但到了大學，沒有一門課的老師會理你，誰要幹嘛就去幹嘛，石毓翔百無聊賴著，回到台中老家，整天除了跟烘焙器具玩耍，唯一能做的，就是等瓊安何時有空，可以一起到處走走。

他心裡想，或許瓊安說的對，得到自由之後，才發現自由在某種意義上，相對的也等於無聊。他父親的工廠最近接到一筆訂單，需要在材質選用上多費工夫，石毓翔一來在學校所學還不精深，再者又討厭製模施工時，滿工廠的粉塵飛舞，如果要吸那些東西，他還寧可在自家廚房吸麵粉。

結果一個短暫的寒假很快過完，他領了幾包紅包，腦袋空空，倒是吃吃喝喝還胖了一圈，就這樣又回到台北；而在台北也沒有比較精彩的生活可言，開學前一天晚上，他在自己房間裡晃晃悠悠，看膩了電視，也在臉書動態上再找不到任何新鮮事，最後是小綠打電話來，問了一堆關於各種材料的特性後，才說出真正目的，原來大一下學期，她要參加兒福系最重要的晚會活動，在「兒福之夜」裡，每個班級會分成幾個不同小組來演出短劇，劇中需要大量的裝扮與道具，得要精打細算與悉心製作，但兒福系這些女孩要編編劇本、演演戲還可以，想要她們自己動手製作東西，那可天方夜譚得很，於是小綠就把腦筋動到了石毓翔頭上。

「在妳眼裡，我真的已經無聊到這等地步了嗎？」

「難道不是嗎？」

「好吧，確實是很無聊沒錯。」石毓翔垂頭喪氣。

那個寒假雖然見面機會不多，但石毓翔已經很感天謝地了，起碼兩個人能住在同一座城市裡，彷彿呼吸的也是相同的空氣，儘管沒能每天見面，但至少知道自己跟心愛的人就在附近，那種感覺也總是好的；況且寒假期間他們還出去看過幾場電影，也吃了幾頓飯，他喜歡看到瓊安手腕上掛著那條鍊子，喜歡看它不時反射著閃爍的光，那是他們「在一起」的證明。

幾次見面，他並不常聽到瓊安談及家裡的事，有時石毓翔忍不住想問，但瓊安總是迴避，她告訴他，自己並不是在家裡過得不開心，也不是父母的工作有多麼卑賤，會讓她難以啟齒，只是多少年來，一直聽到母親抱怨這種不穩定的收入，聽久了以後覺得壓力很大，讓她不管做什麼人生選擇，都變得非要小心翼翼不可，甚至連大學就讀什麼科系、能不能追逐自己想要的夢想，她都必須再三考慮，不能任憑己意來決定，而面對石毓翔時，她並不想將這種負面的感受加諸在男友身上。

「這種包袱不是妳一個人扛得起的。」石毓翔搖搖頭，「這樣會很辛苦。」

「習慣就好。」嘆口氣，瓊安只能苦笑。

農曆年後，開學前的最後一次約會，瓊安跟他並肩走在科博館外的綠地上，有些蕭索，每一步都踩著落葉沙沙，在靜謐午後，石毓翔第一次親吻了她的雙唇，那時他只覺得自己應該是世界上最幸福的人。

只是當一回到台北，所有甜蜜感就瞬間轉化，又成了無止盡的相思，以及一張張繼續累積的車票票根。他喜歡在網路上購買火車票，每次來回之後，他會將這些票根收藏起來，放在一個鐵製的餅乾盒裡。隨著張數逐漸增加，他又覺得時間難挨，彷彿從前嚮往的大學生活，根本就是個無聊至極的荒漠地獄。

所以幫著小綠製作那些道具，或許也是他唯一的消遣了。他擅長這種手作的東西，不管是餅乾烘焙也好，或者拿起鉗子拗折鐵線，製作各種東西的骨架，然後再糊上不同的材質。就算自己對材料學的研究還僅止於皮毛，但對付這些道具已經綽綽有餘，石毓翔在了解道具用途之後，認真幫忙設想，有時用壓克力板，有時是珍珠板，有些則是輕薄又帶點柔軟的塑膠墊，甚至還有他從永和那邊的美術社買來的木質材料。

隨著時間經過，他房間裡到處擺放的道具也愈來愈多，有西洋古代武士的鎧甲，有動物造型的燈籠，還有一組又一組的陳列擺設，等到全部完成的那天，兒福系的一堆學生在小綠的帶領下前來，他們僱了一輛貨車，把那些全都裝載上去。石毓翔得到的，除了兩個「兒福之夜」活動的貴賓席次外，就只有一大堆的感謝，聽到他耳朵都快長繭了。

「最前排的正中央，超級好座位，別說校長跟院長都買不到這種好位置了，就算總統蒞臨，也只能坐在你旁邊。」當兩張畫好座位的入場券交到他手中時，小綠驕傲地說：「老娘可沒辜負你的用心吧？」

「誰稀罕呀。」石毓翔哼了一聲。座位好不好，其實他根本不在乎。漫長的製作過程中，到底這些道具最後會怎麼被運用，這個他完全沒期待過，真正讓他放在心上的，只是一雙瓊安從中壢寄過來給他的手套。那原本是很普通的工程用粗布手套，但瓊安用五顏六色的麥克筆在白色布面上作畫，左手手套畫了一個小男生，右手手套則畫了小女生，人物外圈各有半個紅色愛心，當兩隻手套並列時，正好可以湊成一對被愛心包圍的小情侶。

幾個月的製作中，這雙手套已經又髒又破，但所有道具都完成後，他還不捨得丟棄，稍加洗滌過，曬乾後珍而重之地收藏起來。

活動當晚，瓊安也應邀來到台北，在社會人文學院的小劇場裡，她關注的不是舞台上的演出內容，而是那些精緻的道具擺設。小小聲的，石毓翔會附在她耳邊，跟她說那些道具是怎麼做的，製作過程中是否有什麼困難或阻礙，他喜歡很近距離地靠在瓊安耳邊，在耳鬢廝磨間，能嗅到瓊安淡淡的髮香味。儘管瓊安問他，這活動結束後，是不是所有道具都會被丟掉，當石毓翔點頭時，瓊安臉上明顯露出惋惜的表情，但他一點也不介意，他很想告訴瓊安，那些東西都不是多麼珍貴的玩意兒，充其量只能算是打發時間的小小作品，丟了也不可惜，真正珍貴的，其實是坐在他旁邊的這個女孩，還有女孩送給他的那雙手套。

演出結束後，兒福系還有頒獎，跟著就是各班級分別舉辦的慶功宴，但那些都跟他們無關了，雖然小綠與高采烈地邀請石毓翔與瓊安去參加，可是石毓翔才不想浪費時間，他說：「妳欠我的，還有你們一整個班的人欠我的，可不是一頓慶功宴可以擺平的，這筆帳咱們日後慢慢算還不遲。」

帶著瓊安離開學校，在途中買了點食物，兩個人窩在宿舍裡。音樂流淌，門窗隔絕了與這世界的全部關聯，比起消夜的食物，瓊安更喜歡冰箱裡面，石毓翔預先為她做好的餅乾。

那天晚上她留下來，不回桃園了，女生宿舍的點名，就拜託室友們幫忙掩護一下。她躺在石毓翔的懷裡，呼吸著他的呼吸。

「妳知道，我等這一天，足足等了快兩年。」石毓翔輕聲對她說。

「但我可是提心吊膽，萬一我室友們露了餡，舍監學姊可是會通知家長的。」

「放心吧，我相信她們一定能把這事辦得很好，比起妳偷溜的次數，她們應該才是真正的家常便飯，需要妳幫忙的機會也會很多。」

「那倒是。」瓊安笑了起來，她說室友們到了大一下學期，紛紛交起了男朋友，三天兩頭有人外宿，瓊安平常就是那個負責昧起良心，在點名板上幫大家全都簽到的最佳掩護。

「對了，有件事我想跟你商量，」夜漸漸深了，兩個人捨不得睡，在似乎永無止盡的擁抱與親吻中，瓊安問石毓翔：「我們大二結束之後，會有交換學生的名額，可是如果甄選通過，一出去就是一整年，不但會延畢，而且可能大半年才能回來一次。」她抬起頭，仰視著石毓翔漸漸泛出憂慮的雙眼，問他：「先不管我家裡能不能負擔得起，如果我說我想試試看，你會答應嗎？」

最甜的花香過後，或許也意味著凋零不遠。

20

據說人在忙碌時，腦袋可以停止多餘的思緒，而那是一種忘卻情傷的好辦法，不過石毓翔沒有情傷需要療癒，他對這一點算是感到慶幸，不過一閒暇下來，充斥在他腦海中的記憶畫面倒也不少，於是他又印證了忙碌可以代替思考的論點。

還記得上學期期中考前後，他一邊忙著念書，一邊幫小綠製作道具，有一次已經很晚了，兩個人窩在小宿舍裡，石毓翔手執老虎鉗，拚了命在扭折鐵線，並嘗試將幾種不同屬性的材質重新黏合，要組裝成一套看起來像是樹精妖怪的「衣服」時，那時小綠不知怎的，大概是播放中的電視偶像劇太過纏綿悱惻，她也沉浸其中，忽然問石毓翔，到底什麼才是真正的愛情。

石毓翔正專注在手上的工作，幾乎頭也沒抬，臉也沒轉，他說那就是一種不理智的化學變化，屬於人類所獨有，但聽說海豚好像也會談戀愛，不過缺乏化學計算式，微積分算不出來，連科學家也束手無策，很甜美，但也很累人，而且無可自拔，簡直跟吸毒沒兩樣。

「所以才有一堆跟偶像劇人物一樣的傻子。」小綠看了石毓翔戴著的那雙手套一眼。

「起碼甘之如飴。」他得意地說。

是了，愛情是能讓人在苦難中依舊無怨無悔的。這又引發了第二層的聯想，他想起高三那年，剛開始追求瓊安時，瓊安家裡管得嚴，平常不是那麼自由，有時想見一面都困難，特別是到了課業壓力更大的大考之前，那陣子幾乎沒有見面機會，但石毓翔不放棄，也多虧了小綠幫忙，才讓他藉著一起讀書的名義，經常跟瓊安窩在麥當勞之類的地方約會。

愛情確實是能讓人儘管飽嘗苦難，卻心甘情願的神祕玩意兒。石毓翔心裡這麼想。正因為他這樣認為，所以在搬運一桶桶沉重的食材時，他才能夠在難聞的氣味中，按耐著性子繼續撐下來。

「阿翔，你那一鍋應該是生的吧？他媽的你靈魂出竅了嗎？生的不要放過來啦！」旁邊的詹佑荃拍拍他肩膀。

「瞎了你的狗眼，看清楚，這是腱子肉，是熟的啦！你才靈魂出竅呢！」石毓翔為了自己被打斷的思緒而瞪他一眼。

大一下學期過得很快，一轉眼就過期末考，最後一天考完時，他問同班的詹佑荃，能不能幫忙介紹打工機會。詹佑荃愣了一下，說都這時候了，別人要找暑期打工的，老早都把職缺占滿了，哪裡還有得找？石毓翔不相信，他說偌大一個湳雅夜市，總不會沒有一個攤位缺人吧？整個班上也就只有詹佑荃跟他一樣來自台中，不過人家比他更早北上，高中時就在板橋讀書，湳雅夜市是混跡多年的地方，也是從高中開始，詹佑荃就在那一帶到處打工。石毓翔這麼一問，他想了想，點點頭，說確實可以問問老闆，他現在待的滷味攤子搞不好就可以多請一個人手。

石毓翔就這樣得到一個打工機會。

老闆當然不會輕易洩漏那一鍋滷汁的神祕配方，熙來攘往的夜市，滷味攤子有好幾家，也就他們生意特別好，往往能夠大排長龍。石毓翔不像老闆兩兄弟，能有掌握鍋杓或碰觸金錢的機會，一個小時一百二十元的工讀生薪水，他要做的只是不斷將各種物料，添補進五顏六色的塑膠盤子上，重點是食材要區分生、熟，擺放時也要留意顏色的落差，這樣看起來才會顯得豐富漂亮。

從下午五點開始，他先到攤位待命，老闆兄弟的貨車一到，他們立刻開始搬運跟上架，等夜市人潮漸多，則要負責各種打雜與補貨；中間會有一次晚餐，但那其實已經跟別人的消夜時間差不多，這一路做到凌晨才下班，還得幫忙協助清理攤位，再回到宿舍時通常都已經超過兩點，雖然辛苦，但慶幸的是老闆一家人對待員工都還算大方，工作環境的氣氛也很融洽熱鬧。

「老實說喔，一開始我還挺訝異的，你看起來一副弱不禁風的樣子，長得也斯斯文文，一點都不像做得來這種工作的人。你瞧，他媽的這一雙手上沾了多少油，回去洗八百次也洗不乾淨。」兩個人一邊忙活一邊聊天，詹佑荃在刷鍋子，石毓翔則剛把堆積如山的香菇一根根串好，端給了老闆，現在回來繼續切高麗菜。

「人不可貌相，你沒聽過這句話嗎？」石毓翔笑著說。

「話說回來啦，你看起來也不像很缺錢呀，大一一整年，雖然我們也不是真的非常熟，可是不管怎麼看，我都覺得你應該是那種家境不錯的小孩，不像我，我他媽的從出生以來就沒見過我爸媽，一直都是我外公把我養大，他在我國中的時候就說了，只給我三餐，其他的叫我自己出去想辦法。」

「起碼你挺自由的，對吧？」

「對個屁，你餓著肚子的時候，還會想到什麼自由不自由的嗎？」

「不是說外公負責三餐？」

「老年人對三餐的定義，跟發育期間的年輕人，其實是有很大差別的。」詹佑荃自嘲地笑著，又問石毓翔，到底為什麼好端端的一整個暑假，大家都忙著享樂，他卻要來打工。

「當然是想要錢，不然難道是吃飽撐著？」石毓翔淡淡一笑，心裡想起瓊安。

若你知道苦盡能有甘甜，於是苦也不苦了。

這段時間以來，石毓翔習慣了不在忙碌時讓自己多想，以免耽誤手上的動作，只是偶爾空閒時，免不了還是會有些記憶中的畫面浮上來。

他想起「兒福之夜」的那一晚，那天晚上他跟瓊安沒能睡著，一則小綠三番幾次傳來訊息，不死心地鼓吹他們去參加慶功宴，再者則是提到了交換學生的話題，石毓翔跟瓊安都有所思，最後竟是誰也沒了睡意。

那天晚上，他們從石毓翔賃居的宿舍出來，兩個人漫無目的，在夜深的街道上行走，慢慢轉出大馬路，一路晃到板橋車站附近，到處是建築宏偉的高樓華廈。石毓翔說這兒現在叫作新板特區，放眼所及一堆豪宅，每一棟都金碧輝煌，特別是在這種夜間的燈光投射下，更顯得貴氣逼人。

「說是豪宅，但不也就跟公寓一樣嗎？」

「雖然我也沒見過，不知道裡面到底是什麼樣子，但妳看，這麼晚了都還有穿著制服的警衛在巡邏，還有那個迎客大廳，搞得跟飯店一樣，聽說這種豪宅裡面還有健身房、游泳池跟會客室呢。」

「到底誰買得起呀？」瓊安皺眉頭。

「到底誰買得起，這個不重要，」石毓翔笑著說：「問題是，既然都要花個幾億來買房子，為什麼不買個能夠腳踏實地的地方，卻每天得靠著電梯上上下下？」

「也許他們在乎的不是這個呢？」瓊安苦笑，說：「對很多人而言，他們買一坪空間的錢，大概就足夠別人完成很多夢想了吧？」

石毓翔沉默著，他知道瓊安在感慨什麼。

「自從系上公布了交換學生的資訊，我心裡就一直有兩個聲音，一個在鼓勵我，就算成功的機率很低，一旦去做了，也得背負很多壓力，但人還是要勇敢追求夢想，不要受到現實的羈絆，要像當初踏進烘焙社那樣。那個聲音告訴我，人生會有許許多多的美好，但都得踏出第一步才能看見。想當初呀，原本只是小綠一天到晚刺激我，說她編織的手藝有多好，我一時不服氣，才想多學點才藝，當然，也是因為嘴饞喜歡吃。」瓊安笑了一下，看著石毓翔說：「沒想到烘焙社裡最美的風景不是餅乾。」

「這個聲音所說的一點也沒錯。」石毓翔點頭，問她另一個聲音怎麼說。

「另一個聲音則剛好持反對立場，它提醒我，現在的學費已經在貸款了，交換學生的甄選，除了要比較在校成績，還有另外的考試，而更麻煩的是，我得有一定的存款，否則就算到了國外，也只能喝西北風。」瓊安搖搖頭，望著眼前雄偉的豪宅建築，嘆息道：「夢想很美，但追逐夢想是需要代價的，有些代價，我們負擔不起。」

「妳還沒開始嘗試呢，馬上就投降了？」

「認識我也夠久了，你總看得出來吧，其實我是個很怕事的人，大多數時候，我只會滿足在自己僅有的小確幸裡，其他的，我從來也不敢多想多要，同學或室友們經常出去玩、出去逛街，把自己打扮得花枝招展、漂漂亮亮，你說我不羨慕嗎？我內心當然也想跟她們一樣，可是一旦把生活費都砸下去了，我要怎麼吃飯？又怎麼再伸手跟我爸媽要錢？再說了，衣服也好、頭髮也好，還有臉上那些保養所需要的瓶瓶罐罐也好，哪一樣不是一旦有了開始，就再沒有終點的麻煩事？所以囉，我就乾脆一點，什麼都不管他，這樣也可以省下無數的麻煩。」

「不保養的女人，小心很容易變老唷。」石毓翔打趣。

「你介意嗎？」

「說真的，我根本不在乎妳臉上是否會多出幾條皺紋的小問題。」石毓翔哈哈一笑，但也提醒她：「不過話說回來了，出國遊學可不是那麼膚淺的一件小事，妳確定可以這樣比較？」

「剛剛說過了，我這輩子做過的最大創舉，就是高三那年加入烘焙社，而人生中經歷過的最高挑戰，則是談戀愛。」瓊安苦笑，說：「要叫我再嘗試著跨越另一座更現實也更困難的高峰，我真的很猶豫。」

「但是妳想去，對不對？」石毓翔問，而瓊安沉默著，久久無法開口回答，最後她點了點頭。

「我實在看不出來，你有這麼缺錢耶，把自己搞得那麼累幹嘛？」那天中午，他難得早起，自從開始打工後，沒有睡到午後，理論上他是不會醒來的。

宿舍裡陽光耀眼，但他裹在被子裡，怎麼也不肯起床。當小綠一把扯開窗簾時，燦爛的陽光照射進來，石毓翔有種睜不開眼的感覺。小綠問他：「我不過就是回台中幾個星期，你這兒是怎樣，戰場嗎？」

「有空再收就好了嘛。」睡眼惺忪，石毓翔只想窩回床上。

「還想睡？給我起來收拾！」小綠生氣地說著，但見石毓翔一屁股坐回床尾，她也沒有再拉扯，而是放下行李，自己蹲下身來，開始將滿地亂扔的東西逐一收好。那些散亂的書本、用過卻沒洗滌，沾黏的菜渣都早已乾掉的餐具，還有到處亂丟的衣服，她一樣一樣整理著。

「妳回台北，不回自己宿舍，跑到我這兒來幹嘛？」石毓翔揉著眼睛問。

「你以為我喜歡嗎？回台中的時候，我跟瓊安碰面了，她說你一聲不響就跑去打工，攔也攔不住，讓我嚇了一跳。」小綠一邊把幾隻臭襪子都丟進髒衣籃，抬頭問他：「怎麼了，你到底為什麼要打工？難道真的跟瓊安說的理由一樣？」

「她跟妳說了？」

「說了想去當交換學生的事，但她也說了，不想要你這樣幫忙。」

「不用我幫忙，她怎麼可能出得去？」石毓翔打個大呵欠，叫小綠別管地上那些東西了，「拜託妳沒事就快點滾，別妨礙我睡覺，好嗎？」

「有時候我真的不懂，到底維繫在你們之間的是什麼，明明兩個人在一起也沒多久，還隔得那麼遠，你卻能愛得死去活來，甘心為她做牛做馬。」

「不就是愛情嗎？」

「這算是愛情嗎？我真的很懷疑耶。」小綠說：「按理說，我應該站在她那邊，但是……你說的雖然也沒錯啦，這一切都是你們的自由，況且她回台中一個暑假，也沒有耍廢度日，也是每天都去幫她爸工作賺錢，可是你這樣做到底求的是什麼？能得到什麼回報？她想出國，你就賣力打工去幫忙籌錢，可是你有沒有想過，以後呢？你們真的會在一起一輩子嗎？如果不會，那再過幾十年，回頭想想這些，不會覺得自己只是白辛苦一場嗎？」氣鼓鼓的，小綠問他。

「本來我跟她有一個約定，說好了，考上大學後，我就會一直陪在她身邊，但是我失信了。」嘆口氣，石毓翔居然從床頭邊摸出一包香菸來，小綠目瞪口呆地看著他悠悠地點著了菸，白色煙霧輕輕上升，一絲一縷緩緩瀰漫在不通風的空氣中。石毓翔也沒解釋自己為何染上了這種壞習慣，他說：「那曾經是我的夢想，同時也是她的。現在第一個夢想已經無法實現了，但至少我還可以盡自己的能力，幫她完成第二個夢想。至於以後會怎樣，老實說，我一次也沒想過，我只知道，她並不像妳或我，能在生活中找到讓自己開心的辦法，甚至，她根本就一直活在壓抑裡。我改變不了她的家庭背景，好歹能幫著她，讓她暫時遠離這些壓力與負擔，哪怕她會因此而離開我好長一段時間，那也無所謂，只要她能過得快樂一點就好。」

「可是……」小綠不服氣，她看著石毓翔的黑眼圈，看著他在這大白天裡卻無精打采，心裡實在萬難認同，但她不曉得應該怎麼講，好像無論站在哪一方，立場都顯得有點弔詭。

石毓翔雖然點著了香菸，但看來並不是很熟練，他被煙霧燻得皺眉，才吸沒幾口就擱到床頭的菸灰缸去，任它慢慢燒完，自己則站起身來，拿起昨晚丟在床尾的一條褲子，從裡面掏出一疊對摺的鈔票，對小綠說：「機票錢，昨天晚上我幫她掙來了。」

「你連機票錢都……」

「她想要的那個夢想很大，但很可惜，我能做的也就只有這麼多。」淡淡的煙霧氤氳中，石毓翔說。

能與所愛的人分享同一個夢想，是何等幸福的事。

無意間有風留下刻痕，巖岩之上；
驀然著滴水穿石，歲月蒸散，
我們那一季的愛情無傷，只是殘缺了靈魂。

當時光終將凋零成落葉，
誰不記得誰的好，唯有走過的足跡緲然。

22

這段時間以來，石毓翔上班的時間更多，慢慢的，他知道什麼時間該做哪些工作，眼光銳利又反應機靈的他，總能在適當時候，將攤位上各種不斷減少的食材陸續補上，好讓在攤子這一邊，手拿鍋鏟正不斷奮鬥的老闆兩兄弟無後顧之憂。

老闆很欣賞他的細心，偶爾也會讓他幫忙料理客人的點單，有了這個小幫手，對於消化攤子前的大排長龍，確實頗有助益，為了感謝他的辛勞，老闆特別調漲工資，當作獎勵。不過薪水增加也意味著他的工作負擔更重，不求上進的詹佑荃還會偶爾躲在攤子後面偷抽菸，石毓翔則每天只能忙得滿頭大汗。

但他總是任勞任怨，畢竟這一切都是他自願的。為了因應夜間的工作時段，他改變了跟瓊安講電話的時間，提早到每天中午。對於工作的辛苦與否，他向來報喜不報憂，他會告訴瓊安，有哪個客人稱讚他的細心，或者老闆什麼時候又請客吃飯，卻從來不說他被菜刀切到幾次手、被爐子燙傷了幾回，甚至還有因為淋雨騎車去上班而感冒。若不是喉嚨痛引起聲音沙啞，被瓊安聽了出來，他是真的只打算隨便買點感冒膠囊就敷衍了事的。

「我可以不去英國，真的。」從中攧趕來，押著石毓翔去看醫生時，瓊安憂心忡忡地說：「不管怎麼樣，我都不想你這麼辛苦。」

「妳可以把這當成是一種修練，而任何一種修練都是必須稍微流點汗、吃點苦頭的。」石毓翔硬是擠著笑容，用啞到不行的聲音說：「至少我們都朝著好的方向去，不是嗎？」

儘管那是用來安慰瓊安的話，但他也確實是感到開心的，看著錢又慢慢賺回來，心裡也覺得踏實許多。這天忙到深夜後，攤子前的客人已經少了，老闆拎了一袋飲料來犒賞大家，石毓翔伸伸懶腰，拿了一杯去冰的梅子綠茶，但他只喝了一小口，隨即蹲下身來，開始清點一夜忙碌後殘存的備貨。

已經開學了，他無法跟暑假那時一樣每天來打工，必須按照課表，只在隔天沒有太早的課要上時，前一夜才能留到打烊，否則還是得早早回家睡覺，薪水雖然少很多，但他依舊賣力，老闆體恤他的辛苦，也不過分要求，只是一段時間下來，他經常帶著黑眼圈進教室，在實驗室也偶爾心不在焉，還好課堂都是幾個同學搭配成小組，彼此可以互相罩一下，不然他大概早就被老師轟出實驗室了。

「你還可以吧？」中午時段，在實驗室外面的樓梯口，石毓翔草草吞下一顆御飯糰後，靠在牆邊打盹，卻被詹佑荃叫醒，他拿了一顆自己不想吃的茶葉蛋給石毓翔。

「超想睡的，讓我睡一下吧。」石毓翔根本也懶得剝蛋，他隨手擱在身邊，眼睛只睜開了一點點。

「我看你乾脆休學，直接去弄個攤子賣滷味算了，哪有人像你這樣，搞得連上課都變副業的。」

石毓翔一笑置之，也沒有多做解釋。除了小綠，沒有人知道他為什麼需要這樣打工。幾個月過去了，他經常苦笑著思索，自己跟瓊安之間怎麼會愈隔愈遠了呢？高中時，彼此相隔的是幾間教室的距離，後來考上大學，他們處在不同城市，而現在可好，變成遙遠的兩個國家，不，不對，何只是兩個國家，那根本是兩塊不同的板塊大陸，一個在歐洲，一個在亞洲。

他必須讓自己忙碌點，才好在絕對的疲倦下，讓腦袋停下來，不用再想這些問題。但即使不去思考距離遠近，每天晚上睡覺前，他也還很難接受那種不能隨心所欲講電話的日子。兩個人現在只能仰賴網路通訊，畢竟那比較便宜；一遇到假日，他則得汲汲營營在攤子上，否則一旦閒散在宿舍，他就會不由自主地想翻看那個累積了無數張車票票根的小鐵盒，這回他可再不能買張車票，半小時就抵達瓊安所在的地方。

已經好一陣子沒做餅乾了，儘管小綠經常抱怨沒東西吃，但石毓翔就是提不起勁來揉麵糰，曾幾何時，他不知道自己居然已經變了，以前那個純粹只為了喜歡烘焙而烘焙的石毓翔早已消失無蹤，他想起一句老話，女為悅己者容，原來做餅乾也是一樣的意思。

他想起瓊安出國前，最後一次出現在這兒的那一晚。整體來說，那天還算得上是開心的，只是他一直很介意一個小插曲。

那天他按照班表，應該在滷味攤子待到打烊，所以也別無多想，一整晚只顧工作，根本沒注意到手機擱在包包裡，到了晚上十二點多，吃著老闆招待的消夜時，才發現竟有十幾通瓊安的未接來電，此外，小綠也有打來。

他那時第一個念頭就是驚慌，深怕瓊安是不是發生意外，或者體弱多病的她又怎麼了，急著回撥過去，瓊安很快接起，說她人在台北，就在石毓翔的宿舍外。那時他嚇了一跳，也顧不得滿身的油膩與怪味道，把拿放食材的橡膠手套一丟，急著跟老闆請假，一騎上機車就往宿舍衝。

瓊安在樓下等了一整晚，她穿著鵝黃色的小洋裝，儘管站了一夜，雙腿一定很痠，卻沒有隨便找個地方坐下，就怕弄髒了衣裙。瓊安身邊站著小綠，她臉色非常難看，一見到倉促趕回來的石毓翔，立刻破口大罵：「你聾了是不是？電話響了多少通，你完全沒聽見嗎？知不知道瓊安在這裡站了多久？從傍晚六點站到現在耶！」

「手機放在包包裡面，沒有聽到嘛！」石毓翔皺著眉頭解釋，但掩不住臉上愧疚，他問瓊安怎麼忽然來了。

「想說過幾天就要出國，會有好久見不到你，所以我就來了，不好意思，其實是我不對，沒有事先跟你約好。」瓊安沒有生氣，帶著疲憊，她依舊擠出笑容，說：「有些東西，我想趁出國前帶過來，都是要給你的。」

石毓翔只覺得難過不捨，除了忙不迭地道歉之外，完全不曉得該說什麼才好。

「趕快開門呀！還嫌她站得不夠久嗎？」小綠整個人氣呼呼的，又對瓊安說：「妳也真是的，找不到這個白癡，那也可以早點打給我呀！」

「想說妳可能也在忙嘛。」

「我能忙什麼？我每天晚上除了看電視，只能在宿舍悶得慌，妳早點打給我，起碼我還能過來陪妳呀。」一邊說著，她不斷催促石毓翔快點開門，自己則幫瓊安提起行李，帶她走上公寓階梯。

石毓翔住在老舊的公寓頂樓加蓋，本就狹窄的空間還區隔成幾間分租套房，住的都是學生。擠進房門，小綠叫石毓翔趕緊去把熱水瓶插電，先泡杯茶來，自己則從門邊的小鞋櫃裡拿出一雙室內拖鞋給瓊安。她點亮了燈，拉著坐墊過來，又從冰箱的冷凍庫裡拿出捲心酥，讓一整晚沒吃東西的瓊安先墊墊胃。

「所以妳也才剛來嗎？」石毓翔一邊張羅茶葉，一邊回頭問小綠。

「就有個阿呆呀，在那裡罰站了一整晚，最後才想到我。」小綠則瞪了瓊安一眼。

時間已經很晚了，小綠幫著把瓊安安頓好後，石毓翔還得騎機車將她載回去，等他再回到宿舍，都過了凌晨兩點。筋疲力盡地爬上樓，他還以為瓊安可能已經睡下，卻發現她坐在床邊，電視遙控器擱在一旁，房間裡安靜無聲，瓊安正細心地將屋子裡原本散亂的衣服重新摺好。

他洗過澡，瞧瞧瓊安幫他從台中帶來的一些瑣碎，那其實也沒什麼，就是幾本書、幾包餅乾，還有幾張唱片而已。

「怎麼還不休息？」跟著坐下，看著瓊安眉頭微微凝著，他本以為是自己錯過了一整晚的電話，才惹得她不快，小心地搭了幾句話，瓊安似乎回應都有點慢，石毓翔最後忍不住問她：

「怎麼了，是不是不開心？對不起嘛，我真的不是故意不接電話的，只是工作在忙……」

「沒事啦，這其實也不怪你，你在上班嘛。」放下衣服，瓊安環顧房間，然後又低頭看看自己腳上那雙尺寸剛好的淡紅色小拖鞋，她問：「這雙拖鞋是小綠的嗎？」

「她老抱怨說來我這裡只能打赤腳，所以就自己帶來了。」

點點頭，瓊安望著桌邊一直沒喝上半口的玄米茶，最後嘆了口氣，說：「雖然我覺得這樣很幼稚，而且很不禮貌，可是……」瓊安忽然說了一句對不起，反而讓石毓翔愣了一下。

「我只是不太喜歡這樣的感覺。」像是經歷了漫長的掙扎後，瓊安才終於開口。

「怎麼了嗎？」石毓翔不解。

「玄米茶其實是她愛喝的茶，我平常有點怕這味道。」深呼吸著，瞧瞧腳邊那顯然是成雙成對的兩塊坐墊，以及平常就擱在桌上的雙人用小茶具組，她沒責怪石毓翔什麼，卻說：「你有沒有覺得，她好像比我更像生活在這裡的人？」

風與雲安靜流轉，誰住進誰的心裡也無聲。

出國那天，他跟小綠都沒能去送行，因為瓊安的父母也在機場。但通關出境後，瓊安打了電話來，沒有再談起這件事，也沒有刻意多叮囑什麼，她只提醒石毓翔，記得乖乖吃飯，打工不要太累，她感謝石毓翔的幫忙，說日後回來也會繼續打工，一定要把錢還給他。

那時他人還在學校的實驗室裡，一邊盯著數據，一邊笑著告訴瓊安，這些都不重要，但千萬記得，到了英國要少吃點，聽說很多遊學歐洲一兩年的交換學生，出發前還是根甘蔗，回來後全成了氣球，而且是充氣充很飽的那種。他嘴裡這麼輕鬆地說著，但心裡其實沉重萬分，為了不能去機場送行，他難過了好幾天。

「是怎樣，耍自閉嗎？電話愛回不回的，非得三催四請你才肯露臉。」天氣漸漸冷了，但也還不到嚴寒時候，小綠脖子上卻已經裹著圍巾。她把圍巾當成飾品，搭配一件白色小外套，看起來十分亮眼。石毓翔起初只覺得有些眼熟，後來想起了，那是當年本來要送瓊安當告白禮物，卻臨時改變主意，轉而送給小綠保暖的那條圍巾。

「拜託，我補眠都來不及了，妳沒事不要一直吵啦。」

「什麼叫沒事？這頓飯你沒付錢就已經罪大惡極了，連句『生日快樂』都小氣不肯給嗎？」

「妳怎麼又生日了？我……」石毓翔一愣，卻見小綠作勢要揮拳，話沒說完趕緊又吞了回去。

他一直惦念著那天晚上的事，儘管瓊安沒有把話繼續往下說，但他已經明白意思。瓊安不是那種會大吵大嚷的人，說話總是帶著幾分保留，點到為止。可是石毓翔不是傻子，從簡短幾句話中，他已經聽到女友正在吃醋的心情。

那時他有些詫異，完全沒想到瓊安居然也會吃醋，而且吃醋的對象還是她自己最要好的朋友。石毓翔還記得，當初要北上時，瓊安曾經明明白白地吩咐過，叫他們兩個到台北之後要彼此互相照應，怎麼後來反而因此吃醋了呢？石毓翔不懂，也沒追著瓊安的話再往下問，雖然不清楚自己是否哪裡做錯了，但沉吟了一下後，卻暗自做了一個決定。

後來有一陣子，他刻意避開小綠，電話能不接就不接了，未接來電也不想回，反正每天已經夠忙了，哪裡還有心情跟時間理會這個只會搗蛋惹麻煩的傢伙？要不是昨天晚上小綠出現在夜市的攤子前，讓他避無可避，今天他也不想坐在這家餐廳裡，跟她面對面吃飯。

「哪，禮物呢？」隔著餐桌，小綠忽然伸手。

「什麼禮物？鬼才知道妳今天生日，怎麼可能準備禮物？下次啦，下次再補給妳。」

「去年我生日，也是在這裡吃飯，你一樣坐在那個位置，還好意思說不知道我生日？」

「去年是瓊安帶我來，我來了才知道妳生日，根本也沒記住嘛。」

「那等一下吃完，你請我看電影。」

「大小姐，妳是誰，妳是林小綠耶，麻煩妳拿出手機，看看妳自己的臉書，有多少男人一天到晚在那上面跟妳示好，不用挑哪個好友了，光是從追蹤妳的名單當中隨便撈，都能撈出一籮筐想請妳看電影的男人，妳就行行好，放過我吧。」石毓翔皺著眉頭。

「這種話都說得出口，表示你真的很久沒在臉書上留意過我了。」小綠氣鼓鼓地說：「我八百年前就把臉書關掉了，這你都不曉得。」

「關掉了？」

「誰稀罕一天到晚被那些奇形怪狀的東西們騷擾？」小綠不屑地說。

去年兒福系辦活動，小綠不但負責的道具製作獲得好評，自己也在舞台上表現亮眼，從那之後，她儼然就成了兒福系的最新紅人，不只在系上火熱，整個社會學院都知道她。小綠說她受夠了一天到晚有陌生人來加好友，臉書動態怎麼刷，看到的都是些陌生人的消息，一氣之下索性把它關閉，眼不見為淨。

「還真看不出來，妳居然會拋棄名人光環，甘願當一個普通人，怎麼了，受到什麼打擊了嗎？」

「我本來就很低調，只是你不懂啦。」小綠瞪了他一眼。

石毓翔確實不懂，但反正他也沒有很想懂，甚至，如果可以的話，能不要有機會懂還更好。瓊安吃醋的那天晚上，石毓翔就決定了，從今以後還是跟小綠保持一點距離，免得又惹女友不開心。

他吃完一頓美食，不用自己付錢，小綠吃不下的那些還打包讓他帶回去，真是撿到大便宜，不過石毓翔也覺得有些過意不去，心想或許有空的話，可以烤個餅乾給小綠，當彌補的生日禮物，既不用花大錢，又能投其所好。小綠是挺喜歡吃抹茶餅乾的。這樣應該不算犯規吧？石毓翔心裡這麼想。

他盤算著自己最近何時有空，可以去食材行購買烘焙材料，也想起下午離開餐廳前，小綠問他的話，既然都已經幫瓊安圓夢了，打工的目的也就完成了，怎麼現在還要繼續？石毓翔那時搖搖頭，他說光靠這幾個月的打工，能資助瓊安的畢竟有限，事實上，他把自己的積蓄都領出來了，大概也有十幾萬，這筆錢再貼下去，才勉強湊足了旅費。

「十幾萬？」小綠瞪眼。

那時石毓翔點點頭，說：「這些錢是我自己存下來的，放著也沒用，既然她有需要，就先借給她了。不過儘管我爸媽一向不會過問，錢也是存在我自己的帳戶，但為了以防萬一，我還是得想辦法，盡快把虧空給補回去，以免哪天他們問起來我難以交代。」

「所以你打算這樣一直打工慢慢存？」

石毓翔點點頭。

為了把錢存回來，他很努力工作，而這種努力全都看在滷味攤老闆的眼裡，所以相對的，只要攤子生意好，他也確實能夠分到比別人更多的獎金。

石毓翔沒有懷疑自己掏出所有積蓄幫助瓊安出國的這件事到底對或不對，他也沒跟任何人商量過。那時他把現金全數提領出來，裝在一個牛皮紙袋裡，但瓊安久久不願接過，她看著放在桌上的這一包錢，還有一台石毓翔要借給她的數位相機，眼睛不斷有眼淚落下，說自己既然沒有能力，放棄也就算了，不過是當交換學生嘛，也不是多麼了不起的夢想，大不了以後再去就好；又說自己考慮過了，想要放棄這次機會，只要一邊念書一邊打工，等大學畢業，她照樣可以去其他國家打工遊學，無論如何，她都不想要接受石毓翔這樣的幫忙。

「我沒有那些偉大的志向，存著這麼多錢也完全沒用。這些錢如果會思考，它們也會覺得，如果能被用在妳身上，用來完成妳的夢想，那一定是很棒的事情。」

「但是……」瓊安很為難。

「周幽王燒了一整個國家才能換來褒姒的笑容，而我只是拿出以前存下來的壓歲錢跟零用錢，就可以幫妳一起實現心願，妳不覺得這很划算嗎？」石毓翔臉上兀自帶著笑容。是真心地想為瓊安完成夢想，語氣很誠摯，他說：「妳去，去替我多看看外面的世界，把照片都拍下來，回來之後再跟我好好說故事，一張照片要有一個故事喔！」

那時他很灑脫，也很真誠，為的只是能夠看到瓊安的笑容。當年大考失利，自己無法與她一起讀同一個學校，瓊安那時臉上滿滿的都是失望，那種失望的表情，石毓翔不願再讓它出現。

只是現在回頭想想，實現瓊安的心願之後，他自己反而孤單了起來。知道這次瓊安真的離他很遠了，再不是一張火車票所能抵達的那種遠方。石毓翔低頭不語，繼續將一整袋的花枝丸倒出來，均勻鋪散在塑膠盤子上，準備拿到前台。

詹佑荃忽然從旁邊過來，打斷了思緒，問他今晚下班後要不要跟大家一起去唱歌，說是老闆要請客。石毓翔搖頭，就算不用自己花錢，他也實在沒這興致，只想早早回去休息。

「真的不去？我女朋友還要約她同學來耶，保證每一個都國色天香喔！」

「有多香？比滷味還香嗎？」石毓翔嗤之以鼻地搖頭，他說不去就是不去，累都累死了，誰還有力氣去唱歌。

這一晚的客人不多，大概是因為天空老飄著毛毛細雨的緣故。他把花枝丸拿過去後，站在爐子邊，被夜市的行人吸引了視線，有兩個年輕女孩剛走過來要挑選食物，其中一個女孩也穿著淺色外套，外套的樣式看起來跟小綠那件有幾分神似，但總是留著短髮的小綠顯然比那女生更俏麗些，特別是在繫上那條桃紅色圍巾時，更加好看。

有一種苦澀的滋味，叫作成全。

石毓翔做了一個夢，夢中他回到高中時最常流連的烘焙教室，剛烤好一盤餅乾，想要拿給瓊安品嚐，可是不知怎的，喉嚨裡一直發不出聲音，像被哽住似的，幾乎連呼吸都困難。他看到瓊安背對著他，坐在桌邊跟許多人聊天，他清楚地聽到那些喧鬧，很想移動身子走過去，但是不行，自己雙腿像卡在一團爛泥當中，怎麼也抬不起來，掙扎著脫不出身，正在焦急時，手中的餅乾撒了出來，卻在眼前幻化成無數顆花枝丸，花枝丸在他面前堆疊成難以仰望的高山，然後又一顆顆落下，砸在他的臉上、身上，最後將他掩埋。石毓翔完全無法呼救，他耳裡還聽到一群人在講話聊天，卻誰也沒注意到他，他就這樣被花枝丸掩埋，直到窒息。

夢境中斷，石毓翔醒來時先是急著大口吸氣，確定自己還活著，但一睜眼就看到天花板上明亮的日光燈。剛剛在夢境中，他耳中聽到人們的談話聲，那聲響現在還在，勉強側頭一看，原來是隔壁病床有一群人在聊天談笑，他們在嘲笑那個躺在病床上的男人，說一個大男人居然可以吃海鮮吃到過敏，還被送進醫院。石毓翔愣了一下，這才想起來，是了，他躺在醫院裡。

凌晨一點半打烊後，沒跟詹佑荃他們去唱歌，也沒到處亂跑，他騎上機車，冒著微微細雨，雨衣也沒穿，只想早點趕回家。深夜後路上車輛少了，地上雖然不至於積水，但濕潤的路面反映著街燈餘光，看不太清楚原本繪製的道路標線。起初他放慢車速，從狹窄的夜市口出來後，轉上大馬路，才想說路上沒多少車，可以稍微騎快一點，結果卻在穿過一個巷口時，被一輛竄出的轎車攔腰撞上。石毓翔飛得很遠，他從來沒有在幾公尺的高度俯瞰路面，但他來不及驚訝，身體很快又重重摔落，砸在柏油路上。

他不知道自己怎麼會被撞上，也不曉得傷得重不重，只覺得渾身都痛，當臉部貼在路面上時，冰涼的雨水讓他好冷好冷。爬不起身，眼前是橫倒的世界，視線有些模糊，喉嚨就跟剛剛夢境中一樣，只能發出哦哦的聲音，卻半個字也說不出來，然後是劇烈耳鳴，嗡嗡聲讓他聽不清楚誰跑過來，在他旁邊說話。

當他被人攙扶起來，但每一點細微的動作都伴隨劇烈疼痛，他看到自己左腿上的褲子整片都磨破了，濕淋淋的，沾著大片雨水與血水，而左手從手肘以下幾乎沒有知覺，稍微動一下指頭也不行，手上也滿是鮮血，然後是一股濕黏的感覺在他臉上蔓延，有液體流到嘴邊，一嚐，像是血的味道。

一個路過騎士把他扶起來，那個大叔滿臉驚慌，立刻拿出手機，叫了救護車，又問石毓翔的電話放在哪裡，他要幫忙通知家人。石毓翔那時一愣，心想自己在台北還能找誰，他原本想到的是詹佑荃，這些人離他最近，但轉念又放棄，他們去唱歌喝酒，這時候未必會注意到電話，而就算找到人了，那些狂歡中的傢伙一定滿身酒氣，眼看著警察一定很快就到，他們如果酒駕而來，豈不剛好自投羅網？

用顫抖的右手指指腰際，大叔會意，幫他從外套口袋裡掏出手機，石毓翔費了好大力氣才能開口說話，他虛弱無力地吐出兩個字：「小綠。」

「你可終於醒了？醫生已經看過好幾次了，一切都還好，除了手腳有骨折之外，大部分都是皮外傷而已。」小綠從病床的另一側走過來，隨手拉起隔間窗簾，並朝還在喧譁的另一床翻了個白眼。她說：「不過頭上縫了好幾針，可能有點腦震盪，你還得留下來多觀察觀察，暫時走不了。」

「天亮了嗎？」他努力想轉動身子，但渾身都痛，發現小綠穿著的是很一般的外出服，不像倉促趕來醫院的樣子。

「都快中午了，還天亮咧。」小綠哼了一聲，「你可睡得真過癮，急診室的病床有這麼好躺嗎？」

「中午了？」石毓翔嚇了一跳。

「當然。」小綠放下包包，原本臉上還有點笑容的，看了看石毓翔，忽然沉了下來，眼角也有淚水打轉。

「幫我打個電話好嗎？打給阿荃，叫他幫我請假，今天早上的課必點，無故曠課的話會扣總分。」

「放心吧，他會搞定的。」小綠說她昨晚是直接趕來醫院的，在這兒守了一夜，一大早就通知詹佑荃，請他代為處理學校那邊，先幫石毓翔點名，同時也跟打工的地方請假。早上她自己才回去換過衣服，也到石毓翔的宿舍幫他拿了證件跟替換的乾淨衣服，回來醫院補辦一些手續。

石毓翔點點頭，他發現自己身上原本油膩又沾滿血跡的衣服已經被換掉了，現在穿著寬大的病人制服，左腳踝跟左手肘的關節處都打上石膏，身上到處裹著厚厚的紗布，這兒一團、那兒一團的。

小綠告訴他，昨晚警察來過，但醫生不准他們把人吵醒，還說筆錄可以下午再做，現在最要緊的是先讓傷患休息。肇事者是闖紅燈的酒駕慣犯，現在大概還在警局。

「我爸媽知道嗎？」

「暫時還沒，醫生跟警察都有問我需不需要通知家屬，但我想……這種事你應該不會想讓你爸媽知道，特別是他們如果發現，原來你是為了把那些錢賺回來才去打工，一定會非常生氣。所以我跟警察說了，這件事等你自己決定。」

石毓翔沉吟了一下，說了一句謝謝。

「這樣真的值得嗎？」小綠嘆了口氣。

「車禍跟那無關吧？」石毓翔知道她的意思。

「但我說的可不只是車禍而已，」小綠說：「按照慣例，你什麼都不讓她知道，這件事你鐵定也不會說，對不對？從以前就是這樣，你工作累得要死，經常被滷味的鍋子燙傷，這些她不知道；你上課沒精神，三天兩頭被老師警告，這個她也不知道；甚至你連感冒生病都不跟她說，有什麼事就自己想辦法，而她呢？她連一個英文報告也要你幫忙找資料，什麼大小事都要煩你，好像沒有你就活不下去似的，而你也就這樣任由她依賴著。拜託，姜瓊安不是三歲小孩，有很多事情她本來都能自己處理，可是一跟你在一起，她那個人就廢了，廢了不打緊，連你也是，你就是這樣子，也不想想到底值不值得，她拿了錢就走，現在人在英國過她的遊學生活，你卻躺在病床上。」

「這是我跟她的事，妳別管。」石毓翔撇過頭，又補了幾句：「平常那些小感冒什麼的，看看醫生也就好了，有什麼好說的？都是妳小題大作而已。」

「我小題大作？哈哈，好呀，你如果不要我管，我當然也可以不管。」小綠搖頭，「我只是想叫你問問自己，到底值不值得而已。或許你認為自己在扮演的，是一個為了愛情，可以無私奉獻到極點的深情暖男，但在旁觀者眼裡，我卻很懷疑那是不是傻過頭了。」

石毓翔長嘆一口氣，沒有說話。兩個人正在那兒沉默時，有一個護士推著藥車走過來，發現石毓翔已經醒了，便請小綠先去護理站確認領藥與用藥的細節，說患者清醒後如果沒有大礙，就可以離開觀察室。

「你再躺一下，我很快就回來。」小綠依照吩咐，她從包包裡拿出皮夾，走了開去。石毓翔則仰頭無語，天花板上還是明晃晃的燈光。這燈光永遠都亮著嗎？會一直照耀著躺在這張病床上的人嗎？如果會，那這盞燈不嫌辛苦嗎？石毓翔在想，或許不會吧，有些事情是無庸置疑的，不管是命中注定的，或是自己所選擇的，儘管辛苦卻也心甘情願，沒有什麼好抱怨的。成全別人的任何夢想，換來的往往都是自己的苦澀心情，這種感受在瓊安出國後，他已經體會到了。

他一邊想著，卻隱約聽到像是手機震動的細微聲響，本來還以為是自己腦震盪幻聽，後來又覺得不對，他仔細辨認了一下聲響來源，好像就來自小綠擱在椅子上的包包。勉強探出手，他搆到包包的提帶，慢慢拉了過來，可惜的是電話在他摸到之前就停了。石毓翔無奈，本來想把包包放下，卻瞥眼看見那裡面有一本存摺。

有些納悶，小綠難道沒有提款卡，居然需要用存摺領錢，才能幫忙墊付醫藥費嗎？他好奇地抽出來一點點，卻意外發現那本存摺上寫的竟然是自己的名字；而再一翻開，他更錯愕了，存摺中唯一一次大筆金額領出是他用來挹注瓊安的出國旅費，在那之後，還有陸續幾次小額存入，則是他每個月補回去的數目，可是最後這一筆，日期是今天，金額比平常更多，補回後剛好與原本大筆提領前的數額一樣，換句話說，就是小綠幫他把剩下的餘額一次全都補滿了。

「有沒有看到我的電話？我剛剛忽然想起來，今天下午我也有一堂必點的課還沒請假，得找人幫忙……」石毓翔還沒回神，小綠匆匆忙忙又走了回來，那瞬間她也錯愕了。

只有愛情能讓人既自私卻也無私。

「妳哪來這些錢？」回到家裡，小綠攙扶著他，一步步慢慢爬上樓，在床緣邊坐下。他本來拿起桌上的香菸想點，小綠卻把菸從他嘴邊抽掉，說都受傷了還抽什麼菸。石毓翔無奈，把打火機往桌上輕拋回去，然後問她。

總覺得那不是在醫院能聊得透徹的話題，他隱忍著將存摺交給小綠，讓她去辦完所有手續，付了錢也領了藥。走出觀察室，一起搭上計程車。在車上，石毓翔問她，想知道自己的機車怎樣了，小綠說事故之後，警察先去丈量，並幫忙把受損的機車挪到街邊，隔天一早她已代為聯繫附近的機車行送修，剛剛也打電話問過狀況，說機車跟人一樣幸運，沒有撞爛，也還修得好。

他們沒有直接回家，卻先去了一趟派出所，有些筆錄還需要製作。石毓翔從沒想過自己會有坐在警局裡的一天。跟想像的不一樣，警察先生們都很客氣，感覺像是在跟朋友聊天。石毓翔不願提告，反正酒駕本來就是公共危險罪，不管他告不告，對方都得上法庭，而那已經不關他的事了。

在製作筆錄、回答事故的相關問題時，石毓翔有些心不在焉，滿腦子想的都是那些錢的事。好不容易回到家裡，他接過小綠從包包裡拿出來還他的存摺，這才終於有機會慢慢問。

「世界上也不只有你一個人會存錢，有什麼好大驚小怪的？」小綠說得輕描淡寫。

「問題是，妳的錢跑到我帳戶來幹嘛？」

「車子撞壞了，人也傷成這樣，難不成你還打算去上班？你還能在攤子裡幫什麼忙？就算你想去，只怕人家老闆還不願意用呢。」

石毓翔無法辯駁，他現在這個樣子，別說要做事了，連站立都有困難。

「所以我已經跟詹佑荃說了，讓他跟老闆說一聲，先把工作辭掉了。」小綠又說。

「什麼？」石毓翔吃了一驚。

「你留在那邊工作的目的就只是為了錢，現在錢都補回去了，還做什麼做？不如好好讀你的書，養你的傷吧，起碼現在不必為了錢再傷腦筋，好好休息，身體才會復原得快。」

小綠要石毓翔先躺下，但石毓翔搖頭不肯，堅持把話說清楚：「存在我帳戶裡的錢，算是我跟妳借的，很快就還妳。」

「好啦好啦，隨便，都可以，總之只要你高興就好。」小綠按著他，非得把人逼回床上躺好。毫不介意的口氣，她說：「你先乖乖休息幾天，不要再為了錢的事情煩惱，還錢也不急於一時，半年一年、五年十年都無所謂，反正我不缺錢。」

她安頓好石毓翔，轉而起身，拿了自己的包包，說要下樓去買點食物。

「謝謝妳。」她走出房間前，躺在床上的石毓翔忽然開口，他被逼著躺下，身不由己，在清醒之後，各種藥效漸退，現在渾身的傷口都開始發疼，想掙扎也掙扎不了。

「客氣什麼？我不只是幫你。」回頭，小綠淡淡地笑了一笑。

可能那一撞的力道真的有點劇烈，他感覺自己渾身骨架都被撞散了似的，那種痠痛感在回家之後慢慢浮現上來，逼得他只能先在床上躺了兩天，一切仰賴小綠照顧，除了吃藥、吃飯，其他時間都動彈不得地躺著，兩天後才慢慢恢復一點力氣，可以檢視身上的傷口。

大部分的外傷乍看之下都不嚴重，光只是看著這些傷口時，石毓翔還不覺得哪裡有問題，可是一旦試圖起身，想要做各種事情或動作時，他就忽然發現，原來滿身傷竟是如此不便，他雖然還有右手可以拿筷子，左手卻使不出力，碗都端得歪歪斜斜；想上廁所更麻煩，他連拉開褲子的拉鍊都得費上半天勁，而最慘的是，洗澡時他洗不到自己的左半身，又怕身上這些無處不在的傷口碰水，起初兩三天，他簡直跟扭曲的變形蟲一樣，把蓮蓬頭掛起，身子到處套了塑膠袋來隔水，在水花下扭來扭去，好不容易才洗完這一身，結果走出來時，不但衣服大部分都在浴室裡弄濕了，連頭上、臉上都還有沒沖乾淨的泡泡。

「這種澡，我看你不洗也罷。」接連幾天，小綠都在浴室外面準備著，等石毓翔洗完澡，立刻幫忙換藥，但看他那樣子，最後終於忍不住了，她哭笑不得地說：「把衣服再脫了，進去吧，這次我幫你洗。」

「妳幫我洗？」石毓翔懷疑自己有沒有聽錯。

「不然你也可以打電話給詹佑荃，叫他來幫你。」小綠叫他把身上衣服都脫了，留下一條四角褲就好。石毓翔尷尬不已，猶豫了好半天，遲遲不敢動作。

「我都不介意了，你一個大男人還害什麼羞？老娘這輩子也沒幫男人洗過澡，待會完事之後，你可記得送我個壓驚的大紅包。」小綠瞪他。

他只覺得荒謬至極，但照照鏡子，滿頭都是剛剛沒沖乾淨的泡泡，確實也證明了自己此時此刻的無能為力，而且左手不能動，連帶著身體右半邊就沒辦法洗，他還感覺到自己半邊身體黏糊糊的非常噁心。迫不得已，只好點點頭。

小心翼翼的，小綠把他上衣給脫了，正要扒下褲子時，石毓翔臉上一紅，趕緊說：「這個我可以自己來。」

小綠哈哈大笑，看著他慢慢脫下外褲，只剩一條藍白色條紋格的四角褲。重新回到浴室裡，石毓翔百般不自在，卻也莫可奈何，他坐在小綠買來讓他方便洗澡使用的塑膠小板凳上，高舉包著塑膠袋的左手，也抬高左腳，然後把頭低了下去。小綠的手勁很輕，但洗得非常仔細，她調降水量，以免濺濕自己的衣服，更怕弄濕石毓翔的四角褲。

「水溫可以嗎？」

「可以。」

「力道呢？要不要用力一點抓？」

「都好。」

「很爽吧？有個女人幫你洗頭擦澡？」

「幹。」石毓翔罵了髒話。

幸好石毓翔的頭髮很短，洗起來非常簡單。頭洗好後，小綠拿起擰得半乾的毛巾，仔細幫石毓翔擦一次身體，她小心避開各處傷口，費了好半天時間才擦好，然後又幫石毓翔重新穿回衣服，並且扶著他走到床邊坐好，矮桌上已經擺滿各種外傷藥物，小綠要繼續幫他上藥。

「妳很有當看護的天分。」石毓翔苦笑著說：「可惜當初選了兒福系，以後只能管小孩的事，不然妳應該很適合到養老院上班，照顧癱瘓或行動不便的老人。」

小綠沒有接受這種誇獎，反而白了他一眼，「誰說我只能照顧老人？你這麼嫩，不也讓老娘料理得服服貼貼？」

「也對。」石毓翔舒坦地躺回床上，攤開手腳，任憑小綠上藥，他笑著說：「我忽然有一個願望，希望這些傷口一輩子好不了。」他動動腳趾，碰了小綠一下，又說：「然後妳也改個綽號吧，以後不要叫小綠了，改叫春桃或梅香之類的，那比較像是丫鬟的名字，好嗎？」

「那還不簡單，我把傷口弄大點，你就可以多當幾天大爺，讓老娘好好服侍服侍。」小綠一笑，原本拿在手上的一整瓶優碘忽然故意鬆手落下，剛好打在石毓翔的傷口上，痛得他大聲慘叫。

「春桃或梅香？」小綠哼了一聲，「你媽的石毓翔，還真是想得美呀。」

女人的許多天賦，都只為了她想要的男人。

26

那幾天，石毓翔哪裡也去不了，只能在家將息。根據醫生的檢查，除了皮外傷，最嚴重的莫過於左腳踝與左手肘的骨折，石膏打上去後，他就成了跛子，這公寓的高度對他而言變得異常艱辛。

要不是在家待久了，真的悶得有點煩，小綠是不希望他下樓走動的。她每天來來回回地搭公車，往返在學校、自己宿舍與石毓翔的住處之間，但除非遇到必點的課，否則大部分也都翹掉了，滿腦子記得的都是石毓翔愛吃什麼、愛喝什麼、幾點該吃藥、換藥之類的，盡可能地，她希望將石毓翔的活動範圍壓縮到最小。然而物極必反，那天石毓翔終於崩潰了，他說倘若再不能走出房門透口氣，只怕自己會受不了這種無聊日子，從窗戶直接跳樓。

「後天就要去醫院複診，你多撐兩天會死嗎？」

「後天？叫我多躺一分鐘，我都會死給妳看。」石毓翔耍起任性，「不然這樣好了，我繼續躺著，身體可以不要動，妳去弄些麵粉來，我右手至少還可以揉揉麵糰，當作運動。」

「揉你媽個頭。」小綠直接從他腦袋上拍了過去，但那一掌的落點抓得很精準，還避開了石毓翔頭上的傷口。

最後終於還是拗不過，小綠只能帶他一起下樓，可是石毓翔最想去的地方，居然也只是樓下斜對街口的便利商店而已。帶著他過馬路後，踏進店裡，在一整排飲料前，小綠先提醒，她說這幾天樓上的小冰箱裡已經放滿各種石毓翔愛喝的飲品。

「這幾天你一定都沒打給她吧？」看石毓翔盯著角落的果汁發愣，小綠知道他在想什麼，那種果汁是瓊安愛喝的。

「不敢打，怕她說要視訊。」

「讓她知道又會怎樣？」小綠說：「無論是她或是你，你們畢竟都只是個人而已，只要是個人，就會有開心或難過，也會有跌倒或摔跤，你不可能永遠都扮演那個守護別人的角色，況且，在守護的過程中，你也得歷經風吹雨打，這些折磨或苦難，如果瓊安完全不知道，那她又怎麼可能會感動？你這麼偷偷摸摸地把所有苦頭往自己肚裡吞，不是白費工夫嗎？」

「我這麼做的目的，並不是為了換來她的感動呀。」

「不是為了讓她感動？不然你只是為了享受那種自虐的快感嗎？」小綠不以為然地說：「不對等的愛情，那就不叫愛情了。」

「難不成妳為了喜歡的人做點事，就都要叫對方表達感激之情，那才算是對等嗎？」

「至少不管做了什麼，我都會設法讓對方感受到，起碼要讓他知道我的用心。」小綠說那只是一個該選在何時，才讓對方感受到的時機問題。

「那是妳的想法，可不是我的。」石毓翔聳聳肩，「妳就是這麼斤斤計較，才會一堆人跟妳告白之後，卻又沒人想跟妳在一起。」

「去你媽的，還真是夠了。」小綠懶得再管，她自己也被陳列在貨架上的幾本新出刊雜誌所吸引，但可惜雜誌都被包上透明的收縮膜，只能看到封面。

「妳喜歡就買一本回去吧，不然在我那兒也很無聊，不是嗎？」

「算了，這種東西呀，看完就變垃圾了，留下來也占空間，不如用租的就好。」小綠雖然心動，卻毫不猶豫地把雜誌又擺回去。來到櫃檯結帳時，她跟店員說了要拿網拍的貨物，報上名字後，店員告訴她共有兩件商品到貨。

「有一件的金額是兩百九，先拿那個就好。」她說著，一邊從皮夾掏錢。

「妳把網拍的收件地址寫到我家樓下來啦？」石毓翔在旁邊插嘴問。

「反正待在你這兒的時間比我待在自己宿舍還要久，況且那是買給你的東西，當然在你家樓下的便利商店取件比較快嘛。」

「那另外一件呢？不拿嗎？」

「那就算了，只是一雙鞋子而已，老娘改變心意，不要了。」小綠付了錢，拿到包裹，正準備往外走，卻看到石毓翔遲疑了一下，才慢慢拐著腳跟出來。

「妳是不是沒錢了？」跟出店外後，石毓翔皺著眉頭問她，「我是說認真的，妳把錢先拿回去吧，我這簡單生活也過得挺習慣了，妳幹嘛跟著我一起吃苦？」

「不要婆婆媽媽的好不好？」小綠有點不耐，「沒錯，我最近確實得把褲帶勒緊點，因為你那個洞有點深，為了一次補滿，我跟幾個同學借了錢，大概五萬多塊。」

「五萬多？妳……」石毓翔大吃一驚。

「閉嘴，聽我說完。」小綠不讓他插嘴，「總之呢，我現在要分期還款，所以得把生活費節省下來，但你不必擔心，這不會影響我的日常，頂多就少買幾件衣服。」

「那也不行，反正我爸媽不會查帳，妳就先領去還給別人吧。」石毓翔接連搖頭。

「這樣算來算去會很亂，你難道不懂嗎？我已經跟那幾個債主商量好了，都是同學嘛，他們也不會跟我催錢，所以你不用費心。」

站在路邊，石毓翔依舊沉吟，隔了半晌才吐出一句老話，說：「我會盡快還妳。」

「還？你怎麼還？你這輩子欠我的可多了？」小綠哈哈一笑。

「有嗎？我還欠妳什麼？」

小綠笑而不答，路口燈號切換，她一手捧著網拍買來的五雙新襪子，那是她這幾天幫著整理房間時，發現石毓翔的襪子全都又舊又破，實在看不下去，索性偷偷替他上網訂購的；另一隻手伸出來，她說：「怎麼，難道還要我揹你才肯走嗎？」

「妳願意揹我嗎？」

「當然。」小綠笑著說：「別說是這個路口了，再長的路，你大爺一句話，老娘也只好乖乖當你的梅香或春桃。」

愛情沒有虧欠，只有你情我願。

小綠其實也說不上來，到底自己這是一種什麼樣的心情，當瓊安幾次網路電話打回台灣都找不到石毓翔，轉而找上她時，她沒有一五一十地對好友說出最近發生的事，只是告訴瓊安，說石毓翔最近課業壓力大，經常關在實驗室裡，別說瓊安遠在國外，就連她都很少遇到他。

瓊安的聲音斷斷續續，大概網路連線的狀態很不穩定，小綠必須慢慢地辨認，才能勉強聽得清楚，但即使不仔細聽，她其實也了解，瓊安說的不外乎是一些叮嚀的話，只是叮嚀的對象根本都是石毓翔，只有最後幾句才是交代她的。瓊安叫她少出去玩、少亂花錢，少翹課，有空別忘了替她過去看看石毓翔到底有沒有乖乖吃飯。

跟我講了半天，結果還是在擔心妳的男人，但除了這點程度的擔心，妳又能在他最需要照顧的時候為他做點什麼嗎？不，什麼也沒有，妳甚至連他撞車、差點把命給丟了這麼重大的事情都不曉得；妳既不覺得納悶，也沒有絲毫懷疑，妳應該要知道，石毓翔把妳捧在掌心裡呵護著，比任何一切都還重要，若不是發生了這麼重大的意外，他又怎麼可能接連幾天都讓妳找不到人呢？姜瓊安哪，妳就是不肯用心，不願多花點心思，好好站在妳男人的立場，替他多想一想。她嘆了口氣，心裡這麼感慨著。

那邊的話語中始終有雜訊，但瓊安說著，語調卻忽然有點哭腔，小綠趕緊收回原本分散的心神仔細聆聽，愈聽愈不對勁，本來還想多問問，想知道她在那邊是怎麼了，然而電話卻斷了，隔半晌後，瓊安透過網路傳來訊息，說自己一切都好，叫小綠別擔心。

嘆息著，在自己的宿舍裡，只開著一盞小燈，照亮電腦螢幕。小綠心裡想，英國太遠，自己是鞭長莫及，管不著了，真要擔心的話，也只能擔心附近的那一個。

石毓翔的傷口痊癒得很快，儘管骨折的部分還不能拆石膏，但幾次複診，醫生已經幫他把幾處皮外傷的縫針都拆線了，也說骨頭長得很順利，應該沒有大礙。離開醫院後，也把終於修復的機車領回來，不太會騎車的小綠勉為其難地握住龍頭，她寧可這樣搖搖晃晃地把石毓翔載回來，也不想讓那個跛子自己騎，她說那簡直是拿命去再賭一把。

「昨晚瓊安打電話給我了。」從車行回來，石毓翔才剛坐下，臉色有點凝重地說。

「是嗎？」她心頭微微震了一下，昨晚的電話原來不只她接到而已。

「本來用網路電話在聊，可是訊號很差，後來她又打國際電話來，雖然沒有講很久，但我聽得出來，瓊安心情不太好。」石毓翔問小綠：「她有打給妳嗎？」

「沒有。」有點心虛，但小綠搖搖頭。

「聽她說了才知道。」石毓翔搖搖頭說：「之前覺得她在那兒應該如魚得水，可以很開心才對，沒想到事情跟想像的有點不太一樣。還記得我們剛要來台北時，她對我們說的話嗎？她說妳沒有看起來那麼堅強，其實她自己也一樣。」

「面對一個新環境，多少會有點不適應，或許再給她一點時間就會比較好？」小綠深思了一會，「她本來就是個比較壓抑，也比較放不開的人，會稍微比別人多需要點時間。」

「都過去幾個月了，如果能適應，她也早該適應了，怎麼可能現在還這樣？我倒覺得英國可能不是很適合她。」石毓翔又搖頭，說：「她說儘管只是交換學生，但學校那邊的壓力很大，主要的原因，還是來自教育體制的不同，從小習慣了台灣這邊的學習方式，到國外就很難再接受另外一套的東西。她說很想念台灣的生活，覺得有點後悔，早知道就不去了。」

「現在說這個不會太遲了嗎？」小綠也皺眉。

「我也不知道該怎麼安慰她，但昨晚她說著說著，居然就哭了。老實說，我還是頭一次聽到她的哭泣聲。」石毓翔抬起頭來，「我很擔心她。」

「不如先擔心你自己吧，你都傷成這樣了。」

沉吟了半晌，石毓翔沒有說話，像是在思索著什麼，房間裡的氣氛有點凝重，而小綠盤腿坐在桌邊，望著石毓翔無語的表情，心裡忽然有種不妙的預感，急忙說：「你不要告訴我，現在就想飛一趟英國喔。」

「那些錢可以讓我再跟妳多借一段時間嗎？」隔了半晌，石毓翔問。

「石毓翔你瘋了嗎？」小綠整個心都涼了，她瞪大雙眼，「英國耶！你自己也知道，那不是一個說去就能去的地方，你只因為她這樣一通電話，就要大費周章跑去英國？你知不知道自己在說什麼？」

「可是……」

「對，我知道你擔心，從她離開的那天起，你就沒有一天不擔心，但你不要忘了，她已經不是個孩子了，既然選擇了想要的路，就要拚著一路走到底，不能受到一點挫折就哭哭啼啼，就想回來索求溫暖。如果別人去到那邊也一樣適應不良，那就是地方有問題，但如果只有她一個人這樣，那就是她自己還找不到調適的方法，這種事，任誰都幫不上忙的；再說了，你看看你，別說去英國了，你現在連走下樓都有困難，你去到那裡又能怎樣？幫她提行李回台灣嗎？你怎麼不先想一想，也許她只是生活中遇到一點小小的不順遂，想跟你發發牢騷而已，你為了這樣就要飛一趟英國？你是不是車禍把腦子都撞壞了？」小綠氣極了，她用力搖頭，說：「我那些錢是用來幫你應付你爸媽的，如果你想轉作別的用途，那很抱歉，這個忙我不能幫。她有她的問題，你也有你自己的狀況，她現在在那邊有地方住、有學校待，也有足夠的生活費可以用，還想怎麼樣？難道要全世界都把她捧在手掌心，只關注她的一舉一動嗎？做人不可以這麼自私吧？」

石毓翔握緊了拳頭，卻不知道自己還能怎麼辦，他大聲地說：「夠了，不要再說了！」

「凶我幹嘛？難道我說的不對嗎？」小綠的聲音也大了起來，「從小到大，她都是這樣呀！你以為只有我老是處心積慮在吸引別人的目光嗎？對，我承認我以前也是這樣，我喜歡穿得很漂亮，喜歡參加各種比賽，為的就是想讓更多人看到我美好的樣子，可是她呢？她也是呀，我們的差別只是方法不同而已，她不靠這些外在的樣子，總是保持安靜、保持氣質，可是那又怎樣？真正該她出手的時候，她也沒有手軟過呀，就跟現在一樣，只是遇到一點綠豆大的小事，就想要別人大老遠飛去英國陪她！」

「剛剛妳問我的那句話，現在換我來問妳，妳知不知道自己在說什麼？」石毓翔沒想到小綠居然會對瓊安有這樣的看法，他睜著大眼問：「妳知不知道，妳現在說的那個人，是妳最好的朋友。」

「正因為她是我最好的朋友，所以我才會這麼清楚。」小綠說：「但你可別忘了，除了是最好的朋友，她也一直都是我最大的競爭對手，所以我比任何人，甚至比你更了解她。」

「朋友之間有什麼好競爭的？」石毓翔板起臉來，「十幾年前那些誰多考個幾分、多往前進幾個名次，這種幼稚無聊的事情，難道妳還要去計較？我不懂妳為什麼會這麼生氣，她是我的女朋友，同時也是妳最要好的朋友呀。」

「你當然不懂，你不懂是因為你從來沒想過要弄懂，你沒有一天、沒有一次試著理解過我，在你心裡面，只覺得我是姜瓊安的朋友，是她的跟班，是她派來照料你在台北的小嘍囉。」冷笑著，小綠恨恨地說：「在你眼裡，真的把我當成服侍你的丫鬟了，是嗎？我每天這樣來來回回地跑，幫你張羅一切，陪著你也照顧你，你都覺得天經地義，覺得這就是我在實現姜瓊安對我的託付，是嗎？你錯了，你始終沒有真正搞懂過，為什麼不管發生了什麼事，我都陪著你沒有離開過。」

「妳這話什麼意思？」他皺眉。

「我一直希望，或許有一天你能夠自己體會、自己明白，可以不用逼我把話說得那麼清楚，但說真的，你很讓我失望，失望透頂。」小綠說：「石毓翔哪，你不懂的事情真的太多了，那條我最討厭的顏色的圍巾、那幾張我故意弄丟的祖師廟英文簡介，甚至還有我精打細算加權分數後，才終於能跟你一起待在同一所學校的心情，這些你都不懂，因為你永遠都只看著已經離你幾千、幾萬公里遠的那個人，卻從來沒看見費了無數心思後，才終於跟你待在同一座城市裡的我。」

石毓翔幾乎傻眼，不敢相信這會是小綠說出來的話，他久久不能言語，眼前的女孩陌生得像是另一個人，可是她穿著自己很常見的那一套衣服，有著明亮的雙眼，怎麼看都像是不知不覺間，早已深入他的生活，早就不可或缺的那個女孩。

「妳滾，我不要再聽到妳的聲音。」最後，石毓翔低下頭來，只吐出了這句話。

「會的，我會滾，滾出你的世界，滾得徹徹底底。」小綠站起身來，咬著牙，她說：「想去哪裡就去吧，隨便你。」

失落，不是因為你看不見，而是你看見了，卻不要。

他又打了兩通電話到英國，聽起來瓊安的心情似乎已經平復許多，她跟石毓翔道歉，對自己因為一時任性，造成別人困擾而感到不好意思。

「沒有什麼好道歉的，人總會有情緒，情緒也不可能永遠都維持在開心的時候。」石毓翔在電話中安慰她，「沒事就好，但如果壓力真的太大，妳想提早回來也可以。」

「我會繼續堅持下去的，謝謝你。」瓊安又哽咽了，「我不會辜負你的支持的，一定會撐到最後。」

「記得，有事隨時跟我說，如果……如果需要我去看妳的話，我……」遲疑了一下，但石毓翔的話沒有說完，瓊安急忙告訴他，千萬不要這麼麻煩，她提醒石毓翔，這畢竟不是很短的距離，交通費更是驚人。

「你不要擔心，真的，我沒事的。」瓊安嘆了一口氣，說：「我猜，我只是太想你了。都怪你，以前把我照顧得太好，害我現在動不動就想吃餅乾。」

「傻瓜。」石毓翔微笑時，心裡有暖暖的感覺。

那通電話讓他放了一半的心，瓊安說最近幾份作業的壓力都很大，學校絲毫不給交換學生任何寬鬆空間，許多艱深晦澀的文學報告，不但需要翻查大量資料，在書寫與口頭報告上，也都得依足規矩，她是在圖書館苦熬了許多天後，才終於忍不住崩潰，打了電話回來訴苦。

還能怎麼做呢？石毓翔知道，仰賴電話與網路，他已經付出了最大的關心，只希望瓊安能夠真的感受到，也希望她在遙遠的異鄉能一切順心。

可是安撫了女友之後，他自己真正要面對的困難才剛剛開始。沒有小綠的日子，他就再不能安心養傷了，一切都得自己來。他先拐著腳下樓，在便利商店買了泡麵，順便再挑一盒雞蛋，可是打蛋時極不靈便，他在快炒店看過，人家那些廚師們可俐落了，手抓著雞蛋隨便往哪裡一磕，跟著在鍋邊一掐，一顆雞蛋打得多麼漂亮！可是他依樣畫葫蘆，雞蛋卻碎了滿地，大半都溢到泡麵碗外，更慘的是碗裡僅存不多的蛋汁當中，還有大量碎殼。

「幹。」他望著那碗注定要失敗的泡麵，忍不住罵了髒話。

入冬之後的天氣寒冷，為了避免麻煩，他索性也不洗澡了，可是一兩天還能忍受，到了第三天，頭皮卻癢得受不了，只是如此一來，便又得跟之前一樣，頭洗不乾淨，身體也只能擦半邊，到頭來還是弄得一身狼狽，根本沒辦法洗淨。

石毓翔躺在床上發呆，一邊煩惱著過幾天回到學校，該有多少作業跟報告等著他補交，而那些他錯過的實驗，不知道這學期又會害他被扣多少總分；然後又想，小綠到底是怎麼了？他忽然發現，自己原來如她所說，竟是從來也沒搞懂過對方。這個人究竟在想什麼呢？他想起剛來台北時的聯誼，想起他們一起經歷的許多事，想起兩個人在學校裡偶爾會相約一起吃飯，還有去年他在宿舍中，幫忙製作的許多活動道具，乃至於這陣子，自己受傷後的種種，他知道，有許多事情在經歷的當下，或許從無細細思索的必要，但時間一隔得遠了，驀然回首，才發覺小綠為自己做的許多，其實早已超乎了朋友的範圍；他想起小綠認真而仔細地幫他洗頭、擦澡，想起她的指尖滑過自己身體時的觸感，那種細膩與溫暖，又怎麼會是一個普通朋友所能付出的呢？就算小綠是秉持著瓊安的託付，那她做的也實在太多了。石毓翔低頭看看自己的腳上，現在都還套著小綠買給他保暖的襪子。

可是那又怎麼樣呢？石毓翔感到不可思議，他對小綠最深刻的印象，依舊停留在高三那年，那個他原本準備對瓊安告白的週末下午。如果那時不是天空下了一場雨，如果他們沒有剛好在同一處遮雨棚下避雨，又或者避雨時，他能夠狠下心來，不去理會那個淋著雨的女孩，而將圍巾直接送給瓊安，那這一切會不會有所不同？

他無法推論到底小綠何時對自己有了超乎朋友的感情，但他知道那是不應該的，特別是當瓊安現在人在國外，日子也一樣過得艱辛時，只是他卻不得不承認，當自己早已習慣了小綠，習慣了小綠在他生活中無所不在之後，他忽然一整個空虛了起來，就像那天泡麵的時候，當一整個碗裡滿是破爛的雞蛋跟蛋殼時，他先是罵了一句髒話，跟著覺得好笑，而那當時的第一個念頭竟然是想打電話給小綠，跟她說自己幹了一件蠢事。

算了，還能怎麼辦呢？人是他趕出去的，當小綠轉身離去前，眼裡含著淚時，他沒有出聲挽留，沒有為自己說了如此決絕的話而道歉，是他自己關上了門，把小綠隔在門外，於是也就失去了後悔的資格。

當拐著腳在屋子裡踱步時，他感到茫然，自己現在所抱持的，為何會是如此複雜的心情？當初他喜歡上瓊安，那是一種日久生情，慢慢被吸引的感覺，那現在呢？現在又何嘗不是？他早習慣了小綠爽朗的笑，習慣聽她自稱「老娘」，更也習慣了她粗中有細的心思，是那樣的心思，陪伴著他在台北的這兩年。可是小綠難道不懂嗎？石毓翔從來沒有在小綠面前隱匿過自己對瓊安的感情，他愛瓊安，甘願為她做任何事，小綠怎麼會不知道呢？如果她看得懂，又怎麼會愛上自己好友的男友？

他嘆口氣，發覺香菸盒空了。雖然沒有菸癮，但他偶爾會點上一根，喜歡看著煙霧蒸騰，這幾天在家閒得慌，菸也抽得快，在這當下，石毓翔忽然覺得好需要再來一根香菸。

他想把這些惱人的問題都化作煙霧，讓它從此煙消雲散。無論對小綠還有什麼說不清的矛盾感覺，那些都不重要了，反正自己現在就是個跛子，而且是個欠了人家一屁股債的跛子。他心裡這樣想。

天色已晚，華燈初上，一切看起來都朦朦朧朧。接連幾天都飄著雨，好像每個冷氣團都帶著飽飽的水氣而來。石毓翔緩步踱下樓，他厭倦了泡麵，更厭倦了自己泡麵時的笨手笨腳。

拖著腳步走到麵攤，連從皮夾裡抽出鈔票都很麻煩。那老闆倒也貼心，不疾不徐，一袋米粉湯拎在手上，先等石毓翔把找錢收好，才將袋子遞到他手上。傍晚的騎樓黯淡，隨處都有住戶堆放東西，石毓翔又不想一直走在路邊淋雨，他小心翼翼地慢慢往回走，還先到便利商店買了一包菸，這才冒雨穿越馬路。

昏暗中，他把食物掛在左手腕上，右手伸進外套的右邊口袋掏了掏，那裡頭有香菸、零錢跟發票，還有一整個皮夾，偏偏鑰匙卡在最裡面。正在費勁掏找時，一個不留神，左手那袋米粉湯居然滑落，在他剛摸出鑰匙的瞬間，熱湯落地，整個潑灑出來，不但燙到了他只穿拖鞋的雙腳，鑰匙跟口袋裡的一堆東西也同時落地。

他被熱燙的米粉湯一燙，整個人跳了起來，還差點因為滿地油膩的熱湯而滑倒，皺著眉頭，心裡已經罵過了千百句髒話，努力彎下腰，心想這一地的晚餐也就罷了，皮夾、鑰匙全都沾著湯湯水水，可該怎麼辦才好，而更慘的是，他一俯身，左後腰的傷口就傳來撕裂劇痛。昏暗中，一雙手忽然伸了過來，不顧油膩，幫他撿起了那些東西。

「妳怎麼來了？」石毓翔一愣，沒想到還會見到她。

深呼吸了一口氣，小綠臉上沒有太大的表情變化，她看看一副潦倒落魄樣的石毓翔，淡淡地說了一句：「我承認，我輸了。」

「我們有誰贏過嗎？」石毓翔卻忽然笑了，笑得有點苦，他說：「妳就這樣跑回來，不怕最後落得滿身傷，卻什麼也得不到？」

「這年頭能找到一個自己真心所愛的人，就已經算是非常幸運了，誰還在意受傷不受傷？」說著，小綠不顧手上拿著油膩的鑰匙、皮夾，她忽然攬住石毓翔的後頸，親吻他的雙唇。

那年，我們踏入無傷時代的開始。

29

那天晚上，石毓翔睡得很沉，均勻而緩慢的鼻息聲中，小綠輕輕悄悄地溜下床，走到浴室裡。她不像平常洗澡時習慣的那樣，會把蓮蓬頭的出水量開到最大，而是只用一點水花，慢慢地清洗自己的身體。

傍晚她陪石毓翔上樓之後，自己又下來重新買了兩份晚餐，也多買了幾瓶飲料，順便還挑了幾款零食，然後才回到樓上。她把米粉湯倒在小鍋子裡，一勺一勺餵石毓翔吃，再貼心地將飲料罐插好吸管遞給他。

他們安靜無聲地吃著晚餐，彼此都沒有說話。石毓翔臉上儘管表情複雜，可是他一個字也說不出口。吃完飯後，小綠把碗筷收了，逐一洗滌乾淨，再出浴室時，石毓翔剛點起一根香菸。

「能不抽菸就別抽了，對你身體又不好。」她把那根菸從石毓翔嘴邊摘下，放到菸灰缸裡捻熄。

「謝謝妳。」石毓翔說。

「這句話就不用再說了，我不想聽。」小綠說著，把石毓翔的上衣脫了，拉著他去洗澡，一切都跟之前一樣，對彼此而言，這已經是習慣動作。不必等吩咐，石毓翔知道何時該低頭沖水，或者抬起手腳，以避免傷口被水沾濕，兩個人像是長期練習過後，非常有默契的運動選手一般，洗過了澡，小綠先幫他擦乾身體，吹好頭髮，這才輪到自己去洗。

一整晚都沒開電視，房間裡也沒有音樂，只剩窗外偶爾傳來聲喧。小綠關了燈，室內僅有一道從外頭投映進來的微弱光線，她脫下自己的上衣，溫柔地吻上石毓翔的嘴。

那彷彿是極其自然、就該發生的一件事，她一點也不覺得唐突或後悔。當她撫摸著石毓翔的身體時，就像在幫他洗澡一樣，只是觸感變得有些不同。她仔細聆聽著石毓翔急促的呼吸，同樣也在石毓翔的擁吻中回報以相同的熱切，當他終於進入她的體內時，小綠閉起眼睛，皺起眉頭。石毓翔問她是不是會痛，而她先點頭，可是又搖頭。

然後呢？當激情褪去，石毓翔抱著她，不知不覺就睡著之後，小綠一個人在浴室裡，仔細清洗了自己的下體，她也不知道接下來該怎麼辦，或者說，兩個人以後該怎麼辦。

她想起遠在英國的瓊安，不知怎的，竟怎麼也無法激起內心裡一絲的愧疚之意。她讓輕柔的水流滑過身軀，那是穠纖合度的腰際，是光潔漂亮的肩膀曲線，她知道瓊安也有同樣的條件。但她們是不同的，小綠心裡清楚。無論是石毓翔或瓊安，雖然他們誰也不曾對她說過兩個人床第之間是怎樣的情形，可是小綠知道，至少在她跟石毓翔做愛時，那個男人是充滿愉悅與滿足的，她儘管疼痛，可是卻盡力迎合，更沒有碰觸到石毓翔受傷的部位，她相信即使是瓊安都未必能做到這一點。

但這難道不可悲嗎？居然只能用自己的身體去圈禁住一個男人？在浴室裡，小綠對著已經沾上水蒸氣的鏡子搖頭，她不認為這是一種手段，相反的，她倒覺得這是因為石毓翔終於承認了對她有愛，而這一夜，是她凝聚了多少累積的情愫之後，終於要走到的必然結果。

石毓翔已經熟睡，她在擦乾身體後，放輕腳步走回床邊，慢慢躺下，她枕在他的懷抱中，在昏暗光線中，可以看到石毓翔好夢正酣的模樣，他的雙唇很薄，兩側嘴角各有一個小渦，平常看起來就彷彿時時帶著笑意，而此時或許正在夢中，隱約間，小綠覺得石毓翔好像在夢中也微笑著。

不知道躺了多久，她一直了無睡意，總覺得這一夜何其珍貴，她根本不能想像，當明天朝陽又起，世界又開始運轉時，她將以怎樣的態度來面對這個終究會睡醒的男人。天氣有點涼，縮在石毓翔身邊時，可以感受到他的溫暖，那溫度能沁入心靈，讓小綠覺得安心，可是她不能肯定，自己明天還能不能躺在這裡，讓這個男人繼續愛她。

「妳沒睡，對不對？」突如其來的聲音讓小綠嚇了一跳，抬眼，剛好看到石毓翔微睜著眼，也正看著她。

「睡不著。」

「明天星期二耶，我記得妳有一堂早八的必點不是？再不睡，明天爬不起來怎麼辦？」

「早八耶，誰起得來？就算是必點，我們班也經常一堆人翹課，老師早就看開了，愛點名就讓他去點吧。」小綠挪挪身軀，更緊密地貼著石毓翔。彼此沉默了一下，石毓翔抬過手來，將她攬在懷中。

「我真的很愛你。」小綠低聲說。

「從什麼時候開始的？」

「不知道。」她想了想，「或許是從你把那條圍巾送我的時候開始，也可能是我陪你去瓊安家探病的那天，雖然那天……」追索著已經過了好久的記憶，小綠突然捏了石毓翔的手臂一下，「那天你看完心上人之後，居然自己就跑回家去了，把老娘一個人丟在外面。」

「我不會再丟下妳了，我發誓。」石毓翔笑著。

「瓊安總有一天會回來的，到時候你也能不丟下我嗎？」終究還是免不了要談到這件事，小綠只是沒想到，自己本應該極力迴避的，可是不由自主的，她還是說出口了，「如果她回來了，有她在，你還能不丟下我嗎？」

然後石毓翔又沉默了。

「抱歉，我不是有意的。」嘆了一口氣，小綠轉頭望向窗外的微弱光線，「我只是想告訴你，這是一個我們遲早都要面對的問題而已。」

「妳希望我跟她分手嗎？」石毓翔問，他其實還沒準備好，可以去面對這個終將到來的抉擇。

「不知道，是真的不知道。」小綠也搖頭，「所以我只能在這時候擁有你，擁有更多的你，或許只有這樣，才能讓我把你的溫暖，牢牢記在心裡。」

「可是……」石毓翔語氣裡透著為難。

「怎麼？不然的話，難道你還要很老派地對我說些什麼負責不負責的話嗎？」小綠忽然笑了，很淡很淡地笑了，她問石毓翔，如何能一次對兩個女孩負責，「別跟我談責任，好嗎？我沒有要跟你討論這種問題，事實上，這世上也沒有誰需要為了誰而負起愛情裡的責任，因為一切都是你情我願。」

「只是妳情我願？」

「這樣想，日子就會好過一點。」小綠輕撫著石毓翔的臉頰，撫過他的胸口，慢慢地往他下半身探索，當她纖細的手指來到石毓翔的下腹部，碰觸到他身為男人的特徵，讓他又有了反應時，她輕輕轉身，跨上石毓翔的身子，伏在他的身上，在他耳邊低聲說：「我的靈魂，我的身體，我的生命，都願意給你，哪怕只能換到這一分鐘的珍惜都好，我都願意。」

這一刻我願意，這一生也都願意，這就是愛情。

30

當列車搖晃前行，從地底下鑽了出來，再度重見天日時，石毓翔便不斷望向窗外。風景從新舊交雜的城市建築，慢慢轉成連綿起伏的丘陵山巒與田野，而後偶爾出現蔚藍海色，當龜山島可以遙望得見時，他知道宜蘭不遠了。

他想起前兩年獨自搭乘火車從台中北上的心情，真覺得恍如隔世。那時他甚至連跟瓊安都還不算真的在一起，而倏忽兩年多過去，瓊安成了他的女友，卻又去了英國；當年他坐過站後，又從萬華搭回板橋，在板橋車站二號月台上一直等著他的女孩，現在則依偎在旁邊，石毓翔嗅到她頭髮上淡淡的香氣。

這種感情是不應該存在的，但那是事不關己的局外人才能說的風涼話，當人一旦陷入感情之中，誰還能計較它究竟應不應該？望著風景，石毓翔心想，說穿了，人也不過就是一種卑微渺小，而又害怕寂寞的動物而已，人們不像眼前的山與海，可以萬年不移地屹立著，人類的生命如此短暫，在這眨眼即過的生命中，除了在茫茫人海裡，尋求一點可以相互慰藉的溫暖之外，人們還能怎麼樣？小綠也是一樣的想法吧？所以他們之間從不談論未來。

這幾個月來，他的傷勢漸漸痊癒，石膏已經拆了，雖然還不能活動自如，也還需要復健，但起碼已經不需要小綠幫他擦澡了，可是不知不覺間，他們卻已經養成了一個習慣，每當入夜之後，小綠看完了一天當中最重要的八點檔電視劇，他們會從躺臥的床上起身，一起走進浴室，浴室裡的小板凳，已經從原本的一張，變成可以同時坐下的兩張。

小綠留在她自己宿舍裡的時間變少了，更多時候，她都寧可賴在石毓翔家的小床上，他的枕頭變成她的枕頭，他的棉被變成他們的棉被，除了躺在床上看電視，小綠也會躺在那兒看看書，甚至不顧石毓翔的嘮叨，直接在床上一邊吃零食，一邊用自己的筆電做報告，無論吃喝拉撒，他們幾乎都在彼此的視線範圍內，沒有分開過。

可是儘管如此，每天卻固定都有一段時間，小綠會走出房門外，她可能是下樓買東西，可能是提著一籃衣服，走到玄關去使用房東提供的洗衣機，再不然，她則乾脆窩在浴室裡，坐在馬桶上看漫畫或發呆。

那一段時間裡，石毓翔會坐在電腦螢幕前，視訊鏡頭會開啟，耳機跟麥克風戴在他的頭上跟嘴邊，為時大約十五分鐘，也偶爾會稍微短些，就看瓊安當天忙不忙。他們透過電腦與網路，隔著遙遠的海洋與換日線，聊點生活瑣事，或者交換彼此的心情。

為期一年的遊學生活過了大半之後，瓊安終於能夠真正適應當地的一切，她不像之前剛到英國時，動輒為了天氣而煩悶，為了課業而苦惱，或為了截然不同的生活方式而水土不服，雖然礙於機票的昂貴，她不得不放棄半年回台灣一趟的機會，但至少也因為有了這一套電腦設備，她可以不用再苦嚐思念，儘管網路經常斷訊或不穩，電腦螢幕所顯示的畫面總是變成慢動作的格放，但至少瓊安可以看得到石毓翔，也能聽到他的聲音。當然，當瓊安在遙遠的英國，透過電腦螢幕看著石毓翔時，她從來不曾在畫面中看過小綠。

石毓翔心裡清楚，身邊這個女孩之所以從不跟他談論未來，那是因為他們沒有未來可言，多餘的談論只會引來多餘的負面情緒，索性不談也罷。所以他因而更加心疼，他不知道自己能給小綠什麼，是短暫的快樂嗎？但她真的快樂嗎？石毓翔還記得，前幾天晚上，當他和瓊安結束視訊通話沒多久，小綠也在房間外的陽台邊講完一通電話，她苦著臉走進家門，告訴他，剛剛同學說了，分組作業的抽籤結果已經揭曉，他們這一組要遠道宜蘭的一所教養院進行訪談，大家都在抱怨不已。

「有什麼關係，宜蘭就宜蘭嘛，我陪妳去。」摘下耳機麥克風，他說。

「你陪我去？」

「對呀，我們提早一天去，先到處走走，也在宜蘭過一夜，隔天再跟妳同學碰面，一起做訪談。」

「你走得開嗎？」小綠問，她指的不是石毓翔的上課問題，目光卻望向他還擱在滑鼠上的手。

「我想跟妳出去走走。」石毓翔說。

於是他給了瓊安一個連自己都不太相信的理由，說班上同學相邀，要租車到台中去玩兩天，他身為當地人，最適合擔任導遊，因此不好推託。石毓翔在說這些話時，心裡感覺很不踏實，然而瓊安相信了，不但相信，還很替他開心。她叫石毓翔玩得開心點，甚至也鼓勵他，如果課業過得去，不如看看學校有沒有烘焙社團，最好也去參加參加。

電腦螢幕上，她笑著對石毓翔說：「別老是悶在家裡，我覺得你都快要不像你了，以前那個幽默風趣又超有人緣，還一天到晚做餅乾的石毓翔呢？再過幾個月我就回來了，你可得幫我把他找出來。」

還能找得回來嗎？石毓翔既懷疑也感慨，他都不知道為什麼，自己真的好像如瓊安所說，變成了另一個人的樣子。

到宜蘭之後，石毓翔先租了機車，拿著事先蒐集來的各種資料，按圖索驥，載著小綠到處去，除了名勝跟美食，最讓他們開心的，莫過於能見到湛藍大海，有別於台灣西半部那種被黑色海沙染過的顏色，這兒才是真正的藍，藍得非常徹底，藍得在海平線的盡頭，彷彿真的能與遠天連成一片似的。

也不顧一天奔波的疲勞，反正機車加滿了油，看過夜景、逛過夜市之後，石毓翔興起，問小綠還想不想看星星，他說自己曾在網路上看過介紹，南方澳的海灘光害少，是觀星的好去處。

小綠笑著點頭，她這趟行程，除了隔天的訪談，其實沒有任何準備，一切都聽從石毓翔的安排，只是她沒料想到，原來南方澳還在一段遙遠距離之外，騎車得騎好久。

他們摸索著，在漁港小路間穿梭，不熟地理的小綠無法指引路徑，但她其實也無所謂，隨便石毓翔說要去任何地方，她都覺得很好，她喜歡坐在機車後座，可以光明正大雙手環抱著他的感覺。

「都幾月了，沒想到還有點涼，早知道剛剛應該先買杯熱咖啡的。」石毓翔抖了兩下肩膀，他問小綠冷不冷。

「地球暖化，聖嬰現象嘛，天氣大反常。」並肩坐在堤防邊，仰頭並不見多少星光，或許是陰天的緣故。小綠搖頭說不冷。

「媽的，被網路上那些狗屁介紹給騙了。」石毓翔也仰望，他啐了一口。

小綠笑了起來，她問石毓翔，怎麼現在變得這麼愛罵髒話。

「不是呀，我們費了多少力氣才騎到這裡耶，哪裡有星星？」石毓翔往旁邊看了一眼，附近矗立著好幾根照明燈柱，照耀著這條海濱小徑，別說今天本來就微陰，星光難以探頭了，就算是大晴天，光害也把星星都遮蔽了。

「其實呀，去哪裡都好，有沒有看到星星也無所謂，能出來玩就算不錯了，不是嗎？」

「當然不是呀，就是機會難得，卻又沒看到星星，這才讓人吐血。」石毓翔還在懊惱，他說：「這樣吧，下次我們再找個時間，去找個真正沒有光害的地方，一次把星星看個夠，最好是挑有流星雨的時候去，好不好？」

小綠點點頭，在石毓翔的臉頰親吻了一下。這是她跟瓊安最大的差別，瓊安太低調保守了，大部分時候，她總是保持著端莊氣質的模樣，要她這樣說親就親，那根本是天方夜譚。小綠心裡清楚，石毓翔原本就是個外放的人，比起瓊安的文靜特質，她這種熱情的對待方式其實更適合他，也更能讓他心動。

半躺在石毓翔的懷裡，伸手輕撫他微微冒出鬍碴的下巴，小綠心裡想著，這是我的男人，起碼今天他是，明天也還是，但還能有下一次去看流星雨的機會嗎？過完年以後，很快就進入下學期，眼看著瓊安就快回來了，兩個人何時才能再有機會，像這樣一起出門？

「真的不冷嗎？要不要我去車箱裡拿外套給妳？」石毓翔又問。

「不冷，有你在就不冷。」她笑著，任憑石毓翔的手也在她臉頰上、額頭上輕撫。恣意享受著從他手掌心裡傳來的溫度。她想起幾個月前，那時他們才剛在一起不久，有一天晚上，石毓翔養傷在家又悶得慌，直嚷著要出去走走，偏偏那又是個超級寒流剛抵達的夜晚。

那天晚上，兩個人一起出門，但這個傷患根本走不遠，只能在附近公園散步。那時石毓翔也像現在這樣，抬頭仰望著夜空，他一邊冷得打哆嗦，一邊問小綠冷不冷，又苦嘆著說，再過幾年，搞不好台北就真的會下雪了，如果真的下起雪來，他問小綠要不要大雪天裡陪他這樣一起散步。

「如果你約我，用爬的我都願意一起來。」那時她是這麼回答的。現在，小綠又一次輕笑搖頭說不冷，而不管是那時或現在的她，一想起這些遙不可知的未來，身子就絲毫感受不到寒意，因為最冷的地方，總是在心裡。

世俗眼光無法圈禁真正的愛情，自古如此。

小綠的分組作業其實很簡單，只是預先聯絡好這所教養院，一群人前來進行參訪，詳細了解院中的教養內容，並依照所學，讓同學們從中找出可以改進的理想方案而已。趁著小綠跟同學們開始忙碌，石毓翔獨自在教養院中四處閒晃，有別於昨天的陰雲，這是一個相當晴朗的好天氣。

教養院在星期天對外開放，給院童的家人或企業前來探望，也舉辦了不少活動。他先坐在禮拜堂裡，聽完樂器演奏，儘管音樂錯漏百出，連他這個門外漢都能聽出不少瑕疵，但看那些孩子們盡力演奏，他也覺得感動不已；而後他又隨著導引，跟著一群不認識的人走進另一個室內空間，那兒有不少攤位，販賣的都是院童親手製作的小商品，有些是手環或吊飾，有些則是買回去後，根本也不曉得能擱在哪裡的裝飾品，但饒是如此，他依舊逛得起勁，還買了一堆東西。

結帳時，他問負責管理賣場的職員，怎麼標價如此之低，那個女職員笑著告訴他：「因為這原本就不是為了營利，標示的幾乎都只是成本。當然，如果您願意多給，孩子們也就可以多賺一點。」

「不營利，那他們的辛苦不就白費了？」石毓翔納悶，他看看那些正努力招呼客人的院童們，年紀從十幾歲到二、三十歲不等，或多或少都有一些精神或智能上的障礙，因此難以見容於社會，才被送到教養院來。

「起碼在教養院裡，他們不需要為了賺錢而辛苦呀。」女職員指著商品，說：「之所以會讓他們學著製作這些東西，又設置小商店，主要目的是為了訓練他們的一技之長，同時也稍微體驗到一般社會的型態。事實上，教養院雖然可以照顧這些孩子，但更希望能盡力協助他們，讓他們有重返社會的機會。」

「真的有辦法嗎？」石毓翔微微皺眉，他問：「要他們走進爾虞我詐的一般社會，會不會太困難了點？不如留在這裡比較安穩吧？」

「所以才說是『盡力』，」女職員微笑，「待在這兒當然很好，但我們都希望，除了這所教養院的保護傘之外，他們還有機會活出更精彩的未來。」

又是「未來」，石毓翔嘆了一口氣，連這些孩子都在為了未來而努力，那他自己呢？逛完小商店，他付出比標價多一倍的金額，希望也能為院童盡一分心力，但走出商店後，坐在能欣賞庭院風景的台階上時，他忍不住喟嘆。

大學畢業之後就要當兵，退伍以後呢？是不是真的只能回台中去，幫父親經營工廠？他從來也不是胸懷大志的人，對人生向來習慣隨波逐流，走到哪裡就是哪裡，可是這陣子卻偶爾會想，總不能一輩子這樣下去，特別是來到台北之後，看著許多同學經常討論起未來的規畫，有些人甚至已經開始準備研究所考試，他便在想，一旦脫去了學生身分，自己將要變成什麼樣的人？而這問題他還沒想出結論，因為一邊想，他就跟著思索，像這樣攸關人生方向的事，自己又能找誰討論，而他老卡在這節骨眼上，原來不知何時起，瓊安已經不再是那個理所當然，可以跟他一起盤算未來的對象，又或者說，除了瓊安之外，他也要顧慮另一個人。

他發現自己原來一直都不是很懂小綠，當年還在台中時，很多與小綠有關的事，都來自於瓊安的轉述，他總以為小綠是一個愛玩、愛熱鬧的女孩，事實上好像也是如此。小綠經常收到不同男生的禮物餽贈，也總是有人邀約。對那些向她示好的對象，小綠始終保持一個適當的距離，雖不拒人於千里之外，卻也從沒跟誰真正交往過。那時他跟瓊安都以為，小綠只是想要享受被人呵護的虛榮；上了大學之後，小綠明顯收斂許多，石毓翔一開始也以為，或許只是因為課業壓力大了，又或者是她在大學生活中，找到比這些小曖昧更有趣的事，所以才慢慢改變個性，可是現在石毓翔明白了，當小綠終於可以如此貼近在他身邊時，當然不再需要那些多餘的花花草草。

但即使是這樣，石毓翔還是覺得小綠跟以前有著明顯的不同，儘管以前兩個人就很熟，但朋友之間的要好，與情人之間的相處，終究有著天壤之別。他發現小綠的心思同樣細密，從不亞於瓊安，而她在追求愛情時也更加勇敢；當兩人在一起後，小綠幾乎以他為世界的中心，什麼都讓石毓翔說了算。他在想，如果當年小綠也念了英文系，也能有出國遊學的機會，他相信這個選擇的結果必然有所不同，瓊安是在飽經猶豫後，終於還是離開了台灣，但小綠不會，石毓翔堅信，只要自己還留在這裡，小綠就不會離開他半步。

跟以前一樣，未來是如此模糊而遙遠，但他發現，以前無所謂於未來，是因為無知也無心去想，而現在的他，則是已經無從想像，因為他不知道該跟誰一起走向未來。

被口袋裡震動的手機打斷思緒，小綠說作業已經完成，現在開始可以隨意參觀，而她決定丟開大家。

「昨天妳已經放了大家鴿子，今天還這麼不合群，不跟大家一起玩玩？」見到小綠時，他笑著說。

「幾乎每天都看得到那些人，有什麼好稀罕的？」

「妳肯定每天都看到我，那我不是更不稀罕了？」

「那可不同，比起那些奇形怪狀，這個顯然好看多了。」小綠故作輕佻地伸出手，摸摸石毓翔的下巴，笑著說：「怎麼樣，一個早上不見，你有沒有想姊姊呀？」

石毓翔大笑，他把剛剛買的禮物交給小綠，帶著她又走進商店。兩人逛了逛，小綠沒有再買任何東西，石毓翔問她是不是都不喜歡，而她搖頭說：「我只喜歡你買給我的。」

「這麼甜蜜，你們是剛在一起的情侶吧？」剛剛跟石毓翔聊過天的女職員聽到他們的對話，她就站在收銀檯邊，笑著打趣。

這本來是個很隨意的小調侃，換作任何一對情侶，必然會有羞赧或得意的笑容，可是石毓翔卻是一愣，不知該如何回應才好，倒是小綠泰然自若地點了點頭。

「那個問題讓你感到困擾，不知道該怎麼回答嗎？」從教養院離開後，沒跟同學們一起吃飯，又不急著趕回台北，小綠說她想多看幾眼龜山島，於是石毓翔騎著機車，風塵僕僕地載著她又往海邊去。在一個看得見海洋風光的小景點，石毓翔才剛把車停好，小綠卻不急著下來，坐在後座問他。

他又傻了一下，原以為自己當時雖然躊躇，但臉上應該沒有太多異樣才對，沒想到小綠卻已經察覺到了。

「我只是被問得有點突然，一下子不曉得該怎麼回答而已。」他說的也是真心話。

「沒關係的。」小綠聲音輕輕的，「如果在那瞬間，你是愛我的，那我們就是情侶；儘管只能是這片刻的情侶，這份感情還是會像一顆種子一樣，被種在心裡，無論你澆不澆水、施不施肥，它都會慢慢滋長。至少，對我而言是這樣。」

「我愛妳。」小綠沒有鬆開對石毓翔的環抱，而石毓翔握住了那一雙纖細的，依然扣在他腰間的手，聲音也很輕地說。

因為這一秒是愛情，於是這一生也都是愛情。

列車緩緩前行，出了月台，也就意味著行程即將結束。石毓翔騎了兩天機車，已經相當疲倦，卻了無睡意。回程他將靠窗位置讓給小綠，原本是希望能讓她稍微休息一下，然而小綠也一直睜著眼睛。

「不睡一下嗎？」石毓翔問她。

「如果可以一輩子不用回台北，該多好？」小綠搖頭，淡淡地說。

石毓翔沒有接話，他也是相同的感覺。昨晚在民宿裡，兩個人誰也睡不著，他們心裡都清楚，那當然不是因為出來遊玩太過興奮所致，而是一旦躺上床去睡了，這一夜也就過了，而誰又能捨得呢？現實的一切都太現實了，唯有這一夜，他們彷彿逃離了真實，逃離了原本的生命軌跡，走進另一處截然不同的時空，在那兒沒有值得煩惱的事，無所謂明天將是什麼樣子，只有當下一分一秒間緊扣的十指而已。

「還是休息一會吧，到了台北我再叫妳。」

「可是一睡著，再醒來就快到家了耶。」

「有什麼關係呢？下次再來就好，宜蘭其實也不遠。」石毓翔說：「就算沒辦法過夜，我們都可以當天來回，玩一天也可以。」

「當天來回也要花一筆交通費呀。」小綠依然望著窗外，但其實她看的是車窗上石毓翔的倒影，她笑著說：「你不要老覺得我很愛玩啦。」

「妳長得就是一副愛玩的樣子嘛。」

小綠架了他一拐子，又搖搖頭，「不知道自己喜歡玩什麼，或者不知道自己喜歡誰的人，才會什麼都想玩，才會跟誰都好玩，但現在我不是呀。」她轉過頭，靠在石毓翔的胸口，「現在我倒是覺得，能跟在自己喜歡的人身邊，哪怕只是大眼瞪小眼都好，總比出去漫無目的地花錢要來得有意義，況且，你可別忘了，我們現在都是標準窮人。」

石毓翔忍不住苦笑，是呀，他思考那麼多未來幹嘛？光是從現在起的一兩年內就好，他還得先設法再找個打工機會，好償還小綠為他到處借貸的那筆錢。

清明連假，石毓翔依舊留在台北，他問過詹佑荃了，可惜滷味攤子現在不缺人，不過老闆娘的娘家也在滴雅夜市附近做生意，經營一家口碑還不錯的雞排店，她叫詹佑荃來問了，說石毓翔如果有興趣，不妨前去試試看。

能有一個打工機會，他當然是開心的，只是小綠卻不怎麼樂意，她說兩個人就算不工作，光憑著家裡給的零用錢，省吃儉用下來，根本也不需要幾個月，就能把那幾萬塊的欠債給還清，何必辛辛苦苦去打工？但石毓翔卻不這樣認為，他想的比小綠更長遠，他考慮的是，如果自己退伍後萌生他志，不想回台中去幫忙家裡，或許現在就可以開始存錢，無論在哪裡，他都想要擁有一家屬於自己的烘焙坊。

「烘焙坊？聽起來是個不錯的點子，可以算我一份，我會煮咖啡，咱們剛好可以合夥做生意。」剛在雞排店上班時，有一次他跟同事們聊起來，那個叫作李珮薰的女孩立刻自告奮勇，還把她男朋友叫過來，對石毓翔說：「把老朱也算進去，他可以當苦力，沒有關係。」

那時老朱有點錯愕，他也在這兒上班，被叫過來時，手上還抓著夾雞排的大鐵夾。

「但是我已經很久沒有揉麵糰了，技巧搞不好都生疏了。」石毓翔搖頭苦笑。

「那好，你現在可以請假回家練習了。」李珮薰笑著對他說。

於是一邊打工，一邊讀書，他終於又將房間角落的大紙箱搬了出來。那宿舍已經住了幾年，牆壁久未粉刷，沾黏了不少汙垢，石毓翔把書桌挪開，清理出一塊乾淨空間，連牆壁都擦得乾乾淨淨，這兒將是他重展身手的小舞台。

那紙箱裡裝滿烘焙用具，都是自己受傷、動彈不得之後，被小綠逐一收納進去的。現在一樣一樣又拿出來，全都擦拭洗滌。石毓翔上網查詢過了，府中商圈附近就有食材行，他騎著已經修復的機車，載著小綠去採買。

「你以前也曾經這樣，載著瓊安去食材行，對吧？」在貨架間瀏覽時，小綠想到什麼似的，忽然問他。

「好多年前了。」石毓翔嘆口氣，「那時我都還沒開始追她呢。」

「答應我，」小綠忽然轉過頭來，一本正經地說：「從今以後，不准你再帶第三個女人來買這些東西，尤其是那個李什麼的，不管你以後跟她合不合夥，反正就是不行，懂嗎？」

石毓翔笑了出來，小綠也笑了，她說過去的事，怎麼也不可能倒轉時光，重新選擇一次，但未來起碼是自己可以決定的。

石毓翔鄭重地點頭，他說：「我發誓。」

對這個小小的誓言，石毓翔起初並不覺得有什麼，畢竟就像小綠說的，過去是過去，而人是往前走的。小綠說的，不能再帶第三個女人逛食材行，那就表示，如果以後瓊安回來了，他還是可以跟瓊安一起來採買東西。石毓翔相信，這已經是小綠的最大容忍限度。

第二天，石毓翔下課便急著回家，他早上已經切出適量的一塊奶油，靜置在碗裡等待軟化。直到傍晚打工以前，這都是屬於他的烘焙時間。不需要參考任何筆記，更不用翻閱食譜，他今天只打算做最簡單的巧克力餅乾，然而麵糰都還沒揉好，巧克力粉的包裝也還沒拆開，房門上的喇叭鎖忽然轉動，小綠已經摸了進來。

「妳下午不是要上課嗎？」石毓翔錯愕。

「麵粉會不會用得太多？」沒有回答上課與否的問題，小綠先嗅到奶油香氣，走過來一看卻皺眉。

「會嗎？」石毓翔想了想，扳扳手指，他說：「我算過份量了，一些要給妳，一些我留著自己吃，妳可以拿去學校請同學，我也打算帶一點去店裡跟大家分享，前幾天被炸台的熱油給燙到，我同事還借我燙傷軟膏，算是還一下人情。」

「你同事？誰呀？該不會是那個李什麼的吧？」小綠乖覺得很，立刻問他。

「她叫李珮薰。」石毓翔解釋著，「不過藥膏不是她借我的，而是她男朋友老朱。」

「少囉嗦，你同事到底有幾個人？男的有幾個？女的有幾個？」

石毓翔哭笑不得，他只好老實承認，店裡五個工讀生，加上他之後男女剛好各半。

「那好，你又多了一件要答應我的事。」小綠瞪眼說：「從今以後，除了李珮薰之外，不准你烤餅乾給其他女人吃。」

他很樂意發這種誓，也很喜歡小綠用這種嬌嗔的語氣跟他說話。石毓翔總認為，這大概是一個男人被深深愛著的絕佳證明，反正餅乾帶去店裡，到底分給多少人吃，那畢竟不是小綠眼皮子底下能看見的，當然這種規定、交代也只是說說而已，不必過分當真。

那幾天，小綠幾乎都賴在他家，就算石毓翔去打工了也一樣。她可以做自己的事、讀自己的書，因為瓊安在英國參加了一個社團，會接連到幾個著名城市參訪，離開了原本居住的地方，於是也就無法每晚固定跟石毓翔視訊聊天。

她去過雞排店幾次，美其名是探班，但其實帶有宣示主權的意味。每回去那兒，她總是手提兩大袋要請客的飲料，人人看到她都萬分歡喜，但在店裡與石毓翔一對上眼時，小綠眼裡卻總俏皮地流露出一副「你最好給我安分點」的意味。

也幸好，幾次確認過後，小綠相信雞排店裡那些女員工，除了李珮薰還有點姿色之外，其他的沒一個可以動搖得了石毓翔，但李珮薰不具威脅性，因為老朱每天都在。她知道，石毓翔對女性雖然沒有固定喜歡的類型，唯一卻計較一點，那就是身材體重，她經常躺在石毓翔的床上，讓他盡情檢查自己腹部平滑的肌膚，那兒從沒半分多餘的贅肉，而反觀店裡那一群，小綠在心裡嘲諷著：妳們不如把自己切片下鍋，改賣炸豬排算了。

他們過的是很簡單的小日子，一邊過著，一邊都在心裡各自默默倒數。小綠不讓自己有機會在石毓翔的宿舍裡擺放過多屬於她的東西，她怕哪天非得收拾著離開時，心裡會更加難過；石毓翔何嘗不清楚，所有小綠對他的叮嚀與規定，還有那些她在日常中，甚至性愛時的刻意迎合，不也都是為了讓彼此在最後這兩個月裡，能擁有更多的美好回憶？

他同樣知道那一天遲早會到來，在最後的時光裡，他一再提醒自己，是該好好調整心情了，等瓊安結束參訪，完成在英國的學業，很快就會返台，屆時他將恢復原本的身分，他得是姜瓊安的男友，不能再這麼明目張膽地與另一個女孩同進同出，只是他沒想到，原來老天爺沒打算給他太多緩衝時間。

那天晚上，他拎著兩塊打烊前才炸好的雞排，急忙忙趕回宿舍，食物裹在紙袋裡，熱氣溢出，將外層的塑膠袋蒸出白色水氣。知道小綠吃東西粗魯，就怕她噎著，石毓翔還特別用刀細細切好，也多灑了她最愛的胡椒鹽，並且在停好機車後，又到便利商店去買了兩瓶啤酒。

還沒進家門就聽到電視聲響，按照慣例，這是小綠穿著睡衣，躺在床上悠哉轉遙控器的時間。進了門，先把整袋炸雞交給小綠，自己則將啤酒打開，先痛快灌了一大口。小綠嫌他身上油臭味太重，而石毓翔也很猶豫，到底該先享用這一頓消夜呢，還是乖乖進去洗個澡，那時他的房門忽然傳來兩聲敲擊。愣了一下，石毓翔還沒想明白是怎麼回事，卻下意識地走到房門口，直接打開了門鎖。

「你的電話一直打不通，我猶豫了很久，本來打算直接回台中，但想想還是決定先繞過來台北找你，你手機怎麼了嗎？是不是沒電了？還是在實驗室裡不方便接電話？轉機的時候我也打過幾通電話給你，一樣打不通，我還以為是我的手機壞了。」滿臉疲倦的神色，可是眉宇間又透著一股憂鬱，瓊安說：「幸好你樓下的鐵門沒鎖，不然我可就連上樓都上不來了。」

「妳怎麼……」石毓翔看傻了眼。

「小綠沒跟你說嗎？我有留言告訴她呀。」一邊脫鞋，瓊安說：「我爸在工地受傷了，他從三樓跌了下來，現在還在醫院。我媽很擔心，打電話叫我立刻回台灣，結果我參訪都還沒結束，急急忙忙就……」說著，她忽然愣了一下，因為看見了聽聞門口邊的聲響，所以走過來探看的另一個人。天氣炎熱，小綠只穿著一件寬鬆的細肩帶背心，胸前痕跡很明顯是沒有穿戴內衣，而下半身則只有一件小內褲。

「對不起，打擾了。」瓊安怔怔地望了眼前的兩個人片刻，然後靜靜地說。

無夢不醒，只是醒時的心碎或不碎。

新頁未曾註記朝陽日光，恰如海雨天風後，隆冬轉瞬即來，
我們回首滿地碎葉，盡是蹣跚。

而終點藏在原點；而一章詩歌裡寫滿音符，卻無不殘缺。

我是喪失信仰的釀酒人，
罈中再釀不出甜，只醞了當年妳的眼淚。

「Sherry & Peter」開張的那天，小小店面裡擠滿了人，除了大部分顧客是衝著折扣而來之外，也有不少是兩位老闆的舊同事，他們不只來品嚐咖啡跟蛋糕，同時也是敘舊。

石毓翔起初沒想到，當李珮薰打那通電話給他時，談的會是這樣一樁合夥投資的大事，那時他人在小島上的安檢站裡，雙眼望著牆上時鐘。退伍前的最後廿四小時，他還在茫然著未來的去向時，卻接到以前雞排店老同事的電話。電話中，李珮薰先問他還做不做烘焙，接著又問他有沒有英文名字，然後才說：「還記得當年說過的話嗎？我想弄一家賣咖啡跟手作餅乾的小店，店面已經談好了，租金也很合理，但是只賣咖啡的話，顯得有點空虛。怎麼樣，你有沒有興趣？」

石毓翔還記得，在雞排店打工時，認識了李珮薰跟她男友老朱，三人同是店裡的工讀生，印象中她是個很有主見、相當活潑的女孩，不過因為打工的時日很短，石毓翔跟這一對情侶並沒有太深的交情，倒是他帶了自己親手烘焙的餅乾去請大家品嚐時，他們也吃到過幾次。

「妳確定真的會有人買我做的餅乾？」趁著剛退伍，石毓翔沒有直接回台中，卻轉往台北來看看李珮薰所物色到的店面，那時他問。

「老實講，餅乾的味道我已經不記得了，但是一聽我說到想兼賣點烘焙的東西，老朱就直覺聯想到你，還說如果要找個烘焙師傅，那肯定非你莫屬。怎麼樣，到底有沒有意願？我連店名都想好了，就叫作『Sherry & Peter』，就用我跟你的英文名字吧，好嗎？」

石毓翔苦笑，說承蒙抬愛，但自己已經很久沒摸過麵糰跟烤箱，又問：「說到老朱，他人呢？妳把我們兩個人的英文名字擺在一起，還拿來當店名，難道他不會介意？」

「介意個屁，輪得到他來介意？這可是我的店耶！就在前天跟你約好碰面之後，我們就吵架，然後又鬧分手了。」李珮薰一聳肩，把「分手」二字說得好像要去吃碗滷肉飯一樣輕描淡寫。

「跟以前一樣，是吧？」

「差不多。」李珮薰搖頭。

關於李珮薰跟老朱之間，石毓翔也不過問太多。事實上，當年還在雞排店上班時，他們本來就是一對整天吵架、動不動就鬧分手的小情侶，這點人盡皆知，而經過多年，看來他們也沒怎麼長進。

李珮薰說了，她自己雖然有經營一家咖啡店的能力跟資本，但無論如何是請不起一位烘焙師傅的，所以她開給石毓翔的條件是只能合夥，沒有誰聘請誰的僱傭關係，如果石毓翔有興趣的話，她就在原有空間內，另外隔出適當的位置來當作烘焙廚房，當然店內的空間規畫也會重新調整。

「真的那麼相信我的能力，寧可讓我在這兒揉麵糰，也不打算批點現成餅乾或蛋糕來賣嗎？」

「老朱這人半點本事也沒有，但嘴巴倒是挺刁的，他說你做的東西好吃，還好吃到事隔多年都能念念不忘，那我就絕對相信你可以。」李珮薰信心滿滿地說。

要不要接受這個提議呢？在台北的那當下，他沒有立刻答應，舉棋不定了兩天，最後他撥了電話給父母。石爸爸沉吟很久後，問他這樣的創業，成功機率究竟高不高，又問他，如果當作是一次闖蕩，他希望在多少時間內闖出名堂。

「最多兩年吧，兩年內如果沒能把店穩住，我就退股。」石毓翔說。

「那好，就兩年。」石爸爸在電話那頭幾乎沒有多考慮，他雖然希望兒子能回來繼承家業，但也不想看到石毓翔變成一個空有事業，卻沒有夢想的年輕人，兩年之內，只要家境許可，他要多少合夥金，父子之間都好商量。

於是他又繼續留在那個充滿感傷回憶的大都會裡，幸好店面位置挑在西門町附近，距離最讓他難堪的板橋還有一水之隔。整家店的坪數不大，樓上是老舊公寓，石毓翔在二樓租到一戶小套房，如此一來，上下班就極為方便，也不用擔心忙到三更半夜會回不了家。

開幕那天，石毓翔運用他辛苦練習過後，重新又找回來的手感，再加上各種蒐集到的新食譜，以及自己的巧思，烘烤出十幾盤的手作餅乾，他自問尚且無法跟真正大師級的烘焙師傅相比，但在這家小店裡卻已經綽綽有餘，而客人們也相當捧場，當天無論咖啡或餅乾都熱賣，他根本沒時間出去和大家寒暄，只能一直關在廚房裡頭，讓那些雞排店的老同事們，一個個輪流進來打招呼，還順便幫忙端烤好的餅乾出去上架。

除了李珮薰跟石毓翔，店裡另外還有一個負責打雜的工讀生，另外再加上老朱四個人，從中午過後新店開張，一直忙到晚上快八點，所有餅乾全都賣光，廚房跟倉庫也幾乎不剩任何材料，石毓翔即使想繼續做烘焙，也已經湊不出幾公克的麵粉了，他這才解下圍裙，筋疲力盡地走了出來。

雖然設定上是以外帶為主，但也擺設了幾張桌子提供內用，現在還剩下兩桌客人。櫃台邊只有工讀生小藍在忙活，石毓翔感到納悶，他問了一下，小藍指指外頭，又做了一個吸菸的手勢，於是石毓翔明白了意思。

「老朱呢？」看到李珮薰獨自站在小花圃邊抽菸，他問。

「大概就在最後一盤餅乾賣完之前，他很賭爛地跟我說要分手，然後就走了。」李珮薰沒好氣地說。

「為什麼？你們三天兩頭這樣鬧分手，都不嫌累的呀？」

「因為我剛剛訂消夜，結果只算了三人份，不小心把他給漏掉了。」她無奈攤手。

石毓翔有點不解，怎麼會有女人能把男朋友的點心給漏算，但李珮薰說了，她說老朱今天本來就只是來幫忙的，也沒說要幫到幾點，她那時人在咖啡機前面忙碌著，沒發現老朱在店外收拾東西，還以為人已經走了，當然就沒多訂他那一份。

「說起來也挺有趣的，你們每次吵架都嚷著要分手，但嚷了那麼多年，依然還在一起。」

石毓翔也點了一根香菸，他問：「既然分不了手，那要不要乾脆等店裡穩定了之後，早點把婚結一結？」

「別開玩笑了，不分手也不等於非得結婚不可吧？」李珮薰一笑，說：「我跟老朱呀，與其說是情侶，還不如說更像家人。你知道，兩個人在一起久了，感覺也就淡了。那麼多年吵下來，也不是沒有考慮過要徹底斷了這份關係，但每次不是他來求我，就是我自己割捨不下，拖著拖著就拖到現在了。」

「那就表示妳其實還愛他不是？」

「愛不愛一個人，跟關係斷不斷也沒有必然的關係吧？有時候無論你再怎麼愛一個人，愛不下去了，不照樣得分手？」

那句話聽得石毓翔默然，他想起的是當年還在一水之隔的對岸城市裡，發生在他跟小綠與瓊安之間的故事。有時人們分手，確實未必是因為不愛了。

「對了，你呢？以前在雞排店打工，還看過幾次你女朋友，那現在呢，怎麼都沒聽你提起過？」

「早斷了。」石毓翔還來不及掉進故事的氛圍裡，整個人又被拉了回來，他說自從分手後，就一直單身到現在。

「不打算再交一個？」

「沒有非得要或不要，只是提不起勁，感覺這好像變成一件可有可無的事了。」石毓翔側頭想想，說：「自己一個人，生活簡單又平靜，也沒什麼不好的，對吧？」

「會不會老得太快了點？才幾歲就心如止水，你是不是打算再過兩年，就乾脆出家修行算了？」李珮薰哈哈一笑，問他是不是一分手就跟前女友都沒聯絡了，否則今天新店面開張，好歹也應該邀請來共襄盛舉一下。

「全台灣哪，除了妳跟老朱，我認識或認識我的人，我看大概就只剩我爸媽了。」石毓翔拿出手機，說：「要不要親眼確認一下，退伍至今，我的通話紀錄裡面就只有你們四個人的電話號碼。」

「那你也真夠絕情的，不是情人，你就乾脆連朋友之間的關心也不肯給了？」

「關不關心，是在於心。」石毓翔微微一笑，指指心窩，繞口令般地說：「有一種關心，是只能關著心來關心的。」

有一種關心，只能關著心來關心。

愛不愛，跟要不要斷絕關係，並沒有絕對的關聯；就像有些關心，是只能關著心來關心的。石毓翔自己認真想想之後，覺得這真是弔詭到不行的怪邏輯。

洗過澡後，他老覺得身上還有揮之不去的奶油味，後來仔細想想又不太對，那些怪味道可能不是來自身體或頭髮，於是他走進浴室，用大量溫水清洗了自己的鼻腔，洗了半天之後，才終於覺得呼吸進來的空氣是清爽的。

晚上十點鐘不到，他已經全身無力。開幕後的幾天，儘管少了那些舊同事的捧場，但生意依然鼎沸，只能說李珮薰這個店面位置選得太好，附近沒什麼競爭對手，所有想喝便宜咖啡，順便吃個餅乾當點心的上班族，全都得往這邊蜂湧過來。忙了三五天後，李珮薰已經跟他商量，如果業績能繼續維持，或許過陣子就要再多聘一位工讀生，專門負責外送。

他望著堆放在角落的幾個紙箱，裡面裝滿本來應該填塞在房間各處的東西，但看來今天是沒力氣去整理了，索性就讓它們繼續擱著吧。他點了一根香菸，坐在床邊，望望這個屋齡超過二十五年的小空間。這兒應該住過不少人吧？曾有過多少故事在這兒上演呢？不曉得那些故事的結局，後來都是什麼樣子？石毓翔一邊胡思亂想著，一邊拿起手機。退伍至今，他確實沒打過太多人的電話，除了李珮薰、老朱，以及他父母之外，通話紀錄當中，也就只有那些烘焙材料供應商的號碼而已。

滑動螢幕，他把通訊錄當中的許多電話都刪掉了，沒必要讓那些他根本不熟也不想再聯絡的人占記憶卡的空間。只是他又想，手機記憶卡可以清空，但腦袋呢？那些發生過的一切可能清空嗎？

「睡著沒？還沒睡的話就下來陪我喝兩杯吧。」正當他還在發呆時，電話忽然響起，石毓翔被嚇了一跳，接通後傳來李珮薰的聲音，她有氣無力地說：「快點，下來陪老娘喝酒。」又一個喜歡自稱老娘的。石毓翔嘆口氣。

「該不會又吵架了吧？」一下樓，只見店門口鐵門放下大半，但裡頭透著燈光。石毓翔彎腰鑽了進去，立刻聞到煙味。李珮薰坐在吧台邊的椅子上，已經喝了好幾罐啤酒，捏扁的空鋁罐東倒西歪，一手挾著香菸，一手剛拉開又一罐啤酒的拉環。石毓翔問她：「妳不是應該在店裡結帳嗎？怎麼喝成這樣？」

「帳結完了，架也吵完了，累死我。」李珮薰嘆口氣，「我不懂耶，為什麼好端端一個大男人，吵起架來卻跟個娘們一樣，人家說女人吵架只會胡攪蠻纏，我今天總算懂了這四個字的意思。」

「老朱是妳的男人，也算是我的朋友，妳可別奢望從我嘴裡聽到什麼安慰的話，這種事呀……」石毓翔兩手一攤，「聰明人都知道，閃愈遠愈好，省得自找麻煩。」

「幹，原來你這麼滑頭。」李珮薰瞪他一眼。

拿過啤酒，也開了一罐，石毓翔坐在吧台邊，這時店裡的燈光大部分都關了，就剩這一點微弱的光。李珮薰說自從她起心動念想開一家店，跟老朱之間就經常紛爭不斷，兩個人年紀相當，都只比石毓翔大個一兩歲，在一起那麼多年，總是分分合合，老朱本來就嫌李珮薰又忙又愛玩，現在可好，她全心全意都在這家店裡，更讓男朋友倍嚐冷落，所以一點細故都可以衍生成大吵一架的話題。

「你們這樣算是正常的相處方式嗎？」

「我怎麼知道？老娘才交過幾個男朋友，誰曉得別人是怎樣的？」她沒好氣地說，又問：「不然你倒是說說看，以前在雞排店那時候，你跟你那個女朋友都怎麼談戀愛？」

「具體的細節我都快忘光了，但我想起碼會比你們更像情侶一點。」石毓翔實在不願在此時回想太多過往，他搖頭說：「總之呢，就算走的不是純情文藝路線，至少也沒這麼腥風血雨、打打殺殺，當然也幾乎沒有你們那種冷戰時的劍拔弩張，一副隨時要大爆炸的緊張刺激。」

李珮薰嘆著長氣，仰頭喝了好大一口啤酒。最近她跟老朱之間時好時壞，今天早上兩人就是接近完全零度的超級低溫，在店裡誰也不跟誰講話，後來老朱大概自己受不了了，出去轉了一圈，回來後的表情才稍微和緩了些，不料一到傍晚又吵起來，最後店都打烊了，老朱也沒等她，自己就先走了。

把啤酒罐放下，李珮薰像喃喃自語般地說：「剛剛打電話給你之前，我就一直在想，這算什麼？這算愛情嗎？我是個女人耶，你知道女人一輩子都在拚什麼嗎？你們男人可以拚理想、拚事業，而我們呢？說真的，我們只能拚愛情而已，但這就是我要的愛情嗎？已經浪費的時光，我浪費也就浪費了，都認了，但未來呢？我在想呀，像今天這樣，又是吵架又是冷戰的，如果這就是未來幾十年的人生縮影，三天兩頭反覆上演，我看我不如死了算了。」

「小薰哪，妳真的愛老朱嗎？」聽著聽著，石毓翔忍不住這樣懷疑，他對李珮薰說，如果真的沒有愛了，那兩個人之間就只剩下壓抑，與其不斷在壓抑與爆發之間輪迴，不如果斷一點選擇放棄，省得大家互相折磨，還連累他晚上沒辦法好好睡覺，得下樓聽這些狗屁倒灶。

「說真的，我也不知道。」結果李珮薰搖頭，連她自己都沒有答案。

「那妳還是先好好想清楚這個問題吧，找出答案之後，再接著去想未來就好。」石毓翔已經把一罐啤酒喝完，那根菸也早燒絕，他晃晃脖子，一副慵懶的表情說：「妳慢慢想，慢慢喝，我要先回家睡覺了。」

「媽的你急什麼啦！」不讓他走，李珮薰搖頭，她說這問題的答案不難想，甚至也可以不想，她就算當下立刻決定跟老朱一刀兩斷都無所謂，但分手之後，還能不能找到一個更好的歸宿，那才是她擔憂的。

「妳今年才二十幾歲，擔這心未免太早了點？能多享受一點自由，難道不更好嗎？」

「自由有個屁用？老了誰還要你？我這叫作未雨綢繆。」李珮薰忽然笑了，她問石毓翔：「這樣吧，就依你的話，我跟老朱乾脆直接分手算了，省得兩個人沒完沒了，耽誤彼此的青春，至於分手之後呢……」說到這兒，她忽然停了下來。

「怎樣？」

「你要不要考慮一下我？」李珮薰嫣然一笑，單刀直入地詢問。

「是妳飢不擇食，還是我走投無路？」

「別這麼說，男人跟女人都一樣怕寂寞。」

「我其實沒時間寂寞，但妳如果覺得孤單的話……我剛剛洗澡前，坐在馬桶上面滑手機，剛好看到網路上在流傳一個解決孤單的好辦法。」石毓翔說：「它說：妳回家去，把燈全關了，然後放一部鬼片電影，不用很久，妳就會開始覺得廚房有人、廁所有人，連床底下都有人，如何，很熱鬧吧？保證一點都不孤單喔！」

「去你媽的。」李珮薰拿起菸蒂丟他。

無依的靈魂如此自由，卻也可悲。

之後石毓翔常常想起那天晚上所說的話。那天李珮薰雖然微醉，頭腦卻很清醒，她說自己是真的在考慮跟老朱分手的事，只是在還沒找到下一個對象之前，不想貿然讓自己連一個陪伴的對象都失去了而已。

「有可能做到無縫接軌嗎？前後兩個男人之間，難道不會有點過渡期？這樣真的好嗎？」那時他問得很含蓄。

「既然你都說那叫過渡期了，就表示那種重疊的時間不會太久，新的馬上就來，舊的也很快就去。」也明白石毓翔的意思，李珮薰說：「這樣應該就不算是劈腿了，對吧？」

「好吧，妳要這麼說的話，那就不算劈腿。」石毓翔淡淡一笑，他不想在這種事情上多花力氣爭辯。

或許這就是差別所在吧？石毓翔像是忽然領悟了什麼似的，他在想，自己當初既擁有了瓊安，卻又跟小綠在一起，那個才叫作劈腿，至於李珮薰盤算的那一種，原來真的就只是過渡而已。

過渡，是從原本只愛這個人，變成只愛另外一個人，李珮薰採取的，是一種對自己最有保障的方式，至於自私與否則另當別論；而他同時愛了兩個人，換來的代價卻是拉著所有人同歸於盡。

揉好麵糰，他才發現忘了先將調味粉秤重，於是停下原本的動作，先洗淨了手，然後才打開貨架上的幾個瓶罐。那些瓶罐裡所裝的，都是他認真比較過後，確認品質較佳的各種調味粉，不但顏色與香氣足夠，連成分也天然些。他挑選了抹茶、可可跟香草，這是今天要做的口味。

把調味粉摻入麵糰，用力又揉了半晌，確定混合均勻後，放進冰箱靜置，他這才有時間走出店後頭的防火巷，在那兒抽根菸休息一下。

歷經當年的那一段之後，他已經知道，一個人其實是可能同時愛上兩個人的，只是一個人無法將自己的愛拆成兩份，去分給兩個人而已。然而這世上沒有人能在一份不完整的愛情裡獲得真正的幸福，結果就是所有人都因此受傷；既然已經傷害了所有人，那他唯一能做的，就只剩下徹底離開，全都放棄。

其實他本來就很清楚劈腿跟過渡有何差別，只是現在有了李珮薰這個對照組，他才愈發明白，有捨也有得的，那是過渡；兩個都想要的，那是劈腿。

從那之後，他真的感到累了，大學的最後一段時間，他的生活重心只剩下打工，對課業幾乎已經完全放棄，只求能夠順利畢業；離開學校後，回家才不到兩個月，很快就收到兵單，然後入伍，在軍中他沒跟任何同袍建立深厚交情，對誰他都一樣，只當作是生命中偶然擦肩的過客，那座海島上的熾烈陽光與無數星辰，就是他僅有的朋友。

對於之後的走向，他簡直毫無規畫，既不打算在這家店終老一生，但也沒有其他真正想去的地方，當然李珮薰的存在就更不可能左右他的人生。抽著菸，他心裡其實想不太起來，到底當年還在雞排店打工時，李珮薰是個什麼模樣，但現在她成熟嫵媚，一頭長捲髮總能撩起滿屋子的風韻，雖然粗魯了些，可是也有她率真迷人的地方，甚至有些時候，當她滿嘴自稱「老娘」時，石毓翔總覺得彷彿能看到小綠的身影。

她們現在都到哪兒去了呢？小綠呢？瓊安呢？如果世上還有誰的容貌是能刻在他心裡永不抹滅的，那大概也只剩下這兩個人了吧？然而諷刺的是，世上也就只有這兩個人的下落，他是不清楚也沒臉去尋覓的。

「石大哥，你幹嘛在這裡抽菸？」腦子正轉呀轉的，旁邊有人叫他，石毓翔一看，原來是小藍。這丫頭比自己小上幾歲，現在才大學二年級，手腳勤快，待人也很隨和。

「不在這邊，不然還能去哪裡？」

「剛剛小薰姊走到店門口抽菸，還說要約你一起去呢。」

「她負責吧台，走到店外去抽菸，那很合情合理，但我穿著這一身——」石毓翔指指自己的圍裙跟頭上那頂廚師帽，笑著說：「雖然只是做餅乾而已，但穿著這身衣服走到外面去抽菸，會給客人不良觀感的。」

「那倒也是。對了，你喜歡小薰姊嗎？」突如其來的怪問題，讓石毓翔一口煙嗆在喉嚨裡，接連咳了好幾聲，說不出話來時，他用納悶的眼光看著小藍。

「不是我愛八卦喔，這可是小薰姊叫我來問你的。」小藍急忙澄清，「她說你這個人太悶騷，喜不喜歡都不會講，所以派我來試探試探。」

「妳這算哪門子的試探？」

「因為拐彎抹角的很麻煩呀，還不如開門見山比較快，對吧？」小藍又問了一次：「怎麼樣，你喜歡她嗎？」

「在我回答這問題之前，妳要不要先把老朱算進來考慮一下？妳見過老朱，知道他是小薰的男朋友吧？」石毓翔正色。

「對一個即將被畫分到『前男友』那一區的人，我認為倒是沒有討論的必要，再說了，就算他是小薰姊的現任男友又怎樣？那跟我要問你的問題也不牴觸吧？我只問你喜不喜歡她，沒問你要不要跟小薰姊在一起呀。」

「劈腿是不道德的，哪怕只是存著想劈腿的心，那也是不應該的。」

「你這人好老派喔。」小藍露出嫌惡的眼光。

「再囉嗦就扣妳薪水。」石毓翔瞪她一眼，叫她立刻滾回店裡去。

現在的年輕人都怎麼了？雖然只是聊點八卦，無傷大雅，但他們怎麼好像開放得有點過頭了？石毓翔搖頭苦笑，把那根菸抽完，他伸個懶腰，穿過後門，走進廚房，再打開一道員工專用的小門，就能通往店面的空間。他想去把李珮薰抓過來，叫她別自己胡思亂想，還把小藍都扯進來。

走到店內，吧台邊空無一人，小藍剛收好一桌結帳離開後的凌亂，她和石毓翔一對上眼，下巴就往外一努，示意要石毓翔往那邊看過去。

店門口邊，李珮薰面向外頭，站在那兒跟人說話。石毓翔的視線正好被她擋住，看不到對方。他有些納悶，想知道來客是誰，也想知道兩個人聊些什麼，然而才剛走出兩步，一聽到對話，他就忽然傻住。

「我是他前女友。」站在李珮薰面前的那人開口，一出聲就讓石毓翔驚詫不已，他往旁邊移動腳步，看清楚了對方的面孔。

「啊？妳好，妳好，可是……」李珮薰問她：「我跟他以前在雞排店打工時，就已經是同事了，但那時來找他的……不好意思，妳是？」

「噢，難怪妳不認得，那個不是我，是他劈腿的對象。」那女子笑著說：「我才是他當時的正牌女友，我叫姜瓊安。」

走了一圈，原來我們還在起點。

36

許多舊時的畫面仍歷歷在目，石毓翔只是藉由各種方式，讓自己別在不經意間就陷入回想的漩渦。他比以前更用心尋覓食材、搜索別人或研發獨家的食譜，他花費更多時間在與麵糰的接觸中，除非忙到筋疲力盡，否則他盡量不讓自己有空閒下來的機會。他原本以為，隨著時間的流逝，那些舊畫面總會慢慢淡去，終於淹沒在歲月的沉積之中，但沒想到，時光長河的淤積，竟然也有又見清暢的一天，那些原本覆蓋在河床上的一切，根本遮掩不住什麼，他最終還是得硬著頭皮，像現在這樣，在心裡又將過去好好回放一遍。

那年，瓊安把她的行李箱丟在門邊，轉身就往樓下跑，等石毓翔急忙穿好了衣服，再度追到樓下時，早已尋不見瓊安的身影。他一邊懊惱著自己沒帶手機下來，焦慮地在附近找了兩圈，最後才在街尾的社區小公園邊發現瓊安，她大口喘著氣，臉上滿是淚水，但哭得幾乎無聲，背靠著硬質塑膠製成的溜滑梯，在黯淡燈光下，石毓翔剛剛沒有發現她。

「我……」石毓翔囁嚅著，猶豫半天後，他只能說出一句：「對不起。」

「對不起？你唯一能說的，竟然只是對不起？」瓊安抬起頭來，她看到石毓翔滿是歉意的臉孔，但那些歉意卻讓瓊安更覺得憤恨，「你對不起我什麼？你知不知道你對不起我什麼？」

「讓我解釋好不好？」石毓翔有點著急。

「不要跟我解釋，更不要說我誤會了，你們那樣已經夠明顯了，太明顯了！」瓊安搖頭，情緒激動中，她言語也帶著哭泣，「是我太相信自己了嗎？還是我太相信你，也太相信她了？你們從頭到尾都是用這種方式在互相照顧的嗎？我是這樣叫你們互相照顧的嗎！」

幾句嚷叫，讓石毓翔只能默然以對，他早知道自己終將面臨一個抉擇點，只是不曉得那一刻何時到來，也不知道該如何面對，然而所有的猶豫、矛盾或考慮，現在全都顯得多餘了，他不知道自己之所以站在這裡無言，是因為瓊安帶著眼淚的強烈指控，還是因為那種做了錯事被揭穿後，所帶來的慚愧與難堪。

「可以再給我一次機會嗎？」最後，石毓翔只能這麼問。

「我一直以為自己是一個很自私的人，為了完成夢想，讓你為我犧牲了好多好多，你為了我，不能好好享受大學生活，得四處打工賺錢，得三天兩頭就為了我跑到中壢，甚至差點為了我而出國……真的，我每次想到這些，都覺得欠你好多，多到我永遠也還不起的地步，所以不管發生什麼事，就算我爸已經被送進醫院了，我還是想要先來見你一面，因為只有你才是我一生中最重要的依靠，可是現在我知道我錯了，而且錯得非常徹底，原來那些我自以為的愧疚與虧欠，都荒謬得無以復加。」瓊安搖頭，說：「當初你其實是很開心的，對吧？聽到我要出國，你一定比任何人都高興吧？因為你終於自由了，不，是你們終於自由了，可以肆無忌憚，可以愛怎樣就怎樣了，是吧？」

「妳真的誤會了……」石毓翔一急，伸出手就要握住瓊安的雙臂，但她忽然一縮，尖叫著喊了一聲：「不要碰我！」

「妳要怎樣才肯相信我？」

「你居然還指望我相信？」瓊安冷笑，「都親眼看到了，還要我信你什麼？」

然後石毓翔無言，他也不知道自己還有什麼能讓別人相信的。

「石毓翔，我感謝你曾為我做過的一切，謝謝你讓我明白，原來我自己才是最可笑的那個人，原來愛情是這個世界上，最不值得相信的東西。」瓊安咬著牙，說：「從今以後，你是你，我是我。」

瓊安離開了，當她走出那個燈光微弱的小公園時，石毓翔彷彿失去了一切知覺，他只剩下茫然，望著瓊安的背影終於離去，卻不知道自己該怎麼動作才好。

而當他終於回過神來，慢慢踱回自己住處時，看到瓊安的行李箱還擱在樓梯間，房門沒鎖，進去再一瞧，小綠也已經不在了，桌上有一張紙條，寫著：「我們總以為自己可以永無止盡地愛著，卻不知道那只是自欺欺人而已。」

他想起自己剛剛衝進房間換衣服，準備再出去追瓊安時，那時很慌張，很倉促，他一句話都沒跟小綠說，甚至連看也沒看她一眼。那時他滿腦子只想著該怎麼跟瓊安解釋，卻忘了屋子裡同樣有一個需要他的女孩。

就這樣，從那一夜起，他的手機裡多了兩個永遠再也打不通的電話號碼，也多了兩個永遠再找不著的人——瓊安的學校他去過，但一次也沒能找到人；小綠則辦了休學，徹底離開了這所她處心積慮後，才能跟石毓翔待在一起的學校。

他費了好大力氣，壓抑著內心的悸動，才能夠一點一點地將當初在高中的烘焙社團裡認識瓊安，又因為那條圍巾而與小綠產生關聯，乃至於學測之後，三個人之間的種種糾葛與變故，慢慢地說了一遍。聽完後，李珮薰久久沒有開口，她在石毓翔面前的空杯子裡斟了大約一個指幅高的威士忌，還來不及問他要不要兌水或加冰，石毓翔舉杯一口氣就喝完了，然後李珮薰再幫他斟上。

「你知道我聽完這故事後，心裡第一個直覺的想法是什麼嗎？」李珮薰抽了一口菸，白色煙霧在吧台正上方的黃色燈光下飄散開來，室內瀰漫著一股頹廢感，她說：「我發現我跟老朱之間雖然差不多也沒救了，但起碼比你以前的狀況還要單純許多。」

「那或許也證明了當初妳愛老朱，並沒有愛錯人。」石毓翔嘆口氣。

「這就得看你從哪個角度去看了。」李珮薰淡淡一笑，「我曾經很想跟他結婚，但他不肯，後來換他想定下來，反而變成我沒興趣了。對我來說，現在的生活，就已經是我最想要的樣子，有他沒他，我已經無所謂了。」

「所以妳準備提分手了？」

「是已經提了。」李珮薰拿起擱在吧台上的手機，叫出對話紀錄給石毓翔看，上頭只有寥寥一句話，寫著：「停止對彼此的折磨，我們分手吧。」

「妳句子後面用的不是問號。」

「因為我不是在徵求他的同意。」

石毓翔嘆息，他對老朱沒有任何主觀的看法，雖然也不深交，但就像個普通朋友一樣，無論是當年在雞排店打工，或現在在這兒，他們都不曾建立真正的交情，然而即使如此，要冷眼坐看他們分手，石毓翔還是做不到，他臉上露出惋惜的表情。

「欸，」李珮薰忽然用腳踢了踢他屁股下的高腳椅，發出「鏗」的聲響，她問：「可不可以吻我？」

「為什麼？」石毓翔愣了一下。

「不為什麼，我只是想知道，自己是不是還記得被男人親吻的感覺。」李珮薰說：「也想知道，我是不是還有能力在一個親吻中，感受到屬於人的激情。」

「這算是在練習如何走過妳的過渡期嗎？先別提老朱是否願意接受妳的分手提議了，容我提醒妳一句，妳連下一段愛情的對象都還沒找到，練習這個未免有點太早。」

「是我太心急了嗎？或者只是你在害怕？」李珮薰問他：「如果我把你列入下一段愛情的對象名單，那這樣可以嗎？」

「剛剛講那麼久的故事，妳是不是聽完就忘了？還是妳根本沒在認真聽？我講得口沫橫飛，情節那麼曲折離奇，而妳不但沒有給我半句安慰，甚至連一點像樣的心得都沒有發表。」石毓翔哼了一聲，說：「想找個人吻妳呀，滿街都有男人可以隨便挑，妳跟我這種人沾上邊有什麼好處？那只會給妳惹來一身麻煩而已，到時候弄得滿身傷，多划不來。」

「滿身傷就滿身傷囉，有什麼關係？反正也就只剩這些傷痕，可以證明在這時代裡，我們曾經認真活過了，這你不知道嗎？」李珮薰將自己杯中的醇酒一飲而盡，她伸手撫著石毓翔的臉頰，吻著他的嘴，酒氣與香水味的交融間，她說：「為傷痕驕傲吧，至少我們愛過。」

讓傷痕證明我們曾經存在，曾經勇敢愛過。

那天晚上，她隨石毓翔上樓，再次向他索吻。這個男人給她擁抱，與她分享體溫，然而當李珮薰拉著他到床邊，想扯開他的衣服時，石毓翔卻搖搖頭，拒絕了。

「為什麼不？」李珮薰問他。

「抱妳或吻妳都可以，但也只限今晚而已。除此之外，我真的不想有更多。」石毓翔讓她坐在床邊，自己卻從冰箱裡拿出一瓶冰水，仰頭喝了幾口，他說：「這種事，以前我只跟小綠做過，但以後……」他搖搖頭，苦笑著，「有些人做愛跟吃飯一樣，吃完就拍拍屁股走人，雲淡風輕的，一點都不放在心上，但我沒辦法，妳可以說我古板或封閉，反正就是這樣。」

「你跟那個姜瓊安，難道也沒有？」李珮薰有些錯愕。

「沒有，我們親吻、擁抱、愛撫，但從來沒有真的做過。」石毓翔搖頭。

「為什麼？」

「也沒有為什麼，大概是膽怯吧，或者……」石毓翔搔搔腦袋，又喝了一口水，再看看床緣邊風情萬種的李珮薰，他笑著說：「說來不怕妳生氣，我猜那時是因為太想珍惜她，所以才一直憋著，至於眼前這個免費送上門來的，我則是真的不太感興趣。」

「對她就珍惜，對我就說成免費的？你還真是不怕得罪人！」李珮薰笑著踢了他一腳，還順便跟他要了一根香菸。

天還沒亮，正是台北睡得正沉的時候，外頭幾乎杳無聲喧，石毓翔喝夠了水，把瓶子遞過去，又說：「先說好，就算今晚讓妳在這兒過夜，那也只是擔心妳自己回家，路上會有安全方面的顧慮而已，至於我和妳，不管以後有沒有任何可能，總之都不能把老朱扯進來，變成三個人之間的問題，好嗎？」李珮薰接過水瓶，像是賭氣地說：「今天如果不是你，也許我也會在路邊隨便拉個男人上床。」

「但其實妳只是說說而已，我知道，也相信妳不會這樣做。」

李珮薰笑了出來，「不過就是一種各取所需的概念而已，需要這麼嚴肅嗎？」

「我只是不想因為私人的問題，影響了原本的合夥關係。」

「好，我答應你，今晚就先放過你。」李珮薰點頭，但補充了一句：「其他的，等我們成了名符其實的老闆跟老闆娘之後再說。」

那時石毓翔是笑著的。在這家店裡，許多不知情的客人確實都以老闆、老闆娘來稱呼他跟李珮薰，起初他並不以為意，反正自己窩在廚房的時間比較多，也只有極少數機會走到店內空間時，會有人這樣稱呼而已。但久而久之，他又覺得不妥，畢竟老朱偶爾還是會來，他怕哪天又有客人亂喊稱謂，引起老朱的誤會。他將這件事告訴李珮薰，甚至也跟老朱提過，希望他們都預先了解情況，可是當時他們都一笑置之，認為那並無所謂。

如果真成了老闆跟老闆娘……石毓翔簡直不敢繼續往下想，這已經不是他入股這家店的本意了，他不想讓自己在無意間成為橫刀奪愛的人，當年小綠介入他跟瓊安之間，結果導致的傷害，而今他不願讓它發生在老朱跟李珮薰身上。

他一直沒有搞懂，那天瓊安怎麼會找到這家店來。當時他人在櫃檯邊，乍見瓊安的時候，心裡只覺得這畫面突兀到不行，他甚至連走過去打聲招呼的勇氣都沒有，只能一轉身又往廚房回去，甚至他躲到防火巷裡，接連又抽了幾根菸時，還發現自己的手在顫抖。

後來他問李珮薰，到底那天是怎麼回事，李珮薰說了，她當時也一頭霧水，面對一個來意不明的女人，她不敢讓對方貿然進入店內，便推說石毓翔不在，而那時瓊安也不勉強，她只說改天會再來，然後就告辭離開。

要再來做什麼呢？石毓翔很懷疑自己有沒有勇氣再見瓊安，彼此若能夠從此形同陌路，那不是最好的一種平衡嗎？又何必去改變呢？就像跟李珮薰之間，他原本也沒有發展出男女關係的打算，彼此算得上是老朋友，對方又在感情受挫之際，即使只是親吻跟擁抱，石毓翔都覺得有點趁人之危，不是那麼君子，可是李珮薰也說了，在不影響工作的前提下，她並不介意，甚至還覺得只是各取所需。

是各取所需嗎？石毓翔並不覺得自己有那麼欠缺，事實上，自從跟小綠分手後，他已經好久沒有碰過女人，這幾年日子不也一樣照過？又哪裡有什麼差別？

將幾包廠商送來的麵粉都扛到廚房裡擺好，也盤點過原料的存量，確認無誤後，已經準備開始一天的工作，但在那之前，他還得先到防火巷抽根菸，這樣才算是拉開一天的序幕。

一邊抽菸，一邊繫好圍裙，同時也將廚師帽戴好，待會再套上手套就可以開工，就算只是窩在廚房裡的工作，不會有別人進來參觀，但堅持食品衛生的他，這些一樣都不能少。

抽完菸後，他讓自己別再胡思亂想，那些毫無頭緒也不會有答案的問題，暫且還是都擱下吧，如今的他只想好好工作而已。只是石毓翔沒想到，當香菸抽完，第一桶麵粉還沒揉捏成糰，小藍忽然走了進來，劈頭就說有訪客。

那當下石毓翔一愣，心頭也一凜，早上不過十點鐘，店面都還沒開始營業，怎麼會有訪客？

「小薰姊不在，怎麼辦，要不要我叫對方下午再來？」

「沒關係，我去瞧瞧。」他皺眉搖頭，心想除非是老朱也來找他攤牌或訴苦，否則廚房的門一推開，他相信自己只會見到另一個人，果不其然，在電燈都還沒全開的昏暗光線下，吧台那邊，小藍已經斟上了一杯冷開水，但瓊安一口也沒喝，她坐在高腳椅上，一臉好整以暇的模樣，既沒有滑動手機，也沒有翻閱報章雜誌，只是悠哉地欣賞店內裝潢。

「好久不見了。」這是他唯一能想得到的開場白。

「是呀，好久了。」瓊安還是跟當年一樣，容貌清秀的她，臉上有些微淡妝，搭配一身素雅的黑色洋裝，顯得高貴而端莊，她點點頭，一樣打聲招呼後，卻不急著開口說話。

「怎麼知道我在這裡？」石毓翔找不到接下來的話題，索性問了一個他最想知道的問題。

「你媽媽告訴我的。我回到台灣之後，去了一趟你家，你媽就什麼都跟我說了。」看到石毓翔臉上帶著茫然，她微微一笑，又說：「大學畢業後，我找了一家外商公司上班，工作不到半年就跟著團隊外派，在洛杉磯待了一段時間，快半年前才回來的。」

「回台灣之後是常駐嗎？還是得這麼飛來飛去的？」石毓翔點點頭，又問：「妳以前身體就不太好，這樣會不會太辛苦了？」

「辛苦倒是還好，這幾年身體好多了，也不像以前那樣，三天兩頭感冒生病的。再說了，現在除非我因為個人的因素去請調，否則之後就以台灣為主，暫時不會再離開了。」說著，她遞出一張名片，原來瓊安在一家國際貿易公司任職，頭銜是業務部副主任。

石毓翔琢磨著瓊安的話，個人的因素？這句話是否有什麼暗示？他將名片拿在掌心裡看了又看，然後才收進上衣口袋裡。

「很抱歉，我沒有名片可以給妳。」

「我想大概也不需要了，任誰都看得出來，你是這兒的老闆呀。」瓊安又打量店內幾眼，問石毓翔現在住哪裡，是不是還住板橋。

「算是合夥啦。」石毓翔淡淡地笑，說：「我只占一點小股份而已，平常就住在這兒樓上，收入剛好，房租也剛好，餬口度日而已。」

不曉得為什麼，他總覺得有些尷尬，每個話題所能維持的時間都極為短暫，來回幾句就卡住，他站在那兒顯得侷促不安，但瓊安好像一點都無所謂似的，甚至還有一種樂於見到石毓翔這麼無措的樣子。

「姜小姐？」店門口推開，那瞬間石毓翔彷彿遇到救星，李珮薰手上大包小包，都是她剛剛出去採買的東西。回到店裡，見到吧台邊凝滯的僵局，她先愣了一下，等確認那個跟石毓翔對話的女子赫然就是瓊安，她更加驚訝。

「原來是老闆娘，妳好。」瓊安又是禮貌地點頭，說：「不好意思，在你們開始營業前，我就這樣跑了進來，還連累老闆要停下手邊的工作來招呼我……」

「妳弄錯了，小薰不是老闆娘。」石毓翔打斷瓊安的話，解釋說：「嚴格來講，我們都是老闆才對。」

「這有差別嗎？」瓊安笑了出來，眼神中閃過一絲冷峻，「是怕我誤會嗎？否則這種事情也不需要特別交代或解釋吧？」

「妳到底找我有什麼事呢？」不想在這種無謂的問題上打轉，石毓翔決定丟下多餘的客套，乾脆開門見山地問她。

「站在老朋友的立場，可以找你敘敘舊；站在舊情人的角度，也可以一起回味當年，甚至，當這世界我們都走了一圈之後，也說不定還會有新的故事不是？」瓊安轉頭面向李珮薰，笑著說：「對了，妳不是見過他當年那個劈腿對象嗎？也可以約著她一起來，說不定大夥湊在一起，還更有話聊唷。」

「姜小姐，如果妳今天是來喝咖啡、吃餅乾的，那非常抱歉，本店還不到營業時間，可能要請妳先離開；倘若妳是以老朋友的身分來找石毓翔敘舊，那恕我就不奉陪了，好嗎？」李珮薰臉色一沉，又補了一句：「但容我提醒妳，石毓翔還有很多廚房的工作，請妳最好留意時間，別耽誤了本店的生意。」

那當下，石毓翔只覺得難堪至極，他根本無法想像剛剛那些話會是從瓊安口中說出來的，眼前這個女子明明還跟當年一樣，無論容貌或衣著，都透著溫文雅緻，甚至現在的她，比起從前還更加柔美與聰穎，但如此甜美的眼神底下，為什麼藏匿的卻好像是另一個人的靈魂？

「幹嘛一直看著我，卻又不說話？」李珮薰提著東西走進廚房後，瓊安轉過頭來，口氣舒緩地問石毓翔。

「為什麼妳要對一個不相干的人說那些話？又為什麼我忽然覺得妳很陌生？」石毓翔搖頭說：「瓊安，妳變了嗎？」

「是嗎？變了很多嗎？」瓊安臉上依然有嫣然的笑容，彷彿很滿意石毓翔終於察覺到她的變化。

「變了很多，多到一點都不像我曾經認識的那個妳。」

「但那也是拜你所賜。」瓊安說：「多虧了你，真的。」

當思念磨成一把利刃，傷的，就是愛過的人。

38

老朱這個人哪，石毓翔看著他，除了嘆氣，實在不曉得能說什麼才好。週一店休日，他原本打算在家睡個過癮，等睡飽才開始慢慢清理牆角的那堆家當，然而剛過中午，老朱一通電話就把他從床上挖了起來，約在附近的麥當勞碰面。

跟李珮薰分手也快兩星期了，他還沒能從低潮中走出來，整個生活幾乎是徹底的崩潰混亂，人也失魂落魄的，兩個人見面的第一句話，老朱不是先訴苦，而是問他身上有沒有錢，下一句則是：「我他媽的被裁員了。」

老朱退伍後就在一家工廠上班，擔任貨車司機，這年頭景氣差，工廠想要縮編人手來節省開支，結果資歷較深、薪水也較高的他就這樣被資遣了。

「這件事小薰知道嗎？」

「算是知道吧，自從她說要分手之後，不管我跟她講什麼，她都已讀不回。」老朱愁眉苦臉地說：「老弟，我完蛋了。」

石毓翔覺得那種感覺很複雜，他不由得要想到自己被李珮薰擁吻的那一夜。自己是不是做錯了？就算跟老朱之間並無深厚的交情，但這件事他老覺得有些過意不去，好像愧對了這兩個人似的。

「欸，能不能跟你打個商量？」老朱沒問別人還要不要吃，不但解決了自己一個大漢堡，還把兩人份的薯條都吃光，跟著就將石毓翔眼前那一盒還沒吃完的小雞塊挪過來，一塊一塊往嘴裡塞，邊吃邊問他：「你身上有沒有錢？可不可以跟你借一點？我保證一找到工作會馬上還你，可以嗎？不用多，三、五千就好，拜託、拜託？」

「你真的把錢借他了？」聽到石毓翔轉述中午的事情，李珮薰很訝異。

「不然呢？難道眼睜睜看著他餓死？」石毓翔說他掏出身上的兩千多塊現金，又到提款機去領了一萬元，全數交給了老朱，當然，那頓麥當勞也是他買單的，只是這個就不用再附註說明了。

「你是不是因為我的關係，自己覺得過意不去，好像讓他戴了綠帽子，所以才想補償補償？」李珮薰踢了他一腳，說：「就算要付錢，你也不是付給他，應該付給我才對吧？」

「別傻了，我只是想幫他嘛，誰叫妳對他的死活都不聞不問？」石毓翔瞪了李珮薰一眼，又說：「再說了，一萬二耶，付給妳？妳就只親我那兩下，那兩下值一萬二嗎？」

這句話一說完，李珮薰抓起床上的枕頭擲了過來，石毓翔大笑著閃躲，還順手挪開桌上的啤酒瓶，免得被砸倒了。

「今晚可不可以再睡你家？」鬧了一陣，李珮薰問他。

「又不回去？」

「一回去就覺得煩。」李珮薰說她現在的住處有太多與老朱的共同回憶，每天一個人窩在那兒，心情總不知不覺就鬱悶起來。想搬家，只是還沒物色到新的地方。她嘆口氣，說：「我本來以為，只有被分手的人才會感覺到痛。」

「不是說要為了傷痕驕傲嗎？」

「雨過天晴之後，傷痕才能被拿來當成驕傲的證據，但在那之前哪，」李珮薰喝了口啤酒，「在那之前，我只能再問你一次：今晚可不可以再睡你家？」

他苦笑著，也沒有反對，反正就讓她過一夜，那也沒什麼大不了的。但今晚他不想再跟李珮薰有任何親密關係，連一個擁抱或親吻都不行，否則自己遲早有一天會失去客觀或中立的立場，他心裡這麼想著。

看著李珮薰洗完澡後，安靜地躺在床上，闔著眼睛慢慢睡去，石毓翔挾一根沒點的香菸，手拄著下巴，在床緣靜靜地坐著，屋子裡很安靜，倒是外面雨下個不停，淅瀝瀝的雨聲在屋裡清晰迴盪。

她還是一個好女孩的，只是陷在一個還沒走出去的漩渦裡而已，石毓翔心想。平常在店裡，李珮薰從來不擺老闆的架子，她開店的本錢大部分都是家裡資助的，為了證明自己有能力經營一家店，李珮薰曾到處走訪，把全台北有特色的獨立咖啡店都喝了個遍，既考察不同的咖啡，也觀察別人如何營造店內氣氛，她待人很親切，總是不卑不亢，那天跟瓊安的對話，已經是石毓翔見過她最不客氣的一次。

平心而論，老朱確實有點配不上她。石毓翔嘆息，他不知道最初的最初，李珮薰是怎麼選擇老朱的；也不清楚到底這些年來，老朱是否算得上是一個稱職的男友，然而光是最近幾個月的接觸，他或多或少也明白，老朱喜歡炫耀，喜歡擺闊，個性也不怎麼務實，退伍好幾年，人生的各方面都沒有進步，也難怪李珮薰會受不了他。

望著卸妝之後，容貌依然姣好的女孩，石毓翔只想給她祝福，希望她能早點走出這場分手餘波，早點回到原本開心的日子。一邊想著，他拿起打火機，決定走到外面抽菸，以免在屋子裡製造過多的臭氣，妨礙了李珮薰的睡眠。

「妳怎麼……」才剛打開門，石毓翔瞬間愕然。

「那天聽你說住在這裡的二樓，我原本還一直在納悶，想說店裡明明沒有通往二樓的樓梯，搞半天才知道，原來你說的是另外租了公寓在這兒。」瓊安正好站在一樓通往二樓的樓梯轉角，她笑著問：「樓下鐵門沒鎖，我晃著晃著就不小心闖進來了，怎麼樣，方不方便上去跟你討杯水喝？我逛了一整晚的街，沒累死也先渴死了。」

石毓翔只覺得傻眼，他甚至不記得那天在店裡，在那極為短暫的對話中，自己曾經告訴瓊安，關於現在住在哪兒的消息，而此時他一陣為難，香菸跟打火機還握在手掌，卻已經半點沒有想抽菸的欲望。

「你該不會要告訴我，現在樓上的房間裡，又住著一個不該出現的女人吧？」瓊安沒有抬起腳步繼續上樓，她站在樓梯間，臉上露出冷笑，像在等待一幕好戲開演的樣子，說：「說我變了很多，你倒是跟以前一模一樣嘛，石毓翔，你真的這麼喜歡說謊騙我嗎？」

終於我們又回到未完結的逗點，卻可惜句號前只剩悲劇可描述。

他幾乎無暇細想，當瓊安轉身就往下走，推開鐵門時，石毓翔也剛好追到她身邊。

「幾乎就是當年的翻版了，對吧？」瓊安在踏進雨中前停住腳步，她回過頭說：「怎麼樣，你打算把當年來不及說出口的話，一次對我說完嗎？又或者，當年你有什麼沒用上的藉口，心裡覺得不說就太浪費了，打算現在趕緊來個大清倉？」

「我只是不想讓妳又誤會我而已。」石毓翔追到她身邊，一時間也不知道自己能說什麼，遲疑了一下，他說：「讓我解釋，好嗎？」

「不想『又』被誤會？你確定你這個『又』字沒用錯？我還以為全世界只剩下我一個人中文夠爛，連文法都用錯了呢！怎麼，難道當年是我誤會你了？」瓊安用不可置信的語氣問：「你居然還認為我會相信你的解釋，這會不會太可笑了？」

「以前是我不對，我欠妳一個道歉。」

「這種道歉無濟於事，既補償不了什麼，也不可能改變什麼，你可以省省了。」瓊安冷笑地說：「我還以為隔了那麼多年，大家都可以把以前的事情放下了，也或多或少都會有點長進了，但眼下看來，好像並不是這麼一回事。原來，原來我還是這麼恨你，也原來你還跟以前一樣，狗改不了吃屎。」

「過去的事情，我承認那是我的錯，但至少現在……現在的情況，不是妳想的那樣子。」石毓翔說：「不然這樣好了，如果妳現在不想聽的話，那可不可以等妳改天心情好了，再讓我解釋清楚？」

「別傻了，石毓翔，我的心情永遠都不會好的，打從我第一次踏進你們那家店起，我就知道了。我知道所有的一切都沒有真正過去，那些我原本以為早已煙消雲散的，其實都還擺在眼前，我跟以前一樣，還想繼續相信你，但你卻也跟以前一樣，還想繼續欺騙我。」

「我沒有騙妳，至少現在並沒有。」

「那你告訴我，在你屋子裡的人是誰？是她，對吧？」見石毓翔沉默了半晌，好不容易才要開口，瓊安卻先打斷他的話頭，「別告訴我答案，我不想聽，我怕聽了會想吐。」

「不然妳要我怎麼做呢？」

「很簡單呀，我給你一個機會，讓你可以表現出一點誠意，一點對老朋友或舊情人的誠意。不管那個人是誰，你就上樓去嘛，去叫那個女人滾蛋。你告訴她，說你沒有資格再愛別人，也告訴她，說你石毓翔這輩子唯一擅長的，就是對女人說謊，請她不要上當受騙，免得落得一個遍體鱗傷的下場。」

那瞬間，石毓翔只覺得整顆心都沉了下去，他很難相信，自己在瓊安的眼中，竟然已經成為一個這麼不堪的人，而更讓他難以接受的，是瓊安不但徹底否決了他們當年所有的甜蜜，連帶地也詛咒了他以後的人生。

站在樓下，細雨飄零，瓊安的雨傘還拿在手上，但沒有撐開，她的半邊身體都被雨水濺濕，卻絲毫不以為意，雙眼冰冷地盯著石毓翔看。那目光很冷冽，完全沒有溫度，不像當年柔弱的她，此時充斥的滿是恨意。

石毓翔望著她那樣的眼神，心裡只覺得痛楚不已，他忽然想起，好些年前曾有一回，他們一起在中壢車站附近漫步，後來走進麥當勞歇腳。在座位上，瓊安從自己的包包裡拿出針線盒，一針一線的，慢慢將他身上那件舊風衣外套的袖口缺損給補上，那時他們也曾這樣彼此凝視，但當時何其甜蜜溫馨，跟現在有著天壤之別。

望著此時的瓊安，石毓翔有太多想講的話，卻不知道能從何講起，那些關於過去的、關於現在的，甚至還有未來的。他想要好好道歉，想在一個鄭重而嚴肅的場合中，把曾經犯下的錯誤，向瓊安好好告解，也想告訴瓊安，當自己終於慢慢走出陰霾，重新回到這個社會，他每天日復一日在揉捏麵糰時，想到的都是過去的畫面，他會想起當年兩個人一起逛食材行的樣子，想起那時只要誰發現了好吃的餅乾或糕點，就急著想與對方分享的心情，更懷念那些風塵僕僕，搭火車到中壢去約會的日子，他想把自己珍藏多年，始終不曾丟棄的火車票根，還有那雙瓊安親手繪製圖案的粗布手套都拿給她看，不奢求還有未來可言，他只想對這個始終占據他心裡最多份量的女孩說聲抱歉，想告訴她，自己一直沒有忘記過去。

「我……」只可惜，千言萬語到了最後，他終究還是什麼也說不出來。

「你不敢，對不對？」瓊安依舊帶著冷笑，「連承認自己愛不愛誰都不敢，你還是跟以前一樣懦弱。」

「一個男人是不是懦弱，跟他愛不愛誰無關。」就在此時，樓梯間傳來腳步聲，李珮薰不知何時已經醒了，她站在剛剛瓊安站立的轉角處，居高臨下地望著門口的兩個人，冷冷地說：「他有沒有資格再愛別人，這件事情不是妳說了算，至於下一個愛上他的人會不會遍體鱗傷，也輪不到妳來擔心。」李珮薰對瓊安說：「妳不能因為自己已經粉身碎骨，就認為別人也要跟妳一樣死無全屍。」

他只覺得一切都失控了，幾個月來苦心經營的，根本就是不堪一擊的假象，甚至他在想，到底自己接受李珮薰的邀請，共同經營這家小店算不算是一個錯誤的決定。

已經很晚了，凌晨一點多，通常這時間他早已睡下，但現在屋子裡燈光還亮著，日光燈將不斷裊裊上升的煙霧暈染得迷幻，可是石毓翔卻一點欣賞的興致也沒有，他手上的香菸點了一根又一根，但其實根本沒吸上幾口。

瓊安走了，李珮薰也被他請回去了，此時此刻，他只希望最好連自己也一併消失在這個世界上算了。在床邊坐著，維持相同的姿勢已經好久，燒絕的香菸熄滅後，長長的菸灰掉在地板上，他連看都不看，伸出手想從菸盒裡再掏一根，卻發現已經空了。

「你睡了沒？」驀然間，電話忽然響起，石毓翔起初還錯愕了一下，後來才想起來，發出刺耳鈴聲的是自己的手機，只是拿起來一看，卻是個陌生的號碼。

「小綠？」他瞪大雙眼，懷疑自己有沒有聽錯。

「驚訝什麼，這是我現在的電話號碼。雖然時間已經很晚了，但我還沒死，你接到的是一通活人打來的電話，用不著那麼害怕。」闊別已久的聲音從電話彼端傳來，小綠嘆了一口氣，問他知不知道瓊安已經回來了。

「何只知道，都見過幾次面，搞得一團糟了。」石毓翔也嘆氣。

「我以為地球轉了一圈又一圈之後，總會把大家都帶到一個新的明天去，殊不知……」小綠苦笑說：「太陽系是有軌道的，終點，原來也不過是下一次的起點，你說是不是？」

活在一個無傷時代裡，注定了我們的痛只能反覆輪迴。

長夜後的一抹雲翳終將被洗盡，當日光又起；
韶歌能融化冰寒，
但我們深烙於心骨的祕密不顯，仍孤魂般遊走愛與恨邊緣。
直到領悟了有些罪是無以血而不能償贖，代價沉痾。
然後篩透濾淨成還原的思念，才化作無傷。

見面時，沒有多餘的寒暄，小綠神色颯爽，輕鬆自若得好像老朋友昨天才見過面似的，絲毫沒有闊別多年的疏離感，開口就問石毓翔：「怎麼樣，要找個地方坐下來呢，還是乾脆就這麼走走？」

「都好。」

「那就逛逛吧，反正公園挺大的。」小綠說著，直接邁開腳步。

嚴格來說，大安森林公園不算什麼適合談天的僻靜地方，公園裡沒幾棵像樣的大樹，周遭又被都市環繞，廢氣與噪音包圍之下，也感受不到什麼清新的氛圍。但小綠不在意，石毓翔也無所謂，一邊慢慢往前走，他問小綠這幾年來好不好。

「也沒什麼好或不好，休學一年，算是給自己放個長假，只是等我再回學校時，卻忽然對兒福系的內容完全提不起興趣了，勉勉強強混一個文憑都嫌浪費時間，乾脆就放棄不要了。」

「為什麼會忽然沒興趣了？」

「當初想到台北念書，只是因為你，就連那個科系，也是因為各種分數加權之後，是我最簡單的選擇而已。」小綠像在自嘲一件做過的傻事，口氣裡有些感慨，「人家挑大學、選科系，都是為了夢想，我也不例外，差別只是我的夢想跟別人不太一樣而已。」

「對不起。」石毓翔也慨然。

「得了吧，你最近應該常常跟別人道歉吧？這三個字還說的不夠多嗎？」小綠調侃他。唉聲嘆氣，石毓翔把手機拿出來，開啟了一則昨晚收到的訊息，讓小綠停下腳步閱讀。

「你終究還是沒有學會，無論愛恨，都坦然面對自己的感情；你習慣了猥瑣的愛，見不得日光，一如當年的可鄙。我對你好失望，失望透頂。」

「沒有逼死全世界，她大概不會開心。」小綠看完後苦笑，問他：「一大清早，先別談這麼讓人倒胃口的事情好嗎？我們也算是多年不見的老朋友兼舊情人，可不可以先互相關心一下近況？」

石毓翔笑了。眼前這個薄施脂粉的女孩，雖然已經脫去了當年的少女青澀，但及肩長度的短髮，還相當保有她從前的樣子，甚至連講話口氣也差不多。他告訴小綠，說自己現在只是一家咖啡店裡的烘焙師傅，也在店裡占了一點小股份，在瓊安出現之前，小日子原本應該可以過得很單純。

「妳呢？」

「我說我是美容師，你相信嗎？」小綠笑著，張開雙手，五指在石毓翔面前抓呀抓的，「我們公司呢，正式的營業項目是皮膚科，但其實都在做醫美。」

「但妳又不是護士？」

「我們的護士只負責打打針、弄弄點滴，但是客人上門，人家是來追求『美』的，那些要擠痘痘啦、打雷射啦，還有一些弄東弄西的，就是我們美容師的事情了。」

「美容師需要證照嗎？」石毓翔有些不懂，又問她：「起碼這應該需要一點技術吧？」

「是需要一點技術沒錯，但技術可以慢慢練。至於證照這種東西呢，我沒有，我同事當中，也沒聽說誰有，反正美容師真正的本領不在手上，而是這裡。」她比比嘴巴，「我們真正靠的是這一張嘴。能說服客人買愈多療程，我們就賺愈多。」

「詐騙集團吧？」

「老情人了，不想瞞你，」小綠忽然壓低音量，把臉側了過來，一副陰險的模樣，很小聲地笑著說：「個人認為，比詐騙集團更好賺，而且還是合法的。」

一句話逗得石毓翔哈哈大笑，那些故人重逢時的疏離，瞬間全然化消。他看著小綠，心裡只覺得開心，這女孩還跟以前一樣，那就是讓他最喜悅的。

公園很大，走了一段路後，小綠聽石毓翔把這幾年的遭遇說完了，也把最近跟李珮薰與瓊安的事情都講過，她才嚷著口渴，非得逼石毓翔陪她先到馬路對面的商店買飲料。

當咖啡在手，準備等紅綠燈要再逛回公園時，望著車水馬龍的交叉路口，小綠忽然嘆口氣，說：「有沒有覺得很諷刺，你瞧，十字路口，每個方向都是條條大路，好像各自直指一個陌生的遠方，但天知道，不管你怎麼轉、怎麼繞，其實根本逃不出台北。」

「聽起來像是一種很有禪機的暗示。」

「暗示個頭，我只是感嘆著大家都無處可逃而已。」小綠苦笑兩聲，轉頭問他接下來有何打算，石毓翔晃晃腦袋，他說自己也不知道該怎麼辦。

「不考慮一下那個李……李什麼？」小綠笑著說：「從以前到現在都一樣，我就是記不住那個女人的名字。」

「李珮薰啦。」石毓翔笑著搖頭，「以現在的年齡，說這話雖然還早了點，但我是真心這麼想的：這輩子愛過兩個女人，真的已經夠了。小薰是不錯的女人，但是不適合我。」

「屁話。」小綠在路邊大笑，她忽然揪著石毓翔的耳朵，問他：「還記不記得你答應過老娘的話？我說過，不准你帶第三個女人去逛食材行，記得嗎？你現在跟那個小薰合夥，她有沒有害你破戒？說！」

石毓翔一口咖啡差點噴了出來，沒想到小綠居然記得這種事，他笑著說：「拜託，我們現在是做大買賣的人，誰還自己去買材料？當然是手機拿起來，直接電話叫貨呀！我……」吹噓還沒結束，眼看著小綠愈扯愈用力，他痛得急忙大叫：「幹，沒有啦！真的沒有啦……」

原本寧和的街角被石毓翔的慘叫聲打破平靜，路人紛紛投以驚訝的眼光，還趕緊繞開走避，小綠下手毫不留情，一邊掐，她還一邊獰笑著問：「給我老實招來喔！說謊的小孩會被割耳朵喔！李珮薰嘛，我從以前就覺得她一副很垂涎你的樣子，怎麼可能不纏著你到處去？說！到底有沒有帶她去食材行？敢撒謊騙我，老娘今天就在路邊閹了你！」

就在石毓翔已經站不住，痛得幾乎跪倒時，旁邊忽然傳來叫喝聲，小綠愣了一下，回頭一看，後頭停著兩部警用機車，一個警察在稍遠處警戒，另一個則戰戰兢兢地靠了過來，那個警察一手按著腰間配槍，一手伸出來對小綠招呼，嘴裡還說：「小姐，這裡……這裡真的不是打老公的好地方，麻煩妳克制一下好嗎？」

當天地傾覆時，總有些真心不變，還在。

如果不是那兩個警察來解圍，石毓翔的耳朵大概已經被扯下來了。

「媽的，這輩子第一次收到勸導單，居然是因為這種事。」小綠罵了一聲髒話，她手上拿著單子。剛剛警察居然跟她說，要教訓老公，麻煩請回家去，別在大馬路邊動手，否則下次就會直接再開一張妨礙交通的紅單。

石毓翔痛了好久，他坐在公園角落邊，菸都抽完兩根了，耳朵還熱辣辣地痛個沒完。

「好了，剛剛那一扯，算是把我以前欠妳的都還清了，現在該輪到妳講故事了。」

「扯兩下耳朵就還得清，天底下有這麼便宜的事嗎？再說了，我哪有什麼故事好講？」

「起碼可以告訴我，妳又是怎麼被找上的。」

「都認識多少年了，姜瓊安要找我還不容易？」小綠白他一眼，「不用等到她找上門來，其實我就常常在想，當年到底是不是做錯了，我真的有錯嗎？追求自己想要的愛情，有什麼不對嗎？」

「單就妳這個角度來判斷，本席認定妳無罪。」眼看著小綠又舉起手要掐他耳朵，石毓翔急忙閃開，又說：「真的無罪。」

小綠滿意地點點頭，站起身來，對石毓翔招手，要他陪著一起繼續在公園繞圈圈，邊走，小綠邊說：「不管怎麼說，我總是認為，人的一生中，真的沒有多少次機會，能遇見一個真正想愛的人。有的人終其一生都只能茫茫然過日子，不知道該追求什麼，也從沒嚐過那種刻骨銘心的滋味，徒然浪費時間，也糟蹋糧食，這種人白活幾十年，卻比一隻朝生暮死的小蟲子還沒價值，與其當這種人，我寧可做另外一種。」

「哪一種？」石毓翔問她：「推翻滿清、建立民國的事情已經有人做過了；政黨輪替也發生好幾次了，妳難道還想幹什麼大事業，或者到哪個國家去搞革命嗎？」

「打打殺殺的事情，留給那些滿腔熱血的人吧。」小綠瞪他，「我只想狠狠的、耗盡一身力氣也沒關係，拚了命去愛一個人而已。」

「這種事情也是要付出代價的。」

「所以我背叛了我最要好的朋友。」小綠說：「我算計別人，算計自己，最後卻連想要的幸福也給算掉了。」

那幾句話讓石毓翔默然，剛剛原本還有點嬉鬧的心情，也瞬間消散無蹤了。

「別苦著一張臉，我沒別的意思。講這些只是想告訴你，對於過去，其實我一點都不後悔，因為這就是二十幾年來，我唯一值得拿出來說嘴，說自己曾經勇敢過的一件事；甚至，我還覺得因為愛過這一回，才顯得自己以前沒白活。」

「聽起來很了不起，但仔細想想，怎麼好像有點變態？」

「所以你也不要妄自菲薄，輕忽了自己的魅力。」小綠笑著說：「雖然那個李珮薰也算是無端捲進來的倒楣鬼，但我相信她總不會只是因為空虛寂寞，就隨隨便便找上你。」

「原來我這麼有吸引力。」石毓翔哭笑不得地回應：「我每天照鏡子，真的從沒看出這一點。」

「你沒聽過一句話嗎？」小綠拍拍他肩膀，「人對著鏡子時，唯一看不見的就是自己。」

終於逛遍了公園的每一寸土地，小綠說她就住在附近。這一帶租金雖然昂貴，但跟幾個同事一起同居分攤，倒也還過得去，平常不跟大夥出去敗家時，她就喜歡窩在公園發呆。

「這不像妳會做的事。」石毓翔笑著問她：「我認識的林小綠，以前可不是這樣子的。」

「人總是會變的，差別只是變好或變壞而已，不是嗎？」小綠淡淡一笑，說：「你很難想像我後來竟然會喜歡逛公園；我們也很難理解，姜瓊安為什麼會跟被鬼附身一樣，到處找別人麻煩。」

「瓊安是怎麼跟妳說的？有沒有什麼需要我幫忙的？」

「倒也沒說什麼，只是告訴我一聲，說她回來了而已。」小綠搖搖頭，「你不用擔心，從小到大，不管比什麼成績，她永遠都差我一截，也欺壓不到我頭上來的。」

「說到底，這一切還是要我負最大責任。」

「不對，這種事，從來都沒有誰該為誰負責。」走出公園前，小綠說：「年輕時候的魯莽跟無知，我們都已經付出過代價了，現在你只需要盡力去過你想過的日子，這樣就好。」

他們順著建國南路這一側緩緩往北邊走，再轉過信義路，逛到捷運站的入口，天氣炎熱，又走了這麼多路，兩個人臉上都已經微微冒汗。

小綠說她上班時間是從中午十一點才開始，但要工作到晚上九點才下班。這時間搭乘捷運過去，剛好趕得上。

「我陪妳搭一段路過去吧，好嗎？」

「這麼好心？該不會是想去看看我同事吧？」小綠露出不懷好意的笑容，說：「我們診所的美容師跟護士，每一個都是標準的美人胚子唷！需不需要我介紹幾個給你認識？」

「要說漂亮，妳就已經夠漂亮了，再多的話，只怕我無福消受。」石毓翔苦笑，想了想，問她現在是否已經有了新對象，然而小綠卻搖搖頭，讓他感到相當錯愕。

「每天漂漂亮亮在街上走，難道都沒人追妳？」

「同事們三天兩頭總是約著出去吃吃喝喝，當然也會認識一些異性朋友，要說條件不錯，又願意來示好的，那也不是沒有，只是對我來說，真的很難再動心了。」小綠嘆口氣，說：「畢竟不是誰都懂得該在哪個關鍵時刻送上一條最能暖心的圍巾，對吧？」

「難道這也是我的錯？」

小綠淡淡一笑，凝望前方許久之後才說：「還記不記得，那年冬天非常冷，而你問我，台北會不會遲早有一天就真的下雪了。」

「好像有過這麼一回事。」石毓翔點頭。

「我跟你說，台北永遠不會下雪的。知道為什麼嗎？因為不夠冷。」小綠轉過頭來，對他說：「離開你，離開你們之後，我終於發現了，最冷的地方，是這裡。」說著，她指指自己心口。

我們攬鏡不見自己，卻在遊走風塵時，察覺最冷在心。

42

對石毓翔來說，他並不介意瓊安要將當年的怨懟朝著自己發洩過來。多少日子裡，他始終認為自己是虧欠對方的，如果瓊安從此走出了他的世界，那這份愧疚，他就永遠都沒有償還的機會；然而，他同時也隱懷擔憂，就怕這些屬於兩個人之間的糾葛，會無辜株連到別人身上，就像李珮薰或小綠再被扯進來一樣，那是他最不樂見的。

從大安森林公園離開後，別無他處可去。今天是店休的日子，本來按照慣例，石毓翔都會窩在店家廚房裡，他可以在那邊繼續研究新口味的餅乾、嘗試不同的烘焙技法，甚至只是盤點庫存也好，但今天他真的很不想去那個地方。

漫無目的往前走，幾乎是下意識的，他也踏進了捷運，在台北車站下車，穿梭於人群中，茫然地順著人潮的流動而前進，到處都是各式各樣的看板招牌或廣告，但他完全視若無睹，彷彿是被一種無形的引力給牽扯著，每一步都踩得毫無知覺，等到終於又回過神時，他才驚覺，自己居然已經身在台鐵的南下月台邊。

既然都走進閘口，也看著列車進站了，他乾脆踏了進去，隨便找個位置坐下，但當區間車抵達中壢時，他又開始納悶，為什麼會忽然來到這地方呢？

石毓翔心裡想著，雖然曾經往返過那麼多次，對中壢車站附近的店家早已瞭若指掌，但他從來不曾對這地點有過任何懷念，他很清楚地知道，中壢車站之於他的意義，其實只是瓊安；當他與瓊安之間結束後，這裡就再也沒有足以吸引他的理由。

走出站外，石毓翔一個人在街邊閒晃，老覺得看什麼都不對眼，事隔數年後再來，儘管好像大部分的店面都還在，但有某些細節似乎已經改變，可是他無法辨認，也難以細究，就像記憶一樣，當時間愈隔愈遠，屬於過去的一切就慢慢變得扭曲，究竟什麼是真實發生過的？又或者什麼是因為時間的緣故，使記憶本身自我修補、調整，而終究走到失真的？他已經難以逐一釐清，佇立在車站外頭，唯一能確定的，只是舊日的時光真的早已遠離，再也回不到最初的美好而已。

沿著街邊走去，最後他來到麥當勞外頭，可是卻停下腳步，不是忽然沒了力氣，而是他不忍心再走進去，一進麥當勞，他怕自己沒膽子面對那個他們當年曾經落座的位置，那是屬於回憶的角落，而回憶是溫暖的，與現在完全不同。他擔心一旦走進去了，在那兒要是找不到故事裡的人，只怕自己會被這已非的人事給逼瘋。

「是不是時光無法倒流，所以消散的記憶也就無法拼回原貌？我在中壢車站外頭，看不到曾經的畫面，卻格外想念那些無比單純的日子。」

他寫了一段話，但猶豫良久，始終不知道該不該傳出去，結果瓊安比他更早一步發來訊息，沒有那麼詩情畫意，只是問他兩個字：「店休？」

苦笑著，石毓翔不知道這能否算是心有靈犀，那封寫好的訊息也放棄了，他直接撥了電話，沒說自己人在中壢，只說今天原本就是例休日。

「難得我今天特別有想吃餅乾的心情，那明天呢？開不開店？」

「當然。」瓊安在電話裡的語氣很平靜，聽不出任何波瀾起伏，但她應該是心情不錯的吧？不然哪可能還接這通電話？石毓翔心裡這麼想著。

「好，那明天見。」瓊安掛電話前只說了一句：「先這樣，我正在染頭髮呢，該沖水了。」

染髮？石毓翔有些疑惑，在他的印象中，瓊安一直都是清湯掛麵的模樣，即使相隔幾年再見，也幾乎沒有太大變化，她的頭髮還是又黑又長，偶爾迎著風時，會有一瀑飛散，石毓翔以前就很喜歡看她這個模樣，怎麼好端端的卻要改變呢？

第二天，當瓊安帶著削短了些，還染成深褐色的髮型走進店裡時，石毓翔真覺得有些不適應。沒說昨天去過中壢，也沒說出跟小綠碰面的事，他不敢分心大意，簡單寒暄後，立刻回到廚房裡工作，因為瓊安是這個世界上，嚐過他手藝最多次的人，也最能了解到他餅乾裡的箇中變化，所以他必須提起更多精神，拿出更優質的烘焙水準才行。

除此之外，店裡還有另一個不速之客，那就是讓李珮薰也沒好心情上班的老朱。那是一個極為弔詭的畫面，雖然小咖啡店裡常有那種只點一杯咖啡就占據著座位，消磨大半天的客人，但是眼看著門口左右各一桌，老朱滿臉憔悴，而瓊安悠悠哉哉的對比，石毓翔也覺得諷刺到不行。不過進了門就是客人，況且人家也不是沒消費，只要不鬧事，石毓翔跟李珮薰都無可奈何。

他今天格外用心，除了店裡制式的餅乾之外，另外又揉了一份麵糰，添加品質更好的抹茶粉，連奶油、砂糖的比例都精心計算，最後還在烤箱前目不轉睛地盯了許久，一切儼然就像回到過去，像那個活躍在高中社團裡，只為烘焙而活的石毓翔。

一個多小時過去後，當他端著特製餅乾出來，瓊安輕啜一口咖啡，剛好也讀完手中的雜誌。

「怎麼，妳都不用上班的嗎？」把餅乾擱在桌上，石毓翔問。

「放年假，反正在台北也沒地方去，只好窩在你這兒。」瓊安故意笑著問他：「怎麼，嫌我喝的不夠多，害你賺得太少嗎？不然這樣好了，我想再點一杯咖啡，也還要多一份餅乾外帶，好嗎？」

「可以不用這麼捧場，沒關係的。」石毓翔笑了一下，但笑容中，他卻絲毫沒有輕鬆的感覺，那種緊繃是無形的，但又確實存在，連他自己也不曉得為什麼會這樣。

「你還沒稱讚我的新髮型喔。」瓊安忽然開口。

「很漂亮，看起來比以前更成熟、更好看。」

「是真心話嗎？」瓊安俏皮地問。

「跟我們店的餅乾餡料一樣，貨真價實、童叟無欺。」

這句話把瓊安逗笑了，她擱下雜誌，也將咖啡杯盤稍微挪開，先仔細端詳眼前這盤餅乾，湊近鼻子連吸了幾口氣後，才終於拿起一塊，放到嘴裡輕輕咬下一小塊，在舌尖的部位細細咀嚼。

那過程中，石毓翔完全沒有打岔，因為這套必須專心凝神，先從眼看，再用鼻子聞，最後才動嘴吃的品嚐過程，也是當年他教瓊安的。

「怎麼樣，味道還可以嗎？」等瓊安吞下食物後，他才問。

「你的手藝進步了。」

「謝謝。」

「只可惜，好像少了一點什麼。」將餅乾放回盤子，瓊安閉眼想了想。

「少了什麼？」

「真心。」瓊安睜開眼睛，對他說：「多希望站在這兒的，是以前那個只為我烘焙餅乾的人，而不是為了所有客人製作餅乾的石毓翔。」

總在無法回頭時，人們才格外想念不復返的美好。

「氣氛也太怪了。」踅進廚房裡，卻沒看到人，她又找到防火巷，果然看到石毓翔在那兒抽菸。李珮薰問他：「這到底是什麼情形？」

「天曉得。」吐出一口煙，石毓翔搖頭說：「但是妳往好處想，就是店裡終於有了兩個忠實客戶。」

「忠實個屁！」李珮薰啐了一口。

接連幾天，連工讀生小藍都有點看不下去了，從吧台往外瞧，視線正中央對著門口，右邊的瓊安總是那麼優雅自若，她有時翻閱雜誌，有時滑滑手機，甚至還拿出平板電腦，戴著耳機直接看起影片，當她什麼也不做時，則可能望向窗外發呆，偶爾還有不知情的男客人企圖跟她搭訕，但瓊安非常有禮貌，她既不拒人於千里之外，卻也總是保持距離，那些男人遞上的名片，她都客氣地收下，可是當結帳離開後，小藍總是發現它們被壓在空的餅乾盤子底下，一張也沒帶走。

至於門的另一邊，那畫面跟氛圍可就古怪了，老朱愁眉苦臉不說，一整天就只點一杯咖啡，他有時臉上是侷促不安的表情，有時則頻頻往吧台這邊探頭，甚至還藉故上廁所，在店裡四處走動，企圖接近正在忙碌的李珮薰。

「他們是來這兒當門神的嗎？那個姜小姐也就算了，起碼人家一天還能貢獻幾百塊錢，但是老朱呢？他點一杯最便宜的美式咖啡，就占著座位一整天，我們還要不要做生意呀？」李珮薰瞪著石毓翔，說：「看吧，早叫你不要借錢給他，結果他把借來的錢全都一點一點耗在我們店裡，既不出去找工作，也沒好好過生活！」

「那我又有什麼辦法？開門就是做生意嘛，管他錢是哪裡來的。」石毓翔也滿臉無奈，「我可提醒妳呀，寧可讓他這樣瞎耗幾天，耗到他沒錢買單為止，也千萬別在店裡把你們的事情鬧大，否則嚇跑其他客人可划不來。」

他抽著菸，看著李珮薰氣沖沖地又往店裡走回去，忍不住嘆了一口氣。都過多少時日了，老朱居然還不死心，這種鍥而不捨的精神還真讓人佩服，不過同時他也惋嘆，老朱顯然是下錯棋了，面對李珮薰那種直來直往個性的人，怎麼會選擇這種糾纏不休的方式呢？

石毓翔搖搖頭，他今天還有一堆事情要忙，為了客人預訂的兩百份小餅乾，他根本無暇分心，必須把握時間製作，好讓客人能在傍晚來取貨。

一邊揉麵糰，一邊認真側耳傾聽，想知道店裡是否安然，聽著聽著，除了小藍播放的輕爵士樂不斷透過廚房門板底下的縫隙悠悠傳來之外，似乎倒也還算平靜。只是正當他放下心來，要開始細心調配抹茶跟可可粉的比例時，木門忽然又被推開，這回李珮薰的臉色更難看了。

「幹嘛？妳把他肢解了嗎？」

「知不知道那個王八蛋說什麼？」李珮薰氣憤地抱怨，「小藍剛剛過去給他倒水，他在那邊嫌東嫌西，說我們的水太難喝，還要叫老闆出來，逼得我非過去跟他講話不可。」

「然後呢？」石毓翔皺眉。

「然後我就過去啦，不然還能怎麼樣？結果他問了我一句話，讓我差點沒吐血。」李珮薰怒不可遏，「那個王八蛋居然威脅我，說我如果不接受他的挽留，他今天就不走了！」

石毓翔差點沒有「噗」一聲笑出來，他為老朱感到深深的悲哀，這句幼稚到極點的威脅話一出，無疑是判了自己死刑，注定非得出局不可了。

「那妳怎麼回答？」

李珮薰怒氣難消，又說：「我還能怎麼回答？我只能告訴他，不想有尊嚴地走出去，那他就繼續坐在那裡，等警察來請他離開好了。」

石毓翔點點頭，心想或許也只能這樣，正沉吟著，廚房的門又被推開，先是小藍滿臉懊惱又氣憤地探頭，跟著就是老朱硬要擠進來的身影。

「你到底想幹嘛？」李珮薰抄起擀麵棍，居然已經準備動手。

「妳是不是有別人了？」劈頭就來這一句，老朱的眼眶已經有淚水打轉，他還問石毓翔：「她如果跟別人在一起了，你一定知道，對吧？拜託你告訴我，好不好？」

他真是受夠了這種八流鬧劇，只能舉起雙手，做出一個投降的手勢。現在連餅乾也不用做了，乾脆把廚房讓給這對冤家，石毓翔索性退了出來。一進到店面，就看見窗邊座位上，瓊安投過來的異樣目光，那眼神十分銳利，彷彿看見了什麼獵物似的，讓石毓翔微微一驚。

雖然這場小風波很快就平息，老朱僥倖在李珮薰的擀麵棍下逃過一劫，但難免也灰頭土臉，被趕出廚房後，只能乖乖回到座位上。李珮薰的音量雖小，但口氣卻惡狠狠，她警告老朱，要是再敢找麻煩，下次就不會只挨兩巴掌。

「妳打他？」聽完轉述，石毓翔大吃一驚。

「沒殺他算客氣了。」李珮薰哼了一聲。

這場戲究竟要鬧到何時呢？他慶幸的是剛剛店裡沒有太多客人，除了瓊安，似乎也沒人察覺到任何異樣，然而儘管如此，石毓翔還是放心不下，他無法對瓊安方才的眼神視而不見，可是又不曉得能怎麼應對才好。

傍晚過後，所有餅乾終於全部完成，訂貨的客人已經取件，他幾乎耗盡全身力氣，連晚餐都沒有胃口，甚至也不想出去跟任何人打招呼，一心只想窩在廚房，直到十點打烊，可以早點回家休息。

這兩天他沒再跟小綠碰面，卻傳過幾次訊息。將瓊安這兩天都出現的消息告訴小綠，她回傳過來，提醒石毓翔要小心，說總覺得不對勁。

其實不必別人提醒，石毓翔也感到有點詭異，但問題是瓊安一直謹守著客人的分際，也沒做出什麼大動作，他又能怎麼辦呢？好不容易待到晚上九點，通常這時間已經沒有客人，大家也會開始做簡單的打掃工作，他懶洋洋地從板凳上起身，隨手清理了料理用的桌面，也把地板稍微掃乾淨，本以為走出來時，可以很快迎接愉悅的下班時間，然而當廚房的門一開，他卻忽然傻眼。

那兩桌門神都還在，但原本互不相識的兩個人，居然在此刻有了交集。瓊安走出自己的座位，站在老朱面前，她從容不迫地先把眼前這個既狼狽又憔悴的可憐男人好好端詳一遍，這才幽幽開口，帶著憐憫的口氣問他：「不是我落井下石，但是都已經好幾天了，你從開店坐到打烊，這樣又有什麼用呢？」

「妳這句話是什麼意思？」大概沒料到瓊安會跟他說話，老朱臉上滿是詫異。

「如果你只能看見對方的人，卻看不到她的心，那你就注定永遠只能當輸家。」瓊安臉上一抹滿是深意的微笑，她不急著把話說完，卻停了一下，等待老朱自己領悟這句話的涵義。

「妳是誰？」老朱很快明白了，他霍地站起身來，問：「妳知道小薰的心在哪裡，是嗎？」

「我是誰一點也不重要，反正我不過是個跟你一樣，除了這兒之外，根本別無其他地方好去的無聊人而已。」瓊安的笑容很甜美，但美麗中卻帶著冰冷。

石毓翔一見到這一幕，心裡暗叫一聲不妙，只覺得肯定要出事。他快步朝門口這一桌走來，正好聽到瓊安對老朱說：「怎麼，全世界就只剩你一個人不知道嗎？那個你汲汲營營想追回來的女人，她的心哪，從早到晚，根本就沒離開過這棟樓，難道你不曉得？」說著，瓊安的目光故意朝天花板瞄去，那上頭不是別的地方，正是石毓翔賃居的二樓套房。

那瞬間，石毓翔完全沒有開口講話的機會，他甚至連伸出手想把瓊安拉開都沒時間，因為老朱已經一拳揮了過來，重重打在他的臉上。

清償代價的起點，總是說來就來，毫無預警。

那天晚上，石毓翔待最久的地方，不是什麼大醫院的急診室，反而是咖啡店附近的牙醫診所。醫生原本已經準備休息，連護士都要下班了，就為了這個來得唐突的患者，只好所有人再度就位。

他挨了老朱那一拳，結果打歪了嘴裡一顆左後方的臼齒，血流不止之下，只好跑到診所就醫，幸虧醫生告訴他，那原本就是顆搖搖欲墜的蛀牙，石毓翔哭笑不得，心裡居然對老朱萌生了一絲謝意。

「老朱呢？他回去啦？」當醫生費了半天工夫，終於把牙齒給拔下來，並仔細清理創口、敷上藥後，石毓翔手摀著臉，走到候診區來，李珮薰坐在那兒等他。

「我跟他說了，要嘛就滾，再不然就直接在診所門口上吊自殺，兩條路他只能選一條。」

「妳可真夠狠的。」石毓翔苦笑。

當那一拳揮出後，不但挨揍的石毓翔錯愕不已，連動手打人的老朱也感到詫異萬分，他完全沒想到自己居然會揮拳，更沒想到石毓翔會被他一拳打得口吐鮮血。

幸虧當時店裡已經沒有其他客人，否則只怕要鬧得不可開交。李珮薰大聲喝斥，震懾住失去理智的老朱，又吩咐小藍趕緊拉下門窗，免得驚動外面的人。她扶起石毓翔，先確認那一拳沒有傷及要害，之後才轉過頭，狠狠地盯著老朱跟瓊安。

「痛嗎？應該還好而已吧？」瓊安幾乎完全不為所動，即使倒下的是她曾經深愛的男人，她也好像視若無睹一般，卻說：「比起當年，我想這點痛應該不算什麼吧？」

「我真的覺得，你當初實在是惹錯人了。」李珮薰嘆了一口氣，「那位姜小姐興風作浪的本事，你以前肯定沒見識過吧？」

「確實是讓我佩服不已。」石毓翔無奈點頭。

從診所離開後，李珮薰原本說要陪他回去，石毓翔卻婉拒了。這兩天紛紛擾擾的事情太多，他真的很希望能夠擺脫這一切，好好靜下心來休息。

慢慢往店的方向走，即使夜深了，西門町一帶還有不少沒打烊的店家，路上也有流連未歸的遊客。李珮薰忽然對他說了句「對不起」。

「算了吧，用不著道歉，這不是妳的問題呀。」

「但那更不是你的問題吧？這件事本來就有它的先後順序，我跟你之間，還有我跟老朱之間，這根本不能混為一談嘛，人家原先好端端的，都按著劇本在走，現在被他那一鬧，他媽的……」李珮薰先罵了一句髒話，卻忽然又苦笑了一下，她轉頭問：「你說，事情都鬧成這樣了，我是不是也該醒了？」

「醒什麼？妳本來就沒有睡著過。」石毓翔淡淡笑了一下，說：「妳只是暫時性的頭暈而已，既然現在沒事了，那我應該也可以跟著沒事了，從今以後，真的別再把我扯進妳的故事裡了，好嗎？」

一整座城的喧囂好像都跟他們無關，慢慢地走回咖啡店附近，拐個彎再不遠就是捷運站入口。兩個人停下腳步，沉默許久後，李珮薰說：「但是這家店沒有你不行。」

「我也沒說我要離開。」

那時他們有會心的微笑，李珮薰像是鬆了口氣，說自己會找機會，再跟老朱好好談談，以後絕對不會再發生這樣的事，說著，她也提醒石毓翔：「至於那位姜小姐的問題嘛，只怕你也得費點心思去處理，否則下次她要煽動誰來鬧事都很難講。」

「放心，我也會再好好跟她聊一下。」石毓翔忍不住嘆氣，「當年我傷她太深，現在她這麼恨我，那也情有可原。」

「你確定只是因為恨嗎？」

「不然呢？」石毓翔苦笑，「難不成是因為愛？」

李珮薰想了想，說：「如果我是她，如果我真的恨你，恨到要找人扁你一頓的地步，那麼今晚你就不可能還好端端地站在這兒。」

「需要弄到殺人放火的地步嗎？」

李珮薰哼了一聲，「你可別小看了女人的仇恨。不過或許是我想太多了也不一定，我只是覺得，她之所以這樣做，未必只是因為全然的恨。雖然這件事跟我已經再沒有牽扯，但我還是想提醒你，稍微想一想，或許，除了恨意之外，還有另一個原因，會讓她處心積慮，想排除掉任何一個企圖靠近你的女人。」

還有其他原因嗎？當李珮薰離開後，石毓翔揣測著，卻沒有任何足以讓他爬梳的想法。原本打算上樓，但轉念想想，石毓翔卻先繞到便利商店，今晚實在太累了，他好想喝點啤酒，好讓疲憊的身心能更快速地休眠，只是沒想到，啤酒才剛買到手，一走回公寓樓下，居然又被叫住。

「欸！」老朱躲在牆邊的陰影下，探頭探腦地對他揮揮手，確認李珮薰不在附近後，他這才敢走出來。

「拜託，我由衷地希望你是我今晚見到的最後一個人，也希望我們之間不管要幹嘛，都能在五分鐘之內解決，可以嗎？」石毓翔真覺得受夠了。

「小薰喜歡你，為什麼你不告訴我？」想了想，老朱決定長話短說。

「這是什麼爛問題？換作你是我，你又能怎麼說？怎麼說都怎麼錯，對吧？」石毓翔按耐著，說：「是啦，小薰是喜歡我，這個我承認，甚至我也可以告訴你，我對小薰很有好感，但那種好感並不會發展成男女之間的感情，起碼現階段絕對不會，我看未來的可能性也很低，這樣可以嗎？」

「你確定？」老朱還將信將疑，「未來的可能性有多低？」

「比台灣加入聯合國的機率更低，這樣可以了嗎？總之呢，我從來就沒打算讓自己成為你跟小薰之間的導火線，以前不會，現在不會，以後更不會。」說得斬釘截鐵，石毓翔告訴他：

「能不能讓她回心轉意，那還是看你自己的本領，這個我真的幫不上忙。所以，結論就是：她就算跟你分手了，我也不可能跟她在一起，你絕對可以安心。」

「真的嗎？」

「如果有必要的話，我可以放棄自己的股份，離開這家店。」石毓翔兩手一攤，問他：「這樣你滿意了嗎？」

「那……那個倒也不用啦。」老朱又恢復成原本懦弱的模樣，長長地嘆了口氣，卻問石毓翔的臉頰跟牙齒還痛不痛。

「這不是廢話嗎？」石毓翔瞪他。

「對不起嘛。」

「今晚我已經聽到夠多次『對不起』了。」石毓翔沒好氣地說。

「不然……不然這一拳讓你打回來好了。」

「去你媽的。」五分鐘的時間很快就到，石毓翔叫老朱滾開，別擋著他上樓休息的路。等老朱走開後，他回頭，這一城錦繡依然，像是從來都無傷無痛那般，兀自閃爍華美的光。

傷會痊癒，人會遺忘疼痛；而日夜輪替，這座城依舊上演。

雖然臉上挨的那一拳是因為瓊安對老朱的幾句挑撥而起，但無論石毓翔怎麼想，都無法對他們兩個人萌生恨意，他覺得自己似乎可以體諒老朱的心情，更能理解瓊安為何會有這種惡意的行為，甚至，當他酒喝得夠多時，自顧自地在公寓的小客廳裡，竟然一個人笑了出來，他簡直是感激的，感激瓊安讓他有挨揍的機會，只可惜老朱才打了一拳就被李珮薰喊住。他笑著，心想，這不就是贖罪嗎？就算再多的疼痛都無法償還當年他對瓊安的傷害，但多挨幾拳，總是把自己犯下的過錯，多多少少再更清償一些。他笑著，笑得眼淚都流了出來，但那種開心的笑聲裡，卻又混雜著悲傷、懊悔與無止盡的痛苦。

他不記得自己是怎麼睡著的，再度醒來時，房間還亮著燈光，身邊到處是空的酒罐，大概是酒精跟藥物的麻醉效果都退了，他拔牙的傷口疼痛不堪，臉頰也鼓了起來，勉強把止痛藥混著冰開水吞下，連爬上床都懶了，石毓翔直接倒在床邊，隨手拿過電話來看，時間正好是凌晨四點半，還有兩封未讀取的訊息。

「一整晚睡不著，都不知道自己接下來該怎麼辦。給我幾天好好想想，好嗎？最多三天，三天後照樣開店，你可別翹班喔！」這一封是李珮薰傳來的。石毓翔沒有回覆，他也並不擔心，李珮薰不是那種會想不開或鑽牛角尖的人，她只是被老朱攪得心煩意亂而已，給她一點時間平靜平靜也好。石毓翔這麼想著。

「還痛嗎？其實，我比你更痛。」另一封非常簡短，發信人是瓊安。

為什麼？妳到底還想要怎樣呢？難道我們從此只能過著誰比誰痛的日子嗎？我們割捨掉的，莫非是所有曾經擁有的美好，而留下來的，則全都只是傷害、仇恨與痛苦嗎？等石毓翔察覺時，已經是一滴眼淚落下的時候，一直癡癡望著那封短訊，連眼睛都沒眨過，他不知道這滴眼淚是因為悲傷而流，或者只是太長時間沒眨眼的緣故，手指在螢幕上游移，很想寫幾句話給瓊安，可是猶豫良久後，他竟是什麼也寫不出來。

既然李珮薰決定店休，他當然也只好跟著放假。只是這個假放得好沒意義，他既沒有特別想去的地方，待在家裡也懶得打開電視接收無聊的各種資訊。

悶了一早上，肚子終於餓了，石毓翔拽了錢包跟手機就下樓，本來出了鐵門以後，往左轉就通往捷運站的方向，但不知怎的，像是冥冥中有種力量的牽引，他卻朝右邊走過去，柱子的另一側就是咖啡店，此時鐵門深鎖，門上已經貼了一張告示，寫著「老闆害喜，店休三天」，瞧這潦草的筆畫跟莫名其妙的事由，石毓翔苦笑，他知道那一定是小藍接到通知後，一大早過來寫就貼上的。

「你們這家店的人可真愛開玩笑。」這聲音讓他愣住，回頭，瓊安就站在小巷子對面。

「妳到底還有幾天年假可以放？」他無奈地問。

「這麼不想看到我嗎？」瓊安上前兩步，伸出手來，輕撫著石毓翔還略微腫脹的臉頰，眼裡流露的是疼惜，她說今天就是年假的最後一天，原本還想再喝杯咖啡的。

「這樣糟蹋年假，不覺得浪費嗎？」

「剛好相反，上班幾年來，這是我年假放得最有趣的一次。」瓊安圓潤的臉頰上有著好看的妝容，正好襯托出她嬌柔的微笑。溫暖的手掌從石毓翔臉上移開後，她問：「怎麼樣，傷口不痛了吧？如果沒事的話，陪我走走，好嗎？」

「想去哪裡？」

「去一個我一直沒有勇氣自己去的地方。」她嫣然一笑，「不遠。而我相信，除了你，也沒人有資格陪我去。」

這說法讓石毓翔有些納悶，起初他還在想，會有什麼地方，是現在的瓊安所不敢獨自前往的？又有什麼樣的地方，是除了他之外，居然沒人有資格可以陪著去的？

今天的台北市穹空湛藍，只有幾絲浮雲斜斜掠過，氣溫也不高，確實很適合出門走幾步路。從西門町附近過來，沒搭公車或捷運，他們邊走邊聊。瓊安說她母親曾經多次來電，一直希望女兒能搬回台中，其實她自己也非常猶豫，儘管在故鄉照樣能找到不錯的外商公司任職，但薪資待遇終究差了些。她在台北省吃儉用，每個月都能存下一點積蓄，要放棄實在可惜。

「她想念女兒，那也無可厚非，畢竟妳很少待在台中，應該也只有逢年過節才回去吧？」石毓翔點點頭，又問：「那妳父親呢？」

「過世了。」瓊安淡淡地說著：「我大三那年就過世了。」

「大三那年？」石毓翔愣了一下，大三那年，不就是他們分手那年？他還記得，瓊安當時就是因為她父親受傷住院，才提前結束遊學行程，倉促趕回台灣的。

「沒錯，就是那時候。」瓊安點點頭，「如果我當時改變選擇，從機場直接趕回台中，而不是先繞到台北找你，也許還有機會見到他最後一面。」

「抱歉。」石毓翔有些黯然，道了歉，卻不知道該為什麼而道歉。他在想，或許自己真的太不懂瓊安了，他們那時分手得好突然，所有的關係都在霎時間崩潰粉碎，他沒能來得及弄清楚瓊安家裡究竟發生了什麼狀況；那一晚分手後，他們從此斷絕聯絡，石毓翔根本不曉得瓊安離開台北後，回到台中又經歷了些什麼，他不知道應該怎麼想像那個場景，只能癡癡傻傻地走著路，倒是瓊安說了起來，替他把那些畫面補足。

「那天晚上我真的哭傻了，在那個公園跟你講完話後，一個人邊走邊哭，最後連自己究竟走到哪裡都搞不清楚，那時候又是難過，又是害怕，只覺得台北比英國還要讓人陌生。我想逃走，卻不知道能怎麼逃，連在路邊想攔一輛計程車都攔不到。後來多虧了便利商店的店員幫忙，他們幫我叫了一輛車，才送我到車站。」當追憶起過往時，瓊安語氣平緩，彷彿那些已經在她心裡淡化許久。然而從她還能如此清晰地描述當時，石毓翔知道，那些經歷過的畫面一定都還深深烙在瓊安的心裡，她語氣的平淡，反映的只是那些累積的痛苦有多深厚而已，就像海岸的淺灘，那兒才會有潮汐的波濤浪花，但真正的汪洋大海上，卻是平靜無波。

「我不知道該怎麼讓自己的眼淚停下來，那種感覺很可怕，好像全世界在一夕之間全都瓦解了。你知道在那種情況下，人會有什麼反應嗎？我跟你說，那種時候，你一點都不會慌張，因為在世界崩潰的瞬間，你就已經完全傻掉了，根本忘了應該要表現出慌張。

「我搭計程車去到台北車站，司機跟我說了好幾次，我都完全沒有知覺，最後他幫我開了車門，還把我拉下車，問我接下來要去哪裡。」瓊安輕輕一笑，說：「到底那趟計程車資我付過了沒？老實說，真的完全沒有任何印象，很離奇，對吧？」

不知道該怎麼回答才好，石毓翔只能也微微一笑帶過。瓊安說：「總之呢，迷迷糊糊的，我就上了往台中的車，至於到台中以後，該怎麼前往醫院，那時我根本不曉得。

「我只知道車子裡面很冷，除了頭頂上那台小電視在播放著我看不懂的電影，所以還有點光線外，其他地方幾乎一片漆黑，我不知道車子開到什麼地方了，也不知道自己還要在那樣的地方待多久。有一度我覺得自己其實已經死了，那輛客運就是我的棺木，而我頭頂上的電視正播放著我的一生，它很簡短、很無聊，連我都看不懂自己到底活過沒有。

「大概就是在那時候，我才開始回過神來，慢慢感受那種慌張跟恐懼感，也就在那時候，又接到我媽的電話，說我爸在醫院等不到我，走了。」

我們以為的再無虧欠，往往只因為不知道傷害別人有多深。

那段關於悲傷過往的對話，結束在忽然拐過的街角之後。走向萬華的街道，幾乎都沒有停下腳步，等轉入桂林路後，又往前百來公尺，最後瓊安帶他走進去的，居然是一家規模中等的食材行。

石毓翔有些驚訝，他住在西門町，從事烘焙業，對附近能提供材料的廠商或店家，基本上已經相當熟悉，卻沒想到桂林路上還有漏網之魚。他滿臉新鮮，而瓊安則是一副「看吧，這兒果然只有你夠資格陪我來」的滿意表情。

兩個人走進店內，面對琳瑯滿目的商品，瓊安顯得開心，她對那些小東西充滿好奇，就像當年第一次跟石毓翔走進這種店時一樣。

「你看，這個好像還不錯。」瓊安拿起一根擀麵棍，轉頭問石毓翔。

「重量適中，握起來手感也好，而且木紋細緻，表面也很光滑，算得上是好東西。」石毓翔點點頭，但看到瓊安將它擱進購物籃時，他疑惑地問：「妳要買？」

「當然，不買東西，那我們來幹嘛？」瓊安笑了一下。

店裡的商品種類極多，瓊安挑了兩組很精緻的餅乾模子，也選了一塊揉捏麵粉專用的塑膠軟墊，此外，她還買了小袋的麵粉、糖跟價格最昂貴的抹茶粉，甚至連篩網都挑了一支。

「奇怪，是不是漏了什麼？」像自言自語般，瓊安忽然想到似的，又說：「對了，還有刮刀。」

「要刮刀幹嘛？」

「當然是要用來攪拌麵粉呀，你以為每個人都跟你一樣，用髒兮兮的手掌去掐來掐去嗎？」瓊安瞪他時，臉上還帶著俏皮的笑容，「以前年紀小不懂事，才相信你那套鬼話，說什麼用手抓出來的麵糰才有質感，拜託，衛生一點好嗎？」

石毓翔笑了出來，他真的沒想到，瓊安居然連這個都記得。眼看著購物籃裡的東西愈來愈多，他忍不住問：「說真的，逛逛也就算了，妳買這些要幹嘛？」

「女人買東西是不需要理由的，你懂嗎？我們只要想買，就真的會買。」看著石毓翔無言以對的苦笑，瓊安說：「最主要的目的，當然是想回味回味，畢竟高三那年在烘焙社的日子曾是我最快樂的時光。這些東西，以前我只能看，卻根本買不起，現在當然要全部買回來，好好彌補自己一下。」

走到櫃檯，看著瓊安掏出錢包，她結完帳後，忽然又拿了兩千元給石毓翔。

「幹嘛給我錢？」

「當年第一次逛食材行，那時我跟你借的錢，現在也該還了吧？」瓊安面帶微笑，「還記得那次說好的，要讓我分期付款，對吧？小女子家底不夠厚實，恐怕付不起太高的利息，可不可以只還本金就好？」

哭笑不得，石毓翔把錢收下，也不跟她客氣那麼多。看瓊安拎了一袋東西，他幫著接過來，提在自己手邊，又問她，既然食材跟器具都有了，那接下來是不是該走一趟電器行，搬一台烤箱回家？

「別鬧了？我宿舍可沒地方放。」

「不然呢？妳要去哪裡烤餅乾？」

「當然是去一個有烤箱的地方。」瓊安笑著說。

在店裡的廚房，石毓翔做事非常俐落，現在換到自家的桌上，他也毫不含糊。比較起來，瓊安就顯得秀氣許多，特別是要開始揉捏麵糰時，石毓翔堅持還是要用手，他掐揉的力道強勁，每抓一下，手臂上的肌肉牽動，都有好看的線條起伏；反觀瓊安這邊就狼狽了，那把刮刀用起來很不順手，非但糖粉與抹茶粉無法均勻混合，麵糰細屑還噴得到處都是。

「我相信這世界上，一定有既好吃又衛生的東西，但妳在全自動的生產線裡，是絕對看不到那種東西的。看過卡通『烘焙王』嗎？這叫作『太陽之手』，這才是最重要的。」說著，石毓翔伸出他沾滿麵糊的手掌，還打算往瓊安的那一鍋伸過去。

「免了，哼。」瓊安急忙把她自己的鍋子端走，就怕被石毓翔染指。

多虧了這台火力十足的大烤箱，烘烤的時間不長，石毓翔洗淨了諸般器具，才剛抽完一根菸，兩小盤餅乾已經呈現淡淡焦黃色，屋子裡也瀰漫香氣。等時間一到，他迫不及待打開玻璃蓋，先拿出一片，吹涼了以後，剝成兩半，跟瓊安分享。

「承認吧，我真的很有天分。」瓊安巧笑嫣然，「再給我一點時間，多練習幾次，也許『食尚玩家』真的會來採訪我。」

「手藝是還不差，沒有退步太多。不過妳如果想成名的話，可能還得先過我這關。」石毓翔嘿嘿一笑，又從烤箱裡拿出另一小盤，取其中一片給瓊安，他說：「別忘了，我在逛烘焙展的時候，妳還在背注音符號呢。」

瓊安忍不住輕笑出聲，她拿起餅乾，認真咀嚼了起來，然後仔細思考，想嚐出石毓翔製作的手藝，跟自己的到底有何差別。而與此同時，石毓翔則端詳著瓊安，眼前的女孩，有著跟以前略顯差異的髮型、髮色，但今天她臉上有精緻的妝容，顯得比以前更嬌豔。他忽然在想，如果沒有當年發生的那些事，是不是他們會一路偕手走下來？而互相陪伴著很多年後，他們是不是也會像現在這樣，還一起做餅乾？

「不好吃。」瓊安咀嚼良久後，最後忽然皺起眉頭，說了句讓石毓翔錯愕的話：「我還是吃不到真心。」

那瞬間，原本所有洋溢在室內的、在石毓翔內心裡的甜美氛圍忽然消散了，一切彷彿又回到現實。默然良久以後，終於只能垮下肩膀，嘆了一口長氣。他知道已經發生過的一切，終究無法輕易被抹去，也知道自己無論如何努力，都不可能彌補曾經鑄下於彼此之間的創痕。

「大概沒有心很久了。」石毓翔搖頭。

瓊安沉吟著，片刻之後，她抬起頭問：「如果不是我從中作梗，那個李珮薰，她有辦法幫你找回真心嗎？」

「只怕不行。」石毓翔又搖頭，「我們真的只是合夥關係。」

「那小綠呢？她應該跟你也聯絡過了吧？我第一次踏進你店裡之後，就打過電話給她，還把她嚇了一跳呢，你找過她了吧？不然，她也應該要找過你了才對。」

「前陣子見過一次面。」石毓翔不想隱瞞這件事，他點點頭，但又說：「她也有自己的生活了，現在過得還算平靜，或許保持一點距離，才是我跟她還能當朋友的最好方式。」

「那如果是我呢？」

「妳？」石毓翔一愣。

「你跟李珮薰上過床嗎？」瓊安笑了一下，但這個笑容，隱隱地已經跟稍早之前那些發自內心、真正歡喜的笑容有了些微不同。話鋒一轉，她問了一個很尖銳的問題，讓石毓翔錯愕，但也再度搖頭。

瓊安似乎不相信她所得到的答案，又問：「她在你這兒應該留宿過好幾次吧？怎麼可能沒有發生任何事？她不想？還是你不想？」

「她其實只在這兒住過一晚。」石毓翔說：「而且這不是想或不想的問題。重點是，我跟小薰是合夥的關係，也是好朋友，我讓她在這兒住過，不表示我跟她就得上床。」

「噢，那換句話說，她就是以另一種形式，住在你屋子裡，也住在你心裡囉？」

這句話讓石毓翔無言以對。

「小綠也好，李珮薰也好，這些在你身邊周旋的女人，不論是以前或現在，都能以各種方式黏在你身邊，也黏在你心裡。但如果連她們都不能幫你找回真心，那為什麼不能讓我試試看？難道我跟你之間的彼此了解，還有各種牽絆，會比不上她們？這不是很不合理嗎？

「石毓翔呀，你到底是怎麼選女人的？既然她們都可以靠近你，享受你所擁有的一切，那我呢？為什麼唯獨就我不行？從前你跟小綠之間的事還可以用一句『少不更事』來解釋，那李珮薰呢？你居然連她也不排斥，這會不會荒謬得有點過分了？告訴我，為什麼？為什麼你可以接受她們，卻從來都不碰我？我條件比她們差嗎？或者我讓你太無感？」

露出不可思議的表情，瓊安坐在床緣，雙眼直瞪著石毓翔。

「如果我說，那是因為我捨不得，妳相信嗎？」

「放屁！」瓊安忽然發怒，她用力踹出一腳，重重踢在桌緣，把桌面上的那盤餅乾震落在地板上，霍地起身，反掌又將一旁矮櫃上的烘焙食材全都掃開，屋子裡頓時灑滿白色的麵粉、糖粉，連一盒沒用完的雞蛋也砸得碎爛。

「把謊言省下來吧，你只是不敢承認自己的懦弱而已。」瓊安憤怒地說：「你戴著虛偽的面具，自欺欺人不夠，還串聯她們一起來對付我，是嗎？我告訴你，這些我受夠了，從今以後，你休想再在我面前演這些戲碼！」

「這些年來，妳始終都是這樣認為的嗎？認為我串聯著所有人來騙妳？」石毓翔皺眉，問她：「妳不覺得抱持這種想法過活，是一件何其可悲的事情嗎？」

「如果不是仰賴著我對你的恨，當年辦完我爸的喪事，我早就跟著一起死了。」瓊安咬牙切齒地說：「從現在開始，任何人欠我的，無論過了多久，我都會加倍要回來，誰也別想逃，第一個就從你開始。」

恨也好，悔也好，都是失去愛以後，才留下的微不足道。

才相隔沒幾天，小綠感到非常訝異，因為她眼前的石毓翔居然瘦了整整一大圈。她幾乎不敢相信有人能帶給另一個人如此巨大的心理壓力，甚至嚴重到讓對方寢食難安的地步。

這個月的業績不錯，除了底薪之外，小綠在幾位肯花大錢的顧客身上狠狠撈了好幾筆，當然結算的獎金就變得十分可觀。本來她要請石毓翔好好吃頓飯，但石毓翔搖搖頭，卻露出苦笑。聽完這些天所發生的事情，小綠問他，或許到了該攤牌的時候？

「攤牌？不好吧？妳吃飽撐著，要攪和進來幹嘛？」石毓翔皺著眉，「我把這些事情告訴妳，可不是為了要讓妳去搗蛋的，萬一愈弄愈糟怎麼辦？」

「還能比這更糟嗎？」小綠打量了石毓翔幾眼，「不管以前或現在，也無論你還是不是我的男人，我都不會讓任何人傷害你。」

「這句話聽起來有點怪怪的。」

「或許姜瓊安說對了一件事，」小綠沒有被逗笑，卻反而流露著心疼，「你從來都不是一個勇敢的人，但女人想要的，也不是男人有多勇敢，她們在乎的只是這個男人還愛不愛她們而已。」

「妳也認為瓊安對我還有感情？」

「說真的，我不知道。就像當年我告訴過你的，這個姜瓊安哪，一個人有好幾個樣子，隨著不同的環境需要，她會像變色龍一樣換臉，甚至也換一個靈魂，只是沒想到她連最黑暗的這一面都有。我在想，她恨誰或愛誰，只怕弄到最後，連她自己都搞不清楚了。」

儘管石毓翔無法接受自己被歸類為「不勇敢」或「懦弱」，然而小綠早已鐵了心，她趁著假日的一早，一邊刷洗了與室友們共用的浴室，也一邊讓自己好好沉澱，在刷子與菜瓜布交替間，多少往事流過心頭。當年她也曾經這樣刷洗過石毓翔的宿舍浴室，那時，她最心愛的男人因為車禍受傷，幾乎動彈不得，舉手投足都很不靈便，吃喝拉撒也幾乎都要她形影不離地照看；彼時她從不嫌累，因為那就是她覺得自己最能表現出愛的時候。

曾幾何時，一切真的都變了，即使現在大家又都回到同一個世界裡，但相處的情況卻不可同日而語，她曾經是瓊安最要好的朋友，兩個人從小到大，既是競爭對手，卻也彼此相伴，她們曾經深知彼此，也發誓要一輩子不離不棄，可是卻為了一個男人，走到今天這個地步。

當她洗完浴室後，又回到自己房間，也好好打掃了一下，最後才換上外出服，走出房門。踏進客廳裡時，小綠側耳傾聽，屋子裡安安靜靜，沒有半點聲息，室友們昨晚約著出去喝酒狂歡，都快日正當中了，居然一個人也沒醒來。

有些人庸庸碌碌在玩樂的當下，有些人卻永遠困死在記憶的黑洞中，怎麼也走不出來，而更弔詭的是，這兩類人還可以湊在一起，成為彼此的同事兼室友。小綠苦笑了一下，然後穿鞋出門。

「我還以為妳永遠學不會這個。」一路來到大安森林公園，看到瓊安在涼亭裡點上香菸，正好整以暇地吞雲吐霧時，小綠走上前一步。

「這也要感謝你們，從那天起，你們教會了我許多事。」瓊安吸了一口煙，緩緩吐出，白色煙霧均勻地在兩人之間瀰漫，然後散開。「有話就說吧，別浪費我的時間，我很忙。」

「我以為有話要說的人應該是妳。」小綠聳個肩，她站在距離瓊安大約兩步外的地方，當年情同手足的感情在褪去後，現在彼此之間隔著的，只剩一道無形的牆。「我約妳，是想讓妳有講話的機會。」

「那可真的要感謝妳。妳呀，這些年來一直都很用心在為我分憂，實在是辛苦了。」話中帶刺地說著，瓊安臉上掛著冷笑，「若干年來，確實是有很多感觸，也有很多想法，無論走到哪裡、過著什麼樣的生活，總是揮之不去，如影隨形地跟著我。但這些感觸或想法，它們無法化作語言，也無法變成文字，當然更無法說出口，因為，用講的已經不足以表達了。」

「不然妳還想怎麼樣？」小綠問她。

「為什麼每個人都要問這個問題？我想怎麼樣？對你們來說，我的感受很重要嗎？你們當年幹那些見不得人的事情時，為什麼就不想想我的感受？與其問我還想怎麼樣，倒不如妳來說說，說點什麼都好，起碼妳可以與我分享，究竟背叛自己最要好的朋友，這件事讓妳有什麼心得？」瓊安手上還挾著菸，但沒再吸上一口，坐在涼亭的石椅上，她抬頭問小綠。

「我只能跟妳說，愛上石毓翔，是我這輩子從不後悔的選擇。」小綠說：「如果要說我做錯了什麼，我想我唯一錯的，就是沒有更早一點，明目張膽跟妳搶而已。」

「跟我搶？請問一下，妳把我們的友情當成什麼？妳有把這份友情看在眼裡過嗎？當年我踏進石毓翔的房間，看到滿坑滿谷都是妳的東西時，妳覺得那還不夠明目張膽嗎？他是我的男朋友，但是他的房間裡卻放了妳的拖鞋、妳的茶杯，還有一大堆妳要跟他共用的東西，妳覺得那還不夠囂張是吧？是不是要我去翻翻他的衣櫃，等我在裡面找到妳的內衣褲了，妳才覺得那算得上是明目張膽？」瓊安的聲音高了些，「或者說，我在妳眼裡、在妳心裡，真的那麼微不足道？還是妳把石毓翔當成一件物品、一個東西，像一張月考過後的成績單，把人當成跟名次一樣，都可以用搶的來獲得？我一直以為，無論離開石毓翔有多遠，只要有妳在他身邊看著，我就可以絕對放心，然而呢？妳是用這種方式看著他的嗎？」

「我說過了，早在妳接受他之前，我就喜歡他了。」

「但妳也真夠講義氣的。」瓊安不屑地說：「我還以為凡事都應該有個順序，起碼妳得等石毓翔跟我分手之後才動手接收吧？」

「如果以為愛情的發生也跟排隊上公車一樣，需要講究先來後到，那麼我只能說——」小綠用鄙夷的口氣說：「任誰跟妳在一起都是一種糟蹋，姜小姐，妳根本不懂愛情。」

世上有些事情毫無道理可言，比如愛情。

吐出一口長氣，小綠實在很不願意再聊這些，然而她知道，這或許是兩個人最後一次見面對話了，如果有誤會，誤會必須在這裡說開；如果有苦衷，苦衷也要在此時表達；如果石毓翔就是她們友誼破裂的原因，那至少她想讓瓊安知道，為什麼當初她為了一個男人，寧可背叛摯友也在所不惜。

「第一，我等不及，因為我不知道你們何年何月才會分手。都過去那麼久了，我現在可以很坦白地告訴妳，當初確實是我主動的沒錯，我簡直就是自己送上門去給他的，誰知道要到民國幾年才能等到你們走不下去的那一天，我只能把握機會，趁妳不在台灣、不在他身邊的時候趕緊動手。」

小綠說完後，靜靜地看著瓊安，然而瓊安一聲不吭，她像是也在努力壓制情緒，今天就是專門來跟小綠討個解釋那樣，靜待對方繼續說下去。

「至於第二個原因，那非常簡單，就是我受夠了而已。」小綠說著，是說給瓊安聽，同時也說給自己聽。這些放在她心中好多年的想法，都是她以前沒機會對瓊安說出口的，今天終於能夠一吐為快。

「受夠什麼？」瓊安問她。

「受夠了妳，更受夠了你們那種狗屁倒灶的相處模式。妳跟石毓翔之間，從來沒有真正對等的愛情。打從一開始，妳就耍了心機，用欲擒故縱的爛手段，對他若即若離；後來你們分隔兩地，妳要不要算一算，到底是妳跑來台北找他的次數比較多，還是他去中壢看妳的頻率比較高？我就是看不慣妳濫用他那份真心的樣子，妳懂得什麼叫作珍惜嗎？你們那算是愛情嗎？我呸！」

「我跟他算不算是對等的愛情，這個輪不到妳來評價！」瓊安也動怒了，她辯駁：「我難道沒去看過他嗎？我很少上台北，那是因為當時我的經濟狀況不允許。」

「鬼扯，一張電聯車的車票能花多少錢！妳敢說自己來看過他？請問一下，妳到底來過幾次？照我看來，用『屈指可數』這句話來形容妳上台北的次數都還算誇張吧？妳要不要去問問石毓翔，問問看嘛，看他這些年來最珍藏的寶貝是什麼？我告訴妳，那是一個爛鐵盒，但是鐵盒裡面裝滿了他每一趟去中壢看妳的來回車票票根，還有那雙畫著超醜圖案的破爛手套！那才叫作珍惜。」小綠生氣地說：「我就是受夠了妳那種驕矜的姿態，妳以為自己是誰，憑什麼要別人隨傳隨到？為了妳的夢想，知不知道石毓翔吃了多少苦頭？妳在英國嘆一口氣，台灣這邊就要為妳天翻地覆一次，妳覺得這樣很爽嗎？想出國那是妳自己的事耶，沒錢就死了這條心嘛，為什麼妳要接受他的資助？那個時候，妳敢肯定自己一定會愛他一輩子？如果不敢，那妳要怎麼彌補他為了成全妳的夢想所承受的那些苦？」

「什麼苦？是能有多苦？他也不過就是去打工而已。」被連番質問後，瓊安不怒反笑，只是笑得非常冷，「更何況上班的地方有李珮薰，下班回來還有妳，他可享受得很呢。」

「錯了。」小綠搖頭，她說：「剛開始的時候，他是在滷雅夜市的滷味攤子上班，工作的地方只有一堆臭男人，我也還沒跟他在一起。那時，他為了幫妳湊足旅費，把自己的積蓄都掏空了還不夠，才只好拚命打工；後來妳去追逐妳的夢想，留他在這裡，他擔心家人察覺帳戶有異，逼著自己不能放棄工作，所以我去跟同學借錢，先幫他填補錢坑。接著他出了車禍，連工作也丟了，一直等到他傷癒，才又到雞排店上班，而我可以明明白白地告訴妳，那時候李珮薰跟他絕對毫無瓜葛。」

「車禍？他為什麼車禍？」對小綠的敘述，瓊安其實沒有很認真聆聽，但當她聽到「車禍」二字時，卻忍不住揚起眉毛。

「哼，連這件事都不知道，妳居然還好意思以他的女友自居呢。」小綠鄙夷著，搖了搖頭，「就為了多賺那麼點工錢，他凌晨才下班，遇到別人酒駕，不但機車被撞爛，人也受傷住院。不管隔了再久，我都還記得一清二楚，他那時除了腳踝跟手肘骨折之外，急診室的醫生還幫他算過，說他全身上下，那些大大小小的擦傷一共有二十四處，其中又以左半邊的手腳最多。」

「有這種事？為什麼你們都不告訴我？」瓊安皺眉，關於石毓翔當年的那場大車禍，她確實是現在才得知。

「石毓翔不告訴妳，那是他怕妳擔心；我不告訴妳，那是因為我知道，當妳習慣了只從石毓翔身上獲得關心之後，根本就忘了他同樣也需要妳的付出，對一個不懂付出的人，我何必浪費口水？再說了，這陣子從妳回來之後，難道都沒注意到嗎？石毓翔左邊額頭上還有一道疤呢，那就是當年留下的，當時傷口縫了七針。」小綠搖頭嘆息：「姜瓊安，妳真的已經被仇恨完全遮蔽雙眼，什麼都看不見了嗎？」

「我不能接受妳的這種說法！什麼叫作怕我擔心？發生這些事的時候，他怎麼能夠不告訴我！」瓊安生氣地說。

「那是因為妳當年人在英國，整天在乎的只是自己能不能適應那邊的生活！妳不知道他受傷，當然更不知道他已經跛著腳，卻還想再跟我借錢，買張機票去英國看妳！」小綠的口氣嚴厲，「姜瓊安，拜託妳醒一醒，搶了妳的男人，固然是我有錯，是我辜負了我們之間的友情，但妳如果願意多分一點心思在石毓翔身上，妳就會知道，一個巴掌拍不響，別以為全世界都背叛妳、虧欠妳，地球不是以妳為圓心在運轉，也沒有誰非得只為了妳而活！」

「所以妳就搶了我的男人？妳只憑著這些微不足道的理由，就在我背後捅了一刀，搶了我的男人？」瓊安終於按耐不住，站起身來，大聲地責問小綠。

「我只是不想再成全你們這種不配稱之為愛情的愛情，更不想看著那個傻子愈陷愈深，如果妳可以操弄別人對妳的感情，我就有權利追求我想要的一份愛！」

我們飛翔著追求愛，卻忘了身在寒雪中，冰折羽翼。

從公司離開時，已經過了晚上九點半，會延宕這麼久，主要是為了等待兩張國外訂單回傳。土耳其，那是一個什麼樣的地方？瓊安心裡想像著，是不是整天都有艷陽高照？人們的臉孔五官深邃，但都戴著像穆斯林那樣的頭巾，甚至出門還牽著駱駝？又或者，土耳其人都像她去逛過的幾個夜市裡，販賣冰淇淋的那種外國人那樣，個性幽默而喜歡作弄別人？他們賣的那個不就是土耳其冰淇淋嗎？但是，土耳其有冰淇淋嗎？這些天馬行空的想像一直跟著瓊安，直到她終於收拾好東西，走出公司門口，踏進電梯為止。

她很想有朝一日去看看那些把訂單傳到她手中的國家，不是那些高度現代化的美國或英國，她更想去印度、孟加拉、泰國、阿根廷、墨西哥……還有土耳其之類。這家貿易公司進出口的貨物種類既多，貨品往來的國家也橫跨亞洲與美洲，甚至部分歐洲國家都有。當初來到這兒任職，她憑藉的就是比別人更優秀的語文能力，而主管對她深有好感的第二個原因，則是她在面試時就點頭答應了，只要公司有出差外派的需求，她都願意接受調遣。

至今，她已經去過了好幾個不同的國度，有些可能一去就長達數週，短則也有幾天，多虧了那些旅外經驗，讓她得以暫時忘卻台灣的一切，但可惜最近公司沒有新增業務，她也就沒機會再往外跑。當走出公司大樓，一口吸進台北渾濁的空氣時，她感到無奈。如果可以走得更遠一點，或許自己也可以更快樂一些，不用再在這烏煙瘴氣的城市裡，一直受困在那些揮之不去的夢魘中。

她想起那天晚上直奔醫院，母親對她滿懷怨恨的眼神，好像父親帶著遺憾死去，都是她一個人的責任似的，但醫生明明也說了，病人的死因是高處跌落所造成的嚴重內出血所致，無論她當時是否能夠及時趕回台中，那條性命終究還是保不住，況且，當時父親已經陷入昏迷，即便她能守在病床邊，父親又怎麼知道女兒已經趕回來了？

又或者這麼說吧，倘若那時在石毓翔的公寓，撞見的不是那一幕，以至於耽擱過多時間的話……還是說，若石毓翔依舊是那個只屬於她的石毓翔，他沒有受到別的女人影響，他們之間的感情沒有裂痕，石毓翔可以到機場跟她會合，陪著她一起跑台中……瓊安甚至想像過，如果能在父親臨終前，告訴他，說自己已經有一個適合託付終身的男朋友，說不定父親能夠在更安心的狀況下，嚥下他的最後一口氣。

但那一切都只是空想，時光不能倒流，發生過的一切無法重來，此時此刻的她，孤身站在台北街頭，面對滿城流光繁華，她穿著合身洋裝，身影像是一幅街邊很賞心悅目的風景，整體來說非常融洽，但其實內心滿懷格格不入的矛盾。當初她花了多少力氣，才終於能夠說服自己，鼓起勇氣，回到這個城市；在這兒，她得一邊展開新的人生，卻又得一邊跟過去的記憶互相抗衡，她恨台北，恨曾經在台北發生過的一切，無論它現在是台北縣或新北市，總之她就是恨著。

面對小綠那天的指控，或者石毓翔、李珮薰說過的一些話，瓊安不是沒有想過，但她真的只想跟全世界同歸於盡嗎？點了一根香菸，她長長地吐出細絲般的白色煙霧，在行人漸少的商辦大樓區，仰望那些燈火，連她也不曉得自己心裡究竟在想些什麼。那麼多人問過她到底還想怎麼樣，沒有一次她能真的回答出來，那是因為她真的沒有想要什麼，又或者說，無論她真能從這些人身上獲得什麼，也都彌補不了當年的痛，也再不可能讓她重新回到那年的那天夜裡，像用電腦播放一部影片那樣，滑鼠游標挪過去，左鍵再輕輕一點，就把時間點重新調整，並演出截然不同的新劇情。

所以她只能繼續呼吸這種空氣，唯有想起那些曾經不由分說，就將痛苦加諸在她身上的人們，她才能有堅持下去的動力；也唯有反覆地細細咀嚼傷口的痛楚滋味，她才能感覺自己還活著，更只有當看著石毓翔他們那些人都痛不欲生時，她才能稍微紓解一點壓抑多年的憤恨，至於這樣的人生是否有意義，或者快不快樂，她踩熄了菸，告訴自己，她已經管不了那麼多。

「居然還好意思找我，怎麼，那天還有話沒說完，是嗎？」在瓊安搭著捷運，準備回家的途中，忽然接到小綠傳來的訊息，於是她轉乘換線，前往約定的方向，剛走出捷運大安站，就看到小綠站在那兒等她。

「如果妳還想繼續發表那些關於妳對愛情的理念或主張，說真的，我實在沒有興趣聽。」瓊安搖頭，說：「別人不認識妳，或許還能被那些高談闊論給矇騙，認為妳真的是個為了追求真愛，不惜得罪全天下的偉人，但我認識妳夠久了，光看妳高中時代是怎麼釣魚的，我就完全無法接受妳那套教人噁心的說詞。」

「放心，我今天也不是來跟妳吵架的。」小綠的臉上沒有太多表情，也沒被瓊安那幾句話給激怒，她舉起一只小紙袋，說：「有一樣東西放在我這兒好多年，早就應該物歸原主了，我只是想要把它交給妳而已。」

「這條圍巾？」瓊安接過，拿出來一看，臉上有些疑惑。

「還記得那天嗎？妳叫我去幫妳鑑定鑑定，看看石毓翔適不適合妳。那天下著雨，而我去咖啡店時，就繫著這條圍巾。」小綠說：「這件事，石毓翔應該沒告訴過妳吧？」

「什麼事？」關於那天的記憶，瓊安已經想起來了，只是不曉得這條圍巾又與石毓翔有何關聯。

「在抵達咖啡店之前，我已經淋得全身濕，只好先在路邊躲雨。那時，跟我在同一個地方避雨的，還有另外一個男生，大概是看我淋得跟落湯雞一樣可憐，他把這條圍巾送給我，說是讓我擦擦雨水。後來去了咖啡店，我騙了妳，說選擇這條有桃紅色的圍巾，是我給自己的一次嘗試，這些妳都還記得嗎？」看著瓊安，小綠說：「那個跟我一起躲雨的，是當時我還不認識的石毓翔；而這條圍巾，其實是那天他本來打算用來跟妳告白的禮物。」

那當下，瓊安陷入了漫長的沉默之中，她完全沒想到，原來這條圍巾還可以牽扯出如此一段插曲，更不曉得，原來早在自己介紹他們認識之前，他們兩個人就已經存在著這樣的小祕密。一切都像預言似的，瓊安忽然笑了出來，這大概就是天意吧？老天開了一個大玩笑，玩了一個預言遊戲，這條圍巾象徵的，不就是她姜瓊安的愛情嗎？老天爺早就在冥冥中給了提示與警告，只可惜當年的她還太愚蠢，居然沒有看出來而已。

她手上握著圍巾，再抬頭看看小綠。桃紅色一直都是小綠最討厭的顏色，怎麼可能會買這種圍巾？石毓翔那時把她捧在掌心裡，那麼重視每一次碰面機會的人，又怎麼會忘了將準備已久的禮物帶來？怪只怪自己當時真的太天真，既相信了小綠，也相信了石毓翔，她放聲地笑，卻笑得很苦。

「東西交給妳了，就這樣。」小綠沒打算繼續多談，轉身就想離開。

「站住。」瓊安止住了笑聲，卻把小綠叫住，「妳沒話想說，我倒還有話要提醒妳。記得，不要把我跟石毓翔之間相處的問題拿來當成妳背叛我的藉口，任何理由都不能合理化妳所做的事。」又低頭看了那條圍巾一眼，瓊安不屑地說：「至於這條圍巾，它之於我已經沒有任何意義，妳留著自己當紀念還可以，要我接受？免談。」

瓊安的表情冷淡，她手一鬆，圍巾輕飄飄地落下，轉過身，直接就要走回捷運站。

「妳不肯放過別人，也不肯放過自己，究竟又能得到什麼？妳的人生難道真的只剩這些仇恨嗎？」背後傳來小綠叫住她的聲音。

「託妳的福，我的人生早就毀了。」最後又看了地上那條圍巾一眼，瓊安冷冷地說：「沒錯，妳是這一切悲劇的始作俑者，確實該有妳付出代價的機會；但如果是要還我一些什麼，我想那絕對不會只是一條破圍巾而已。無論是還得起的，或者還不起的，妳都是逃不掉的，只是遲早而已。」

終於我們之間什麼也不剩下，只除了虧欠與憎恨。

50

不曉得為什麼，她忽然感到一種徹底的悲傷與絕望。當回到租屋處，撲倒在一床本該帶給她溫暖與舒適的棉被上時，她感受到的卻是凜冽的寒冷。

那種感覺又回來了，就像剛跟石毓翔分手後的那幾年，她知道那種夢魘般的感覺又出現了。她想要掙扎起身，去拉開桌邊的小抽屜，那裡面有些藥物，吞服下去後，很快就可以幫她驅走這種不舒服的感覺，可是她抬不起手，挪不動腳，瓊安趴在她的床上，除了狂妄宣洩的眼淚之外，眼裡或心裡都只剩下無止盡的黑暗，她被那股黑暗所包覆，完全動彈不得，整個人像是正在往一個無底的深淵跌落，抓不住什麼，也伸不出手去抓。

她不知道自己為什麼要哭，但眼淚怎麼也止遏不了。黑暗中，她想起那天在咖啡店裡，三個人笑呀、鬧呀，玩得多麼開心，就算最後因為太過喧譁，大家都被店員給趕了出去也無所謂。那時的他們很單純，至少她曾經是這樣認為的，只是怎麼也沒想到，在那天的聚會之前，石毓翔跟小綠之間，就已經懷藏了一個不能對她說出口的祕密。

但那算是什麼祕密呢？瓊安知道，她一直都知道，石毓翔本來就是一個心軟的人，別說跟他一起避雨的是像小綠那樣漂亮又迷人的女孩了，即使對方只是一條濕淋淋的野狗，他大概也會二話不說就把禮物拆開，將圍巾送給那條狗。

但為什麼連這種事都要瞞著我呢？瓊安哭泣著，她用力扯緊被單，怎麼也無法接受，但不接受又能如何？如果那條圍巾就是一個讖語，象徵的是她的愛情，那麼後來的一切也果然都逐一應驗了，而更以後呢？小綠把圍巾還給她，那意味的，難道是她還有機會再得到自己曾經失落的愛情嗎？她在石毓翔的餅乾裡始終嚐不到的真心，是不是就藏在那條圍巾裡？於是乎她後悔了，那條圍巾，或許她不該丟棄的。

這該死的記憶畫面，怎能如此清晰地在腦海中反覆播放？瓊安的指甲已經掐進了自己掌心的肉，但劇痛絲毫無法中止回憶的倒映，就算她再努力想轉移注意力，可是那些畫面卻固執地一直都在，逼得她非得直視不可。

夜深之後，瓊安才從疲倦的睡夢中醒來。雖然點亮了燈，但她完全無法感到安心。紛雜的夢境裡出現了太多人，她夢到死去的父親，父親一語不發，卻滿臉怨怒地瞪視著她，她又夢到石毓翔，但石毓翔手挽著另一個女孩，背對著她慢慢走遠，無論她多麼大聲叫喚，怎麼也喚不回來，她看不清楚那個跟石毓翔走在一起的人到底是誰，只知道自己身處在一個充滿西式舊房舍的環境中，冰天雪地，凍得她徹骨生寒，而最後她哭泣著在雪地上爬行，終於爬進了一幢老舊的木屋，可是門開處，卻看見一個吊死的女人，她不知道那女子是誰，但光線暗淡的木屋裡，她偏偏又能一眼看得出來，那個吊死女人的脖子上，繫的就是那條桃紅與白色相間的針織圍巾。

她大口喘氣，滿屋子瀰漫的都是恐懼感，急忙縮身到被子裡，明明是接近夏天的季節，依舊還感到渾身寒意。她忽然驚覺，自己身邊居然什麼都不剩下了，當幾番惡夢之後，她空自擁有這一屋子的一切，但這全都是些毫無生命質感的東西。昂貴的衣服或首飾並不能為她帶來任何安全感，名牌物事只能博得同事們豔羨的眼光，卻溫暖或充實不了她空虛的內心，她是只有自己一個人的，不像小綠或石毓翔他們那樣，他們成為自己的一國，卻把她孤立在這個絕境中。

那瞬間，她從孤絕的深淵裡，彷彿窺見了遠方一點火光，但那道火光來得好快，轉眼竄到她身邊，並且裹住了她的雙腿，然後蔓延全身。瓊安不覺得熱燙，也沒有被溫暖，卻只感覺到心裡忽然膨脹著滿滿的恨。是了，就是這種感覺，當她每次一想到，自己被禁錮在黑暗的深淵裡，只能看著石毓翔跟他那一國的一群人時，她望著那些袖手旁觀，任由她受苦受難的人，遠方就會忽然竄來一陣火苗，熾烈的火焰中沒有溫度，只有飽滿的恨意，而她正是仰賴著呼吸恨意，才一路挺了過來，從美國回到台灣。

在那陣壓迫感中，瓊安幾乎無法呼吸，她每次都只能等待，等著這種窒息的感覺慢慢消褪，然後才有餘力可以掙扎起來，幫自己找到藥物。過了很久一段時間，她努力喘著氣，好不容易終於慢慢地又能控制自己的手腳了，瓊安伸出手，在被子外面抓到手機，原本她只是想傳個簡訊給公司的主管，想要明天請個病假，不料居然有一封石毓翔的訊息，問她：「明天下班後，能不能見個面？」

望著那寥寥幾個字，又傻傻地看了半天，最後她哭了出來，但這回卻是近乎崩潰地哭泣了，緊抓著手機，她為這世上還有最後一個人願意聯絡她而感動，可是那又怎麼樣呢？這個最能暖她心的人，偏偏也是那個傷害她最深的人，她滿腦子只想報復，只想為自己討個公道，可是當別人問她究竟還想怎樣時，她卻連一個求償的方式都想不出來。

「我只想要你再給我一個擁抱而已。」哭著，瓊安對著手機說：「我只是很想很想，很想再跟以前一樣，吃一口你烤的餅乾而已，這樣的要求很困難嗎？我只想要你還是我的石毓翔，這樣就好……可以嗎？我不想再這樣孤伶伶的一個人了，不要丟下我，好不好……其他的，我真的可以什麼都不要，我真的都不要……」

她知道自己想要的其實不多，只是不曉得還能向誰索要，這世界，這一晚沒人聽見她的哭聲。

踩碎滿地別人的心，流的原來也只是自己的血。

那一夜的眼淚始終沒有停過，哭腫了雙眼的她，第二天果然只能請假，但在台北根本無處可去，最後只能挨到快中午左右，又走進她常去的那家髮型沙龍店。

在那兒窮耗了半天，傍晚後，依照約定，瓊安帶著她又一次嶄新的髮型與髮色，來到「Sherry & Peter」附近，她打了一通電話給石毓翔。

「除了墨鏡有點突兀之外，老實說，我覺得妳現在的樣子更好看。」第一眼，石毓翔就稱讚她的新造型。

「但這明明只是以前的樣子。」瓊安摘下墨鏡，撥了一下頭髮。她只是把顏色又染黑，也將頭髮燙直，回復成最初的姜瓊安而已。

「可是就是好看，也適合妳。」石毓翔走近一步，問她：「但妳眼睛有點腫，沒事吧？」

「只是沒睡好。」她淡淡一笑，不想談及自己紅腫的眼睛，轉個話題問：「你應該還在上班吧？不要耽擱太多時間比較好。怎麼會忽然找我，是不是小綠又跟你說什麼了？」

「她是打過電話給我，也說了妳們這兩次碰面的事。」沉吟了一下，石毓翔臉上帶著憂鬱，問她：「瓊安哪，妳這樣逼著她，又能奢望得到什麼嗎？放過她吧，好嗎？」

「不好意思，你要搞清楚一件事喔，我跟她每次碰面，那都是她先約我，可不是我約她。」一提到小綠，一聽到石毓翔為她求情，瓊安方才的雍容氣度就消失了，取而代之的，是略帶點不屑的語氣，她搖搖頭，撇清說：「至於所謂的得到與償還，那也是她自己提的，跟我沒有關係，我本來可沒打算把帳算到她頭上去，是她自己跳進來，一下子要替你出頭討公道，一下子又說要還我什麼，那都是她自己的意思，不可以把帳賴到我頭上來。」

看著眼前這女子一副事不關己的模樣，石毓翔皺著眉頭，只覺得瓊安這種忽喜忽怒的轉變讓他實在難以捉摸。眼前的瓊安，臉上看似平和，心情好像也不錯，彷彿早已忘了兩個人上次不歡而散的結局，但他不敢掉以輕心，畢竟，以前的瓊安總是和顏悅色，跟現在翻臉快於翻書的神經質簡直判若兩人，今天再約見面，他不想那麼快又把局面弄僵。

一起走到店外頭旁邊的路口綠地，傍晚時分，路上車水馬龍，行人匆匆，但那些好像都與他們無關，石毓翔點著一根香菸，瓊安則在路邊的椅子坐下。

「對了，那些傷都沒留下後遺症吧？」忽然開了一個新話題，瓊安指指他的額頭。

「小綠說了？」

「那麼嚴重的事，為什麼當初你不告訴我？」

「我說過了，捨不得妳擔心。」石毓翔搖頭，說：「反正也只是小車禍，沒有多嚴重啦。」

「差點連命都沒了，還說是小車禍？」

「要去打工，那是我自己的決定，因為打工而受傷，那也只能說是不走運，被別人酒駕給撞了而已。比起這些皮肉小傷，那時候我更在乎的，是妳人在英國過得開不開心。」

「你曾經那麼在乎我的日子是否開心，但何其荒謬哪，你後來卻選擇了一個最讓我無法開心的方式，來為我們之間畫下句點。」瓊安嘆口氣，想起昨晚那種讓她難以負荷的恐慌感，也想起昨晚流不盡的眼淚，她跟石毓翔要了一根香菸，但點著後只抽了兩口，像是用來安撫跟鎮定情緒，吐出白煙後，她問：「如果我現在告訴你，所有的一切，我都可以放下，不再計較當年誰虧欠誰，不再找誰的麻煩，也不再跟自己過不去，你會覺得高興嗎？」

「雖然我不知道妳為什麼會忽然這麼決定，但我可以肯定地告訴妳，我一定會很高興。」石毓翔點頭，「但不是因為我自己，而是為了妳終於可以有自己的新生活而高興。」

「但如果我告訴你，要放下這一切，我還有一個條件，你會接受嗎？」

「只要我能做到的話。」

「很簡單，我只希望你繼續出現在那個新生活中。」瓊安站起身來，輕撫石毓翔的臉頰，眼中流露出疼惜的目光，認真地看著那些他額頭上、手臂上都還留著的舊傷疤痕，說：「我的恨，你的苦，可以全都一筆勾消，沒有關係。只要你答應我，從此不再離開我。」

「瓊安……」石毓翔皺眉，說：「妳是不是誤會了我的意思？」

「那個小鐵盒，你還留著嗎？」瓊安忽然轉了個話題。

「什麼？」

「裝著一堆火車票根以及那雙舊手套的小鐵盒，還在嗎？小綠告訴過我，她說那是你最重視，也最珍藏的東西。」她說：「這麼多年過去，也搬了好幾次地方，我想知道，那個鐵盒是不是還依然讓你珍而重之地收藏著。」

「一直都在，不管搬到哪裡，我都會帶著走。」石毓翔點頭，「對我來說，那是無可取代的寶物。」

「既然這樣，那不是很荒謬嗎？鐵盒裡裝著的都是我們的過去，而現在我人就在這裡，你卻寧可繼續守護那份回憶，卻不願意把握當下？我是認真的。現在站在你面前的姜瓊安，她真的已經什麼都不是了，不是以前那個動不動就需要你來照顧的小公主，也不用你傾家蕩產，甚至危及生命去呵護。我們可以處在對等的高度，我有能力守護你，你也可以繼續陪伴我，不好嗎？」語氣輕柔，她說：「我真的好累了，除了你，我已經什麼都不想要了。」

「但這不是我所希望的，妳……」石毓翔忘了，本來他還提醒自己，應該要小心翼翼地說話才對，但現在的他語氣急切，說：「妳難道還不懂嗎？我們誰都一樣，既折磨了別人，也折磨著自己，早就沒有人是完整的靈魂了，我們還怎麼再在一起？我只是希望妳能……」

最後一句話沒有講完，瓊安忽然伸出手來，狠狠甩了他一個耳光。

扯碎的音符無法拼出新的詩歌，一如執著的心望不見更多風景。

小公園裡那一巴掌打得非常響亮，石毓翔耳裡嗡嗡作響，一震暈眩，差點站不住腳，幾乎就要跌倒在地。他萬萬沒有料到，瓊安會忽然動手，而且打得毫不留情。石毓翔睜著錯愕的雙眼，剛剛的話也沒能說完，臉頰一陣熱辣疼痛，他訝異地望著瓊安。

「你不肯，你猶豫，你不相信我，是嗎？」瓊安憤怒地說：「口口聲聲都說是為我好，但我要的就只是這麼一點點，你卻又不肯答應。那些冠冕堂皇的話，只怕你也是說得言不由衷吧？怎麼樣，難道還是為了小綠嗎？你還想著要怎麼打發我，就像當年硬要塞錢給我，把我踢到英國去，好讓你們逍遙過日子那樣，是嗎！」

「妳瘋了嗎？知不知道自己在說什麼？」

「我只知道你到現在還在騙我！」瓊安呼吸急促，拿出手機，「我現在就打電話給她，大家當面把話說清楚，是或不是，一句話說了就算，不必一直演戲給彼此看！」

她的音量大了些，而這塊綠地又狹小，根本連公園都稱不上，行人不斷經過，開始有些好事者注意到，有些人假裝沒事，快步離開；有些人則毫不客氣地停了下來，還一派看戲的模樣，等著這對男女接下來的發展。

石毓翔背靠著綠地邊的紅磚矮牆，這角落被設計得很有復古風味，不但模擬了舊式三合院的牆面，甚至還有幾面雕花玻璃窗。之前石毓翔曾路過幾次，都覺得景致非常好看，還想說有機會要過來這邊走走，沒想到今天初次造訪，他就撞在牆上，手肘還碰裂了一大塊玻璃。

往前踏出一步，腳踩著碎玻璃，發出清脆的迸裂聲，他厲聲問瓊安：「我們所有人付出的代價難道還不夠嗎？」

「當然不夠！」瓊安也不甘示弱，但她能放大的只有音量，可是嚷出來的卻是淒厲的哭喊，「你不知道我這幾年過的是什麼日子！你不知道我多麼害怕半夜醒來，無論睜開眼或閉上眼，我永遠擺脫不掉那一幕最難堪的畫面，我逃也逃了，躲也躲了，看過多少醫生，吃了多少的藥，但是半點效果也沒有，你知道醫生說什麼？他說我這叫作心病，叫作障礙！你們聯手在我的人生道路上，築起一道我永遠無法跨越的牆，把我從此禁錮，關了多少年，而今天你還有臉問我代價夠不夠？該付出代價的人是你、是你們，不是我！」

望著涕泗縱橫的瓊安，石毓翔只覺得心痛不已，椎心的感覺早已掩蓋過剛才那一巴掌。他幾乎是下意識地向前伸出手來，想要給瓊安一個擁抱。

「不要碰我！」瓊安尖叫了一聲，用力一推，反而把重心不穩的石毓翔給推倒。

那瞬間，石毓翔不敢再動，他坐在散落碎玻璃的草地上，強忍著難過與不捨，只能旁觀瓊安的眼淚不斷往下流過，滴在她腳下的細草葉上。眼前的女孩已經不再是當年文靜靈巧的她，瓊安低著頭，曲縮著顫抖的身子，大口喘氣，圓睜的雙眼流露出歇斯底里的驚慌與暴怒。

「姜瓊安妳鬧夠了沒？」突然，一個聲音從旁邊傳來。

一見到她，石毓翔的眉頭皺得更緊，他沒想到小綠會在這當下出現，而現在絕對不是能夠讓她跟瓊安對話的時候。

「你沒事吧？」伸手拉起石毓翔，小綠轉頭又面對瓊安，「不管妳想怎麼瘋怎麼鬧都可以，但最好別牽連無辜，妳差點整死一個李珮薰已經夠了，現在可以放過石毓翔了吧？」

「關妳什麼事？妳憑什麼跑到這兒來指手畫腳？或者說，妳這麼急著跑來，是想看看我有沒有被石毓翔給打發掉，是嗎？」瓊安方才暴衝的情緒忽然一斂，反而冷笑起來，說：「林小綠，妳會不會太心急了點？」

「當年介入你們之間的人是我。如果要追根究柢，妳那一巴掌應該要打在我臉上才對吧？」

聽到這句話，石毓翔愣了一下，他沒想到剛剛那陣騷動已經被小綠看見，正想說點什麼，卻看見小綠忽然彎腰，從地上撿起一片尖銳的碎玻璃。

「本來我還以為自己能再找個機會，跟妳心平氣和地好好談談，但看來是不可能了。我現在只想對妳說，甚至是求妳也行，拜託一下，大家不要再牽扯下去了好不好？放過每一個人，也放過妳自己吧。我們曾經是最好的朋友，發過誓要一輩子不離不棄，我知道，由我親手主導的這齣悲劇，帶給妳很大的打擊跟傷害，如果說妳的一生是我毀掉的，那也並不為過……」小綠往前走一步，卻又停了下來，「那天妳離開之後，我真的想了很久。確實，我背叛了我們之間的友情，也奪走了屬於妳的愛情，那些都是我虧欠妳的。」

「所以呢？妳想怎麼樣？」瓊安眼裡滿是警戒，她盯著小綠手中的碎玻璃。

「那天妳不要的東西，我還是撿回來了，心裡在想，或許還可以最後一次再試試看，希望能夠盡力說服妳收下，但是現在……」小綠的語氣如死灰，她看了石毓翔一眼，目光中滿是哀戚，回過頭來，舉起只穿著短袖上衣時所露出的光潔手腕，「那些還得起的、還不起的，我現在都還妳了，咱們就算一了百了。」

說著，小綠手中的玻璃用力劃下，只是鋒銳的邊緣才擦到她的皮膚，卻被石毓翔一把扯住。

「如果要作戲的話，你們最好敬業點，別把我當三歲小孩……」玻璃在小綠的手腕上只擦出一條細微血痕，瓊安冷笑一聲，但她一句話沒說完，卻看見石毓翔雖然用左手拉著小綠的肩膀，右手掌卻抓住了那片玻璃，有血滴正從掌緣涔涔落下，顯然已經被割破了手心。

「曾經，我以為逃避就是最好的解決方式，沒想到反而讓妳受了更多的苦，對不起，瓊安。」石毓翔奪過那片玻璃，站在小綠與瓊安之間，「我從來不知道，為了我，為了我們的事，妳竟然難受得需要依靠醫生，只能仰賴藥物；而我或許也能猜想得到，那些藥物之所以沒效，是因為真正能治癒妳心裡的傷的人，只有我而已，對吧？如果這世上真的有誰虧欠了妳，那只會是我；如果有人該用最嚴厲的方式來付出代價，那也只會是我。」說完，他朝自己手腕劃了下去，尖銳玻璃切開皮膚，劃斷的傷口先是露出肌肉，跟著冒出鮮紅，血流如注的瞬間，瓊安跟小綠都驚詫錯愕，她們不約而同搶上前來，想護住石毓翔手上的傷。

「那天小薰跟我說了幾句話，但我始終懷疑，不曉得她說的究竟對或不對。」右手按壓著傷口，但鮮血依舊從指縫間不斷迸出，石毓翔的雙手很快就沾滿鮮血，連上衣的前襟也染得殷紅整片，但他絲毫不以為意，輕輕挪開小綠攀過來的手，他雙眼直視瓊安，問她：「小薰曾經說過，或許妳還是愛我的，因為愛，所以才有恨。是嗎？」

「你還說這些做什麼？」瓊安急得哭了，急忙轉頭叫小綠：「還不幫忙送他去醫院！」

「但我想知道答案。」石毓翔不肯挪動腳步，任憑傷口開始劇痛，他顫抖著聲音問：「倘若這就是妳要我付出的，那我已經做到了，可是我不懂，我想知道小薰說的是對還錯。我可以連命都不要，只為了一個自己最深愛、但也最虧欠的人，從前我可以，現在我依舊可以，可是，在我們全都扯平之後，瓊安，我想問妳，妳還愛我嗎？如果愛，為什麼那麼多年之後，妳卻把愛寫成了恨？為什麼妳寧可折磨所有人，也折磨妳自己？為什麼妳要用這種方式愛我？」

「你還希望我愛你嗎？」哭泣著，瓊安問他。

「希望。」石毓翔臉色蒼白，點頭說：「如果妳能捨得下過去的一切。」

所有瘋狂的，崩潰的，以及仇怨的風暴，在那瞬間冰消，瓊安眼裡只剩下當年的柔和，與歷盡煎熬後的悲傷，她流下清澈的眼淚，說：「我愛你。」

當血與淚洗淨傷口後，我們還有愛。

歲月是一道涓然而細緩的河水，太多故事它帶不走；
日復一日沉積擺渡者的故事。
蹣跚的旅人於此擱淺，那時將有落葉繽紛，而回首時有颯爽微風被應許。
我們掬不起凜冽河水，卻輕嚐一口慈悲，
才領悟入喉的淚，還有甜的滋味。

53

曾經，我以為只要逃得夠遠，就能將所有糾纏於心的夢魘全都拋諸腦後；曾經，我以為只要再愛上另一個人，或許也就足以斷絕那些對你的牽掛。

那當年，我曾經是這樣以為的。

我不想隱瞞你，只是見了面卻從來也說不出口。那時，在美國，我已經結婚了，對象是一個華裔的移民第二代。但我知道，我從來都不愛他，儘管從他向我告白的那一刻起，一直到最後，他都願意等待，願意給我時間，而我也始終認為，只要回到台灣，多花點心思，讓自己跟過去做個徹底了斷，也許就能夠再回美國，接受另一個人所願意給我的，最真心的愛。

所以當你們每個人都問我，究竟這麼苦苦相逼，為的是什麼時，我心裡也充滿了問號，到底想從你們身上索求些什麼？或者，還能求得些什麼？

後來我懂了，原來我不是想報復，一而再、再而三地將我們所有人全都深深傷害過後，我終於明白，那些對你們加諸的一切，終究免不了要反噬在我自己身上，而當包覆全身的重重外殼都剝離後，最後我所遇見的，原來只是一抹卑微而蒼白的靈魂——我用同歸於盡的方式，最終所證明的，只是這個靈魂原來還渴望愛，而那份愛只有你能給得起。

回台灣的這段時間，那個人還在等我，只可惜等到盡頭，我帶回去給他的，卻是一個令人悲傷的答案。在簽字離婚時，他問我是否已經想通了些什麼，他說我不再像過去那樣陰鬱，那個鬱鬱寡歡的姜瓊安曾經很吸引他，可是這趟回美國，他再見到的，已經是止水般沒有起伏的我，他說我的樣子看起來，像是漫長的陰雨綿綿結束後，雨歇雲淡，彷彿隨時將有陽光要探頭的模樣，雖然看似可喜，但他更感到沮喪，畢竟好長一段時間，他都希望帶我見到陽光，然而最後讓我甦醒的，卻依舊是台灣那邊的你。

我知道自己無法愛他，因為已經試過很多次，無論是在心靈或身體上，我都不由自主地抗拒著。許多他對我的好，全在連我自己都訝異的情緒波折中被推翻，上一秒我仍在為他的付出而感動，下一秒不知怎的，我竟然崩潰般地神經質，瞬間瓦解他苦心經營的浪漫溫馨；有時我們因為性慾而衝動，熱情擁吻與愛撫，但同時我又矛盾地畏懼著他的身體，無法讓他真正占有。

醫生說過，這是一種心理障礙，是一種疾病。他們給我藥物，提供諮詢，但絲毫不能改善狀況。是他建議我回台灣的，他的想法跟你一樣，他說也許化學合成的藥物不能醫治我的心理疾病，唯有回到那個種下心結的地方，把困死在結中的心給釋放了，才有痊癒的機會。

那時我問他，倘若心結解開後，我卻選擇與他分開，那怎麼辦？而他告訴我，即便如此，那或許也是上天的安排，他說，上帝引導著人生的方向，必定有其意旨所在，在人們應該相遇時，於是相遇；在人們應該分別時，於是分別，無論相遇或分別，祝福是我們唯一該做的事。

我其實並不曾真正領受過上帝的教誨，但我相信緣分。因為緣分的牽絆，才讓我終於又回到台灣，更因為這份牽絆實在太深，我才在幾番按耐後，忍不住又找上了你。但我從沒想過，相隔多年後，那個姜瓊安已經變得如此陌生，如此令人畏懼，當我照著鏡子時，看著倒映出來的這張臉，無論是否上妝，她都是一個陌生的容顏，而當我亟欲重新找回過去的自己時，往往也是夢魘又糾纏上來的時候。

彷彿困在一個無法脫身的幽閉空間裡，我不斷自問，這是地獄嗎？是人心最底層的黑暗了嗎？究竟是誰將我推入這樣的深淵中？我好多次、好多次，在夢魘中驚醒，醒來時臉上有滿滿的眼淚，心裡充滿驚惶與憎恨。夢魘本身並不是最恐怖的，真正恐怖的，是那個將我推入夢魘中的人，竟然是當初曾經帶領我沐浴光明中的人，所以我才會如此怨恨著，怨恨你，怨恨你身邊的一切，我曾經在黑暗中詛咒，以墮落在無間地獄中，永世不得超生的卑賤靈魂詛咒，詛咒你此生要再度遇見一次摯真的愛，並從愛中體會心死的無比荒蕪。

那是我回台灣後，病得最重的時候，也是我最恨你的時候，那時你的世界已然傾覆，原本的平靜生活被我徹底破壞，你與你身邊所有的人，只能呼吸在愁雲慘霧間，我那時好得意，以為自己總算可以從你的悲慘裡獲得真正的快樂，卻沒有料到，預想中的快樂最後沒有出現，當我看著你痛苦不堪時，我竟也跟著心如刀割，像被劇烈撕扯、凌遲般，於是我只好加重力道，繼續更狠心地傷害你，我以為，或許最後我終能得到一絲快感，再不，我們也能夠在同歸於盡的煙塵中從此消滅彼此。

只是我沒料到，那一天會發生那樣的事。

當你用鮮血洗淨了你以為的罪，卻同時也給予我一種救贖般的釋放，我不在你殷紅的血泊中醒來，卻為了最後一個你問我的問題而震懾。原來，無可救藥的恨意，只是因為還有愛。

我還愛你，只是我不明白，怎麼最後我是這樣愛著你的；我還愛你，可是我不能確定自己還能不能鼓起勇氣，認真再愛你一回。所以，或許我是因為妒忌吧，我妒忌你的生活，你怎麼配擁有這麼平靜的人生呢？你根本就不配再擁有夢想了呀，你像一個驅魔的法師，而我像一隻被你打得墮入地獄的惡鬼，但我們曾經如此相愛，你怎麼可以看起來像是毫髮無傷的樣子，卻依舊用雙手操弄著各種充滿新鮮香氣的烘焙魔法，一邊繼續若無其事地生活著，又一邊眼睜睜看著我愈陷愈深，終至無可自拔？

然後我在那一刻醒來，當你問我，為什麼要用這種方式愛你時，我聽見自己靈魂的吶喊，聽見靈魂的呻吟，聽見靈魂的哭泣，之所以用這種方式愛你，原來，我只是怕你真的不愛我了。還有挽回的餘地嗎？當你說願意用自己的生命和鮮血洗去所有的罪，那時，我們就真能將所有複雜的糾葛都放下，將一切難以釐清的虧欠與超載全都歸零嗎？我真的不知道。

所以我回美國了，我告訴他，一切到此為止。即使我還不能確定，究竟無法計算的那些恩怨是否都已終結，但我必須停止，必須回到最初的原點，因為夢魘已經消褪，因為你已經告訴我那個我最想知道的答案。

你還希望我愛你嗎？如果我真的已經放下一切。

那天，你眼裡有些疑惑不解，是否你也覺得那雙手套有些眼熟？小綠還有當年在巧藝社訓練出來的好本領，她拆了圍巾，卻又重織成一雙手套。在醫院時，她告訴我，如果一條圍巾象徵的是人們在感情上的彼此圈禁，那麼，她希望能夠賦予那雙手套新的意義，她說，但願我們都能在傷得最深最痛之後，學會保護自己，也保護所愛的人。

一條本來應該交到我手中，卻繫在她身上的圍巾，多年後以一雙手套的形式，重新歸屬於我，我不知道那是否還能算是物歸原主，但我在想，或許比起圍巾，這雙手套會如小綠所說，將是更符合我的需要。

當年，我在行囊中裝滿痛楚，踏上美國的土地；今天，我孑然一身地回台灣，沒有行李，沒有包袱，只有一紙離婚證書，與它作伴的，還有一條當年你送我的手鍊，這兩樣東西，分別藏在那雙手套的左右手中，就收在我的大衣口袋裡，但它們很輕，輕得幾乎毫無重量感。

在愛與痛的邊緣走過一回後，我只想回到故鄉，回到最初的起點，儘管無法確定等在那兒的會是什麼，但我想，或許在那些無謂的計較與盲目的報復之後，我該重新學習的，是如何在當初跌倒的地方，再一次勇敢站起來。

於是這一趟飛行，我就不帶任何醫生開立的處方或藥物了，對一個宛如新生的人來說，那些已經顯得多餘。謝謝你讓我明白，儘管我們誰也無法逃躲青春歲月中，因愛情而刻畫於生命的傷痕，但也唯有傷痕，能證明自己曾瘋狂愛過。只要勇敢愛過，就已值得驕傲，曾經的傷，也終於無傷。

愛過，就值得驕傲；傷，也就無傷。

「抹茶跟香草全都賣完囉，咖啡也只剩兩份，怎麼樣，您老人家是不打算賺錢了是嗎？」倚在廚房門口，一派輕鬆的模樣，李珮薰雙手交叉在胸前，幸災樂禍地說：「嫌錢多，懶得賺的話也沒關係唷，大不了我去批發市場，隨便買一點回來湊數也無所謂，反正客人未必吃得出餅乾的好壞。」

「妳他媽的有時間說風涼話，為什麼不快點進來幫忙？」石毓翔只回頭罵了兩句，一聽到大烤箱發出「噹」的聲響，立刻又把視線移過去，他小心翼翼地掀開玻璃蓋，濃郁的餅乾香氣瞬間瀰漫，戴著連指手套，他端出來之後，自己先拿一片放到嘴邊，咬下一小口來嚐嚐味道。

「欸，這種試吃的工作我可以勝任，這個我來。」李珮薰這時才願意邁開腳步，走進廚房。

「試吃個屁，妳想吃的話，一份手工餅乾是八十元，麻煩外面結帳，現在給我滾遠點，別妨礙老子幹活。」石毓翔虛踹一腳，把她踢開。

「自己動作慢，還敢怪別人礙手礙腳？」李珮薰哼了一聲，說：「不曉得是哪個豬腦袋，擦洗完烤箱之後，連插頭都忘了要插回去，還不經老娘許可，隨便跑出去跟客人聊天，結果白白浪費半個多小時，小熊麵皮還是小熊麵皮，半點餅乾的樣子也沒出現。」

懶得囉嗦，石毓翔只瞪了一眼，他叫小藍進來端餅乾的同時，也問她：「那個混蛋呢？走了沒？」

眼看小藍搖頭，石毓翔只能無奈苦笑。今天剛開店不到十五分鐘，高中跟他一起混社團的阿斑就來了，而且還攜家帶眷，搞得整家店亂哄哄。若不是陪著他們一家子瞎聊天，他現在也不用這麼手忙腳亂。

「怎麼樣，你的手累不累？需不需要休息？還是要老娘為你手沖一杯咖啡來提提神？這批坦尚尼亞豆還不錯喔，一杯咖啡換你一碟餅乾好不好？」

「免了。」打發小藍出去後，石毓翔甩了甩手，他說傷口的恢復情形還不錯，現在倒也沒什麼大礙。

「這句話我老早想問你了，到底有沒有這麼激動，需要把自己搞成這樣？知不知道你受這種傷，會連累我們店裡沒有餅乾可賣？」李珮薰故意鄙夷地說：「都幾十歲人了，你以為還是毛頭小子嗎？動不動就往自己身上捅幾下，有很威風嗎？我看也沒有嘛，最後還不是得乖乖跑醫院，還縫了好幾針。」

「妳懂個屁呀。」石毓翔說：「有時間在那兒廢話，拜託妳不如幫幫忙，看到妳腳邊那兩包麵粉沒有？幫我搬過來啦。」

「想都別想。」李珮薰哈哈一笑，又問他拆線之後，這段時間到底有沒有好好復健，會不會留下什麼後遺症。

「放心吧，一點小傷而已。」石毓翔看看手上還很新鮮的傷疤，說：「比起這些會見血的傷，有些無形的傷口，只怕更難痊癒。」

「你是說她，或者她們嗎？」李珮薰問他：「所以呢？這好一段時間沒消沒息，也不知道結果怎麼樣，她們還好嗎？那些隱形的傷可都痊癒了？」

「會的，我相信她們都會好起來的，就像瓊安說的：『只要勇敢愛過，就已值得驕傲，曾經的傷，也終於無傷。』這本來就是一個無傷時代，不是嗎？」

李珮薰笑著，搖搖頭，也就走出廚房了，不過在她離開前，另一台烤箱也剛好發出「噹」響，她立刻衝了過去，搶到一片巧克力口味的餅乾，只是貪吃得急，反而被燙了一下。

淡淡一笑，石毓翔也就由得她去了。這陣子傷口復原情況良好，手腕慢慢使得上力，麵糰也揉得很順手。今天被阿斑他們一家子耽擱了不少時間，那個王八蛋還說馬上要打電話把以前同社團的朋友都約來敘舊，嚇得石毓翔急忙阻止，但聊天時他也忽然想起，自己高中時還嘗試過，想添加各種不同口味的元素來創造餅乾的新口感。這念頭好久沒有過了，他心裡在想，或許下午可以去一趟菜市場，再不然買點水果也可以，他在思考著果香與餅乾的可能性，甚至蜜餞風味也行。

一邊想，他一邊整理手邊環境，又費了點時間，那些被阿斑拖延的進度終於也慢慢趕了上來。趁著休息時，他走到防火巷抽菸。當煙霧冉冉而升，想起瓊安寫給他的那封信。

寫信時，妳正要回台灣不是？那為什麼都過了好一段時間，妳卻半點消息也沒有呢？石毓翔不敢撥打瓊安的電話，他知道，之所以沒有聯絡，瓊安一定有她自己的理由，或許儘管已經走出了陰霾，但多多少少也還需要一點平復的空間，他怕自己貿然主動聯繫，反而又讓瓊安不開心。

這些日子裡，他偶爾會跟小綠碰面，像老朋友一樣，也許一起吃個飯，或者就在店裡喝杯咖啡，他知道小綠現在很好，那就已經足夠。李珮薰問過，問他為什麼不跟小綠再在一起，但是石毓翔搖頭，他說：「我們當初本來就不應該在一起的，現在好不容易又能像朋友一樣，為什麼要破壞這種情誼呢？」

「是真的想珍惜這種友情呢？還是你那裡已經又滿了？」李珮薰意有所指，朝著石毓翔的心口比了比。那時，他沒有正面回應，只是笑而不答。

又滿了嗎？石毓翔自己也不知道。瓊安如果能夠放下一切，重新過著無傷無痛，既沒有怨恨也沒有煎熬的日子，他就已經心滿意足，其他的，他不敢多想，也不願多想。

一根菸抽完，他猶豫了片刻，又拿出第二根香菸。反正出去外面，也是跟阿斑他們閒聊，與其聊著聊著又忘了時間，他寧可抽完第二根菸之後，回頭繼續揉麵糰算了。心裡這麼想著，手中也從口袋掏出打火機，但這根菸來不及點，小藍忽然也冒出來，說又有訪客。

「訪客？哪來那麼多他媽的訪客，我什麼時候變得這麼高人氣了？」石毓翔皺眉頭，心想該不會阿斑真的把哪個社團老友給找來了，這下一耽擱，不知道又要浪費多少時間。

一邊想著，他把香菸塞回菸盒裡，穿過小門，走過廚房，推開木門，結果剛剛阿斑他們一家人所占據的座位，現在已經空空如也。

納悶著，石毓翔轉頭，吧台裡也空無一人，李珮薰不曉得溜到哪裡摸魚去了，倒是洗手間的門忽然被推開，一個女子走了出來，她手上沾了水，輕微晃動了兩下。在她擺手時，石毓翔看見她手腕上有銀光閃爍。

我們都勇敢愛過，才活在無傷時代裡。

【全文完】

後記

敬每個終於無傷的人

一切都順利的話，這會是我出版的第四十本小說，四十本小說對一個普通身高的人來說，大概可以堆疊到起碼腰際以上的高度了吧？我這樣猜想著。

最近經常看到許多前輩們在臉書上聊著屬於他們每個人的「作家的日常」，而我在想，對我而言，我的日常就是拔河而已，我總是在「該寫作」與「抗拒寫作」之間一直矛盾，這種情形在書寫「無傷時代」時特別嚴重。

該寫，那是因為這本就是我的生活、我的工作；但是抗拒寫作的原因可就多了。首先，是我有一個模擬角色生活與心境的習慣，本來想寫什麼人物，作者便有義務要了解那個角色的一切，當然也應該設身處地，站在人物的角度來感受他們的感受。這種做法說起來簡單，但當寫了四十個長篇故事（還沒把沒出版的那些都算進去）之後，你會發現，除了自己的真實人生，你其實也等於多活了四十次。

你們知道那是一種多要命的感覺嗎？我願意隨首刷的每一本書，附贈一根我的白頭髮，以及踏上寫作這條路之前，滿頭黑髮的青春豔照一張，以提供你們進行比對，來證明自己所言不假。

除此之外，在這個故事中，讓我格外抗拒寫作的另一個原因，自然就跟它的故事走向有關。我是一個相當不喜歡悲苦情節的人，總認為生活在這時代，人人心裡早都裝滿了許多知而不能言語的苦難，我們幹嘛不想辦法讓自己開心點，至少在閱讀時可以輕鬆一下，卻偏要讀那種過度虐心的故事呢？所以一邊寫作這故事，一邊以自己的觀點來看這劇情，我就非常痛苦難耐，甚至有一度，我忍不住感到諷刺，一篇名為「無傷時代」的小說，最傷的原來不是讀者的心思，而是作者的腦細胞。

「無傷時代」的寫作過程是斷斷續續的，從故事發想開始，一直到初稿完成為止，歷經了將近半年的時間，依平常的寫作速度來看，這顯得有點慢。一來因為遇到二〇一六的農曆假期而中斷，二來則因為父親在年後返台，我成天只想賴著他老人家所以荒廢工作，而每當一個長假期結束，再回頭來審視這故事時，我總得多花點時間，從頭開始讀起，好逼著自己慢慢又融入這個糾纏著愛與恨的複雜情節中。

不是每一個人都能在歷盡風雨後，走進屬於自己的無傷時代，有些人可能一輩子都在愛與恨之中反覆輪迴，永遠脫不了身；但也可以換個角度想，或許我們誰都是活在無傷時代裡，才能勇敢去追求每一份想要的愛情，在每一次心動之際，才能這麼義無反顧。

而在我們能夠真正體會到，原來愛情可以無傷之前，我們望不見什麼是海闊天空，也沒有誰可以真正瀟脫，更沒有人知道自己在一路走來的過程中，是否虧欠了別人，又或者被別人虧欠。

無傷時代，是真正受過傷的人，在體無完膚，在浩劫中餘生之後，才終於可以體會到的。

我很喜歡像小綠這樣的人物，但我不能鼓勵任何人去做這樣的事，因為背叛是需要付出絕對代價的，即使那滿地的血是石毓翔替她流的，但我相信小綠的一生無論走到哪裡，她都無法對自己做過的事情感到釋懷；我同情石毓翔，或許他才是我們所有人的縮影，面對日漸侵蝕內心的感情，他跟任何人一樣毫無招架之力，所以他喜歡上瓊安，也喜歡上小綠，甚至在某些程度上也接納了李珮薰。不過我同樣不能鼓勵別人，學著石毓翔那樣，一次去愛兩個，甚至更多的人，因為一個人的愛情，無法平均分給很多人——除非不夠的愛情，你可以用錢來彌補，但我也相信，不是誰都有錢到可以娶大房、二房跟三四五六七八房——所以，不公平的愛情，最後導致的必然也只能是同歸於盡的下場，「情聖」的頭銜，我們是扛不來的，安守一點本分還實際點，石毓翔最後流的血、說的話，或許已經足夠喚醒瓊安，但換作現實世界，我們可不這麼樂觀。

附帶一提的是，在第一次修稿前，最初的小說版本當中，石毓翔其實是跟李珮薰上過床的，不過寫著寫著，我愈發覺得那不合理，而且也超出我的容忍限度，所以最後我把那情節改掉了。石毓翔最好還是像樣點的石毓翔，免得我自己寫到吐血，讀者也看了砸書或砸電腦。

這篇故事中，真正最吸引我的人物，畢竟還是姜瓊安，而她也是在原始設定中，應該擔任主要敘事角度的人物，只是她在小說裡有一段時間必須消失，得把女主角的位置讓出來給小綠跟李珮薰，所以敘事觀點才讓石毓翔取代了。

姜、瓊、安三個字，都是我非常喜歡的字。這個人的轉變很劇烈，但在我心裡又覺得她其實是最可憐也最可悲的人物，我相信她的憂鬱症並不是與生俱來，而是在家庭與愛情的種種挫折後，才從天生的個性裡逐漸被引發。她在故事後半段的表現讓人恨得牙癢癢，但也讓人心疼，從分到合，又從合到分，乃至於天涯一遭後，回到故事的舞台上興風作浪，我總覺得，其實她凌遲別人的報復內容也並不為過，甚至還稍嫌含蓄了點，但這是小說，也不必如電視劇大灑狗血，我只是一邊寫著，一邊很想知道，究竟故事裡的姜瓊安，到底為了什麼要這樣恨著而已，而寫到後來，我則忽然明白，也許那不是全然的恨而已，有更多的理由，或許正如李珮薰所說的那樣。

而這也正是故事走到結局時，她依然會是石毓翔的選擇的原因。曾有幾度，我都猶豫著故事結尾的安排，到底石毓翔最後該選擇的是誰？除了瓊安，難道小綠跟李珮薰不行嗎？又或者是不是他就從此恢復單身了呢？我想了很久，總覺得石毓翔早已活出了我的盤算之外，變成一個作者無法掌握的人物，但寫到結局處，不知怎的，我還是希望能讓瓊安出現在畫面中。對我而言，瓊安象徵的是一個愛恨都同樣飽滿的形象，是最「真」的人，而同時她也代表著最初最真摯的情感——那是我們活在這時代中，幾乎已不可復尋的。

也多虧了瓊安，是她在石毓翔劃傷自己後，在那幾句話中，她聽見了自己內心深處的聲音，原來洗淨她被蒙蔽的心的並不是血，而是石毓翔給她的答案。而後她才終於讓這篇故事企圖表達的主題趨向明顯——勇敢愛過，才值得驕傲，無論那份愛是否曾經墮落成恨，都已為人生留下無憾的印記，然後，曾經在這份愛中受過的傷，才能真正痊癒，才是真正的無傷。

有許多在後來能夠雲淡風輕被說起的故事，其實在經歷的當下，我們都比故事中的人物更加癡狂，也更加勇敢，即使烈焰焚身也在所不惜，一切都只為了證明真心，只為了讓自己在生命中不留悔恨。在那過程裡，我們或許身心俱疲、遍體鱗傷，但沒有關係，因為世上沒有解不開的結，當然也沒有過不去的風暴，當一切趨於平靜後，人會慢慢走出來，也許重新遇見另一段景致，也許像石毓翔那天在店裡，又看見瓊安手腕上掛著閃爍銀光的手鍊。無論如何，當你經歷過這一番洗禮與淬鍊，你的傷就會痊癒，你就能學會勇敢，當然你也就此無傷。而每一位已然無傷的朋友，都值得我們致敬。

說了那麼多，後記到這兒應該打住，希望小作者的嘮叨跟感想，能讓看完這故事的讀者們稍微平復一下閱讀後的心情。至於小作者我本人，我在修完稿子後，還得趕緊打電話給房東，他媽的網路斷線一整天，我在一〇四的履歷都打不開，要是損失了案子沒接到，我的信用卡帳單就真的要爆炸了。

東燁

二〇一六年三月十八日於中和

附註，「無傷時代」這書名果然一如預料的過於沉重，因此必須加以調整，但修稿至此，新的名字還想不出來。當你們拿到紙本的時候，它的書名會是什麼呢？我非常好奇著。

國家圖書館出版品預行編目資料

屬於我們的無傷時代／東燁 著. -- 初版. -- 臺北市：商周出版：家庭傳媒城邦分公司發行, 2016（民105）
面： 公分. --（網路小說；260）
ISBN 978-986-477-009-0（平裝）

857.7　　105005950

屬於我們的無傷時代

作　　者／東燁
企畫選書人／楊如玉
責 任 編 輯／楊如玉

版　　權／翁靜如
行 銷 業 務／李衍逸、黃崇華
總 經 理／彭之琬
發 行 人／何飛鵬
法 律 顧 問／台英國際商務法律事務所　羅明通律師
出　　版／商周出版
城邦文化事業股份有限公司
台北市民生東路二段 141 號 9 樓
電話：(02) 25007008　傳真：(02) 25007759
Blog：http://bwp25007008.pixnet.net/blog
E-mail：bwp.service@cite.com.tw
發　　行／英屬蓋曼群島商家庭傳媒股份有限公司城邦分公司
台北市民生東路二段 141 號 2 樓
書虫客服服務專線：(02) 25007718、(02) 25007719
服務時間：週一至週五上午09:30-12:00；下午13:30-17:00
24 小時傳真專線：(02) 25001990、(02) 25001991
劃撥帳號：19863813；戶名：書虫股份有限公司
讀者服務信箱：service@readingclub.com.tw
城邦讀書花園：www.cite.com.tw
香港發行所／城邦（香港）出版集團有限公司
香港灣仔駱克道193號東超商業中心1樓
E-mail：hkcite@biznetvigator.com
電話：(852)25086231　傳真：(852) 25789337
馬新發行所／城邦（馬新）出版集團【Cité (M) Sdn. Bhd.】
41, Jalan Radin Anum, Bandar Baru Sri Petaling,
57000 Kuala Lumpur, Malaysia.
Tel: (603) 90578822　Fax:(603) 90576622
email:cite@cite.com.my

封 面 設 計／黃聖文
版 型 設 計／鍾瑩芳
排　　版／新鑫電腦排版工作室
印　　刷／高典印刷有限公司
經 銷 商／聯合發行股份有限公司
電話：(02) 2917-8022　傳真：(02) 2911-0053
地址：新北市231新店區寶橋路235巷6弄6號2樓

■ 2016年5月初版
定價240元

Printed in Taiwan
城邦讀書花園
www.cite.com.tw

 ISBN　978-986-477-009-0

104台北市民生東路二段141號2樓

英屬蓋曼群島商家庭傳媒股份有限公司　城邦分公

請沿虛線對摺，謝謝！

書號：BX4260　**書名：**屬於我們的無傷時代　**編碼：**

請於此處用膠水黏貼

商周出版

讀者回函卡

感謝您購買我們出版的書籍！請費心填寫此回函卡，我們將不定期寄上城邦集團最新的出版訊息。

不定期好禮相贈！
立即加入：商周出版
Facebook 粉絲團

姓名：________________ 性別：☐男 ☐女

生日：西元________年________月________日

地址：________________

聯絡電話：________________ 傳真：________________

E-mail ：

學歷：☐ 1. 小學 ☐ 2. 國中 ☐ 3. 高中 ☐ 4. 大學 ☐ 5. 研究所以上

職業：☐ 1. 學生 ☐ 2. 軍公教 ☐ 3. 服務 ☐ 4. 金融 ☐ 5. 製造 ☐ 6. 資訊
☐ 7. 傳播 ☐ 8. 自由業 ☐ 9. 農漁牧 ☐ 10. 家管 ☐ 11. 退休
☐ 12. 其他________________

您從何種方式得知本書消息？

☐ 1. 書店 ☐ 2. 網路 ☐ 3. 報紙 ☐ 4. 雜誌 ☐ 5. 廣播 ☐ 6. 電視
☐ 7. 親友推薦 ☐ 8. 其他________________

您通常以何種方式購書？

☐ 1. 書店 ☐ 2. 網路 ☐ 3. 傳真訂購 ☐ 4. 郵局劃撥 ☐ 5. 其他________

您喜歡閱讀那些類別的書籍？

☐ 1. 財經商業 ☐ 2. 自然科學 ☐ 3. 歷史 ☐ 4. 法律 ☐ 5. 文學
☐ 6. 休閒旅遊 ☐ 7. 小說 ☐ 8. 人物傳記 ☐ 9. 生活、勵志 ☐ 10. 其他

對我們的建議：________________

____

____

請於此處用膠水黏貼